拝み屋怪談　壊れた母様の家〈陽〉

郷内心瞳

角川ホラー文庫
21733

インタールード　【二〇一六年十二月十日】

やはりひとり足りない。ひとり欠けている。この家には四人で入ったはずなのに。

漆黒に染まった暗闇の廊下を死に物狂いで疾走しながら、たちまち顔色が蒼《あお》ざめる。

踵《きびす》を返して行方を探しに戻るにも、背後から轟《とどろ》く足音が、それを許してくれなかった。

足音はますます大きく近づいてきている。再び背後を振り返れば、今度は連中の姿が間近に迫ってくる様が、暗闇の中へ浮き立つようにはっきりと視えるかもしれない。

だからうしろへ戻るばかりか、わずかであっても立ち止まることさえできなかった。

無事でいろ。頼むから無事でいてくれ。

決して誰も欠けることなく、この最難関を突破する。

笑顔で私たちに誓いを持ちかけた、お前自身が欠けてしまってどうする。

悲愴《ひそう》な思いに胸を圧《お》し潰《つぶ》されそうになりながらも、私はこの忌まわしい漆黒の只中《ただなか》をただひたすらに駆け続けることしかできなかった。

❖もくじ❖

儀式と親睦【二〇一三年五月五日】

八畳敷きの和室の中にお経とも祝詞《のりと》ともつかない、奇妙な呪文《じゅもん》が木霊していた。
唱える声は、ひとつではなく三つ。声は時に、部屋の空気をびりびりと震わすような大絶叫に変わることもある。そうかと思えば一転してか細く、子守歌を思わせるような優しい声音に変わることもあった。

部屋の壁際に設《しつら》えられた五段式の大きな祭壇に向かって、マダム陽呼《ようこ》とマダム留那呼《るなこ》、椎那《しいな》の三人が横一列に並んで座り、もう一時間近くも一心不乱に呪文を唱え続けていた。

佐知子《さちこ》はそこから少し離れた背後でイザナミちゃんと並び、座布団の上に座っている。椎那には毎回「終わるまで足、楽にしていていいからね」と、言われているのだけれど、さすがにそんなわけにもいかず、佐知子は正座をしたまま、陽呼たちが拝み終わるのを待っていた。

先月の下旬に行きつけのファミレスで陽呼たちと知り合って、今日でちょうど二週間。その間、陽呼たちは数日おきに佐知子の許《もと》を訪れ、家の奥にあるこの八畳敷きの和室で、耳覚えのない奇妙な呪文を唱え続けていた。そのたびに佐知子も同席して、陽呼たちが呪文を唱え終わるまでの間、背後に座って手を合わせるのが慣例になっていた。

祭壇は、弓子《ゆみこ》が拝んでいた頃と装いが変わり、今は敷布が掛けられた各段に等間隔で長方形の御札が貼られている。御札は縦幅二十センチほどの白い和紙の表に、黒い墨で文字が縦書きされたもので、文字は全て篆書《てんしょ》体で書かれているため、判読はできない。陽呼の説明では、神さまの体力を回復させる「薬」のような役割をする札らしい。

そうした措置も施しつつ、陽呼たちはこの二週間、今日も含めれば七回も祭壇を前に、神さまを目覚めさせる呪文を唱えていた。だが、その成果は未《いま》だに表れていない。

「ううん、今日もフルスロットルで拝んでみたけど、やっぱり駄目みたいねえ」

呪文を唱え終わった陽呼が、ため息をこぼしながら言った。

「本当に名前、思いだせない？」

陽呼の問いに、佐知子は「すみません」と頭をさげるしかなかった。

神さまを目覚めさせるには、その名を呼んで語りかけることがいちばんなのだという。陽呼に初めて名前を尋ねられた時、佐知子は「シロちゃん」と答えた。だがその名は、あくまで「愛称」のようなものであり、本当の名ではないだろうとのことだった。

ためしに一度、「シロちゃん」の名前を使って、目覚めの儀式がおこなわれたものの、結果は陽呼の言ったとおり、無反応だった。

生前、弓子が神さまに向かって長らく呼び続けていた名前が、おそらく本当の名前か、あるいは弓子が「神さま」として、木箱に納められた遺骸《いがい》に付与した名前だろうという。その名前さえ思いだせれば、万事解決かもしれないと陽呼は言った。

だが佐知子はどうがんばっても、弓子がシロちゃんをなんという名で呼んでいたのか、思いだすことができなかった。

去年の夏、弓子が亡くなってまもない頃にも、その名を思いだそうとしてみたのだが、あの時も一向に思いだすことができなかった。

祭壇に祀《まつ》った箱を前に、まるでとり憑《つ》かれたかのように無我夢中で手を合わせる姿や、箱に向かって「何とぞお願いいたします、お願いいたします」などと繰り返しつぶやく弓子の声ははっきり思いだせるのに、肝心要の名前だけが、どうしても思いだせない。

佐知子は十五年以上も、弓子がその名を口にしているのを聞き続けているはずだった。それなのに、名前に関する部分だけ、ごっそり記憶を削り取られてしまったかのごとく、頭に思い浮かんでこなかった。

自分が物覚えの悪い人間だったり、何か含みがあって名を隠しているのではないかと思われるのが嫌で、毎日必死になって記憶をたどっているのだけれど、それでもやはり思いだすことはできなかった。

祭壇を前にして拝むたび、神さまが目覚めないことに陽呼たちは落胆していたけれど、佐知子のほうは日を追うごとに陽呼たちへの信頼を高めていた。

陽呼たちが二度目に佐知子の家を訪れた時、彼女たちは祭壇を前に、佐知子に害意を及ぼす会社の人間たちから、佐知子を守るための呪文を唱えてくれた。

それだけでも気持ちはかなり安心したのだが、実際にその効果も目に見えてあった。

社内で疎んじられているのは相変わらずだったものの、以前のように上司から無闇に叱責《しっせき》を受けたり、同僚たちから心ない暴言を浴びせられる機会が激減した。

だからといって、彼らが佐知子に好意を抱いて接してきたりすることもない。

まるで佐知子に対する興味が薄れてしまったかのように、微妙に距離を置かれている。

そんな印象だったが、傷つけられるよりはマシだった。

陽呼たちの力は、紛《まご》うことなき本物だった。結果がそれを証明していた。

それに陽呼たちは、佐知子の気持ちもよく分かってくれた。

「あたくしたちも、虐げられてきたから分かるのよ」

陽呼と留那呼の姉妹は、幼い頃からとてつもなく強い霊力を持っていた。

幽霊や魑魅魍魎《ちみもうりょう》、時には鬼神のたぐいまで。

常人の目には視えない、この世ならざる者たちの異容がはっきり視てとれるばかりか、彼らと触れ合い、言葉を交わしたりすることまでできた。この世ならざる妖《あや》かしたちが、ふたりの遊び相手であり、理解者でもあったという。

けれども、そんなふたりの振る舞いは、世間の目には常軌を逸したものとしか映らず、この世ならざる者たちに愛されるのとは裏腹に、ふたりを取り巻く生身の者たちからは疎んじられ、恐れられ、たびたび迫害を受けるようになっていった。

「実の親にまで忌み嫌われたのよ。しまいには殺されそうにまでなったんですの」

呆《あき》れた口ぶりで陽呼は語ったが、その顔色はそこはかとない物悲しさに溢《あふ》れていた。

椎那も同じく、強い霊力を持ってこの世に生を受けている。

人の目に見えざるものが視え、虫の報《しら》せや天変地異の前触れを感じ取ることができた。

こうした力を人のために役立てたいと考えた椎那は、ある時から拝み屋の看板を掲げ、悩める人たちのために身を粉にして尽くしてきた。

おかげでありがたいことに多大な評判が得られ、仕事は一時期、順調そのものだった。

ところがそれを良しとせず、自身の利権を奪われると思いこんだ地元の同業者たちが、椎那に対して露骨に敵意を剝《む》きだしにし始めた。

椎那は努めて取り合わないようにしていたのだが、理性も道理も失した同業者たちは、やがて呪いを用いた実力行使に出た。椎那もこれに全力で対抗したものの、多勢に無勢。数の暴力に競り負けてしまい、最悪の結果をもたらすことになってしまった。

呪いは椎那本人ではなく、椎那の大事な家族たちの生命を奪い去ったのである。

「わたしを呪った同業どもは、根も葉もないような悪い噂をあちこちにばら撒《ま》いていて、それを信じたうちの客たちは、あっというまに離れていったわ」

静かな怒気のこもった目を伏せながら、椎那は言った。

それまでは椎那のことを「先生、先生」と持て囃《はや》し、へりくだった態度で接してきた客たちもたちまち手のひらを返し、椎那に対する新たな悪評を世間にばら撒き始めた。

「わたしが家族を守りきれなかったのは、紛い物の三流だからだって言われた」

怒りと悲愴《ひそう》を宿した瞳《ひとみ》を見開き、か細い声で椎那が言う。

「挙げ句、わたしの身体に神さまが降りていないことも、さんざんコキおろされたわよ。『守り神がいない拝み屋なんて、やっぱりインチキに違いない』だって。ひどいよね？　今まで散々、人の世話になってきておいて」

でもね、だからわたしは決めたのよ、と椎那は続けた。

「拝み屋も客も、そんなに神さま神さまって騒ぐんだったら、いちばん強くて恐ろしい神の力を手に入れて、わたしを嘲《あざけ》った連中全員に裁きの光を放ってやろうって決めたの。ここまで来るのに時間がかかってしまったけれど、そんな些末《さまつ》なことはどうでもいいわ。サッちゃんのおかげでようやく目的が果たせそう。一緒にがんばろうね」

湖面のように澄んだ瞳を輝かせ、たおやかな笑みを浮かべながら椎那が言った。

椎那の言葉に、佐知子も微笑みながら「はい、がんばります」と答えた。

杯中の蛇影　壱【二〇一六年十一月九日　午前九時】

それから三年後。語り手は再び、拝み屋の私自身に戻る。

午前九時過ぎ、小橋美琴《こばしみこと》と仙台《せんだい》駅の改札口前で合流したのち、私たちは駅を抜けだし、駅前にある地下鉄駅からほど近い喫茶店に入った。

十時に高鳥謙二《たかとりけんじ》が店に現れ、美琴と面会することになっている。その後、謙二と別れ、今度は私と美琴のふたりで深町伊鶴《ふかまちいづる》の事務所を訪ねる流れになっていた。

それからもうひとつ。午後の三時からは、こちらも美琴とふたりで、城戸小夜歌《きどさやか》とも面会することになっている。

当初は予定になかったのだが、昨日、ふいに思いたって小夜歌に連絡してみたところ、快く了解をもらうことができた。美琴のスケジュールも大丈夫とのことで、急遽《きゅうきょ》予定に組みこむ形となった。

長い一日になるため、もう少し遅めに動き始めてもよかったのだが、できれば謙二と三人になる前に確認しておきたいことがあったので、早めに店に入ることにした。

「千草《ちぐさ》から伝言を預かって仙台に来るまでの間、何か身の回りで変わったことは？」

尋ねると美琴は、「ええ、ありましたよ」と即答した。

美琴も、例の美月《みづき》の面を被《かぶ》った女を目撃したのだという。

昨夜遅く、高速バスに乗るため、バスタ新宿《しんじゅく》に到着してまもなくのことだった。

四階のバスターミナルがあるフロアまであがり、待合室の椅子に腰をおろして周囲に視線を漫然と巡らせていると、待合室の片隅にぽつんと突っ立っていたそうである。

女は、面の目の部分に開いた丸い穴の向こうから、こちらをまっすぐ見つめていたが、一分ほどするとふいに歩きだし、待合室の反対側にある通用口から出ていってしまった。その後は再び姿を現すことはなかったという。

少なくともこれで、女が宮城限定で現れるのではないことが分かった。現れる条件は場所に関係なく、今回の美月と千草の件に関わった人物という可能性が濃厚になる。

「実際に自分の目で見た印象はどうだった？　何者だと思う？」

「郷内《ごうない》さんは、なんだって思います？」

美琴に尋ね返されたので、「じゃあ、せえので一緒に答えようか？」と振った。

「せえの」の合図で私たちが同時に発した答えは、「タルパ」だった。

これでまずはひとつ、気になっていた事案の裏付けがとれたような気がする。

タルパとは平たく言えば、いわゆる故人が化けた幽霊や、魑魅魍魎のたぐいではなく、生身の人間が自分の頭で創りあげる、いわば人工的な幽霊とでもいうべき存在である。

イマジナリーフレンドの発展形として、創造主の任意で創りあげられる場合もあるが、いじめなどの強いストレスが引き金となって、無意識に創りだされるケースもある。

「ただ、わたしの感じた印象としては、普通のタルパとも違うような気がしています」

眉間《みけん》に少し皺《しわ》を寄せながら、美琴が言った。

「タルパって、たとえば友達だったり恋人だったり、創造主の満たされない対人関係の埋め合わせとして創られるものじゃないですか？　でも、美月さんのお面を被っていたあの女は、創造主の友達にも恋人にも見えませんでしたよね？　じゃあなんなんだろう。創造主はなんの目的があって、あんなタルパを創ったんだろうって思うんです」

「加奈江《かなえ》みたいに〝暴走したタルパ〟っていう可能性は？」

「ううん……そういう解釈もできなくはないんですけど、わたしの抱いた感触としては、違うような気がするんです。郷内さんの加奈江さんみたいに、元は創造主の友人として創られたタルパが、何かの弾みで暴走を来たして制御ができなくなった、というよりは、元からああいう異常な存在として創りだされたみたい。そういうふうに感じたんです」

持論を展開しながらも、美琴はいまいち腑《ふ》に落ちないという様子だった。

タルパに関しては、私などより美琴のほうがはるかにくわしい。

これまでの間、タルパにまつわる相談をかなりの件数、引き受けてきているらしいし、それに加えて、かつては美琴自身もタルパを有していた。

美琴のタルパは、麗麗《リーリー》という名の中国風の青い衣装に身を包んだ、幼い女の子だった。美琴が小学生の頃、同級生から酷いいじめを受けていた時に顕現し、短い期間ながらも彼女の心を慰め、癒《いや》してくれるかけがえのない存在になった。

加奈江と同じく、麗麗も悲しい末路を迎え、今はもうすでにいなくなってしまったが、過去の実体験も重ねて美琴はタルパに対する造詣《ぞうけい》が深く、その感受性も鋭い。

「何か心当たり、あります？」

美琴に問われるも、今の時点でこちらが回答できることは特に何もなかった。

「いや、これといっては。ところであの女、目的はなんだと思う？」

「誰の前にも一度だけ現れているんでしたら〝警告〟でしょうか。今回の件に関わるな。関わるなら覚悟しておけ、というサインですかね」

「でも、二回遭遇している奴もいる」

深町である。あの男だけは、この件が始まってから女を二度目撃しているという。

「……だったら〝監視〟のほうかな。時々、顔を見せて警告を交えつつ、対象の動向を探り続けているってところでしょうか」

私の推察も概《おおむ》ね同じだった。だから、謙二が来る前に確認しておきたかったのである。創造主も含む敵の正体がなんであれ、残念ながら現状では有効な対処法が思いつかない。ならば謙二にこんな話をしたところで、いたずらに不安がらせるだけである。

「相手がタルパだとして、何かいい対処法はありそうか？」

「あるにはありますけど、今はまだ手をださないほうがいいんじゃないんでしょうか？現状では特に実害はないみたいだし、できれば素性が分かってから対応したいです」

これも同感だった。現状で限られている手掛かりのひとつを迂闊《うかつ》に消したくはない。

「素性が分かってからって言えば、さっきの黒い服を着た女もですよね？」

先刻、美琴と合流した際、駅の構内に現れた全身黒ずくめの女のことである。

「同じく、素性が分かってから対応したいと判断したので、手はだしませんでしたけど、分かったことはありますよ。あれもおそらくタルパです」

美琴の答えにやはりなと思う。逐一こちらが望む答えをだしてくれるので助かる。

「ただ、あっちの黒い女に関しては、お面を被った女とも、また違う印象を受けました。誰かの意思で創られた存在なのは間違いなさそうですけど、物凄《ものすご》く異様な雰囲気だった。変な表現になりますけど、普通のタルパよりも、さらに存在が凝縮されているというか、存在自体が物々しくて、まるで生きた剃刀《かみそり》が、そのまま歩いているみたいな印象でした。一体、どんな方法を使ったら、生身の人間にあんなタルパを創りだすことができるのか、まったく想像つかなくて、正直言って怖いと思いました」

「それに」と美琴は続ける。

「あんなに生々しい実像を帯びているのに、周りの人には見えていませんでしたよね？それに関しては、お面を被ったタルパもそう。周りの人には全然見えてない様子でした。これもおかしいんです。創造主の頭から抜けだしたタルパは、可視の存在になる場合が大半なのに、まるでステルス機能を持っているみたいに不可視の状態で動いていました。やっぱり何か、特殊な方法で創りだされたタルパとしか考えられないです」

再び「何かご存じですか？」と尋ねられたが、答えはパスした。

私は女の顔に見覚えがあったし、美琴に聞かされた今の感想で、おおよその正体まで分かってしまった。だが、肝心要な動機と目的のほうがまだ分からない。

中途半端に情報を開示したところで、その後にできる話といえば、憶説を前提とした不毛なやりとりになるだけ。それを見越したゆえの判断だった。

代わりにもうひとつ、謙二《き》が現れる前に説明しておきたいことがあった。

もう二年近くも異様に冴え続けている自分の勘と、背中の痛みについてである。

美琴と面と向かって接するのはこれで四度目だったが、これまで自身の体調に関する話題をだしたことは一度もない。美琴もそれに気づいているそぶりを見せたことはない。

本来であれば、極めて私的な問題なので、できれば明かしたくはなかったのだけれど、この先の展開を〝最悪のもの〟と想定するなら、美琴にも把握してもらっていたほうがよかろうと思った。

何しろ現時点で顔の確認ができている相手ですら、あんな異様極まりない連中である。真っ向からかち合うようになってしまった場合、魔祓《まばら》いは必須《ひっす》となるだろうというのに、こちらがまともにそれを行使できない可能性があることを隠しているのは好ましくない。

多分に悩んだ末にではあるが、美琴にだけは包み隠さず、事情を全て打ち開けた。

「……どうして今まで言ってくれなかったんですか？　分かっていれば東京の件だって、鎌倉《かまくら》の件だって、絶対お願いしなかったのに」

こちらの説明を聞き終えるなり、美琴は困惑と苛立《いらだ》ちの入り混じった顔で言った。

「本当に大丈夫なんですか？　今からだって仕事を辞退することはできるはずですよ？　そんな状態で無理することになったらどうなるかぐらい、分かっていますよね？」

「分かってる。分かってるけど、この仕事だけは引けない。最後までやる」

「呆《あき》れた。どっちが〝自己満〟なんですか。ダブルスタンダードもいいとこです」

「お互い様だよ。そっちだって、最後に悔いが残らない〝いい仕事〟がしたいんだろ？　それにもう、共同戦線の条約を結んでる。しばらくは持ちつ持たれつってことで頼む」

「ふん。なんだかうまく嵌《は》められたみたいな感じです。……いいですよ、分かりました。どうせ目的は一緒です。お互い持ちつ持たれつということで」

別に嵌めたつもりはないのだが、美琴は不承不承ながらも了解してくれた。


その後は近況報告を兼ねた雑談を交わしつつ、謙二の到着を待った。謙二は約束より十分ほど早く店を訪れ、私たちが座るテーブルの前に現れた。

「初めまして。小橋美琴です。東京で霊能師をしております。今日はお忙しいところ、申しわけありません」

美琴が立ちあがって会釈すると、謙二は恐縮しながら「いえいえ、こちらのほうこそ、わざわざお越しいただいてありがとうございます」と頭をさげた。

それから席につき、わずかにきょとんとした色を浮かべながら、美琴の顔を見た。

「あの……もしかして、以前にどこかでお会いしたことってありませんか？」

「いえ、多分初めてだと思いますけど？」

美琴が苦笑しながら答えると、謙二も笑いながら「失礼しました」と返した。

挨拶《あいさつ》が済んだのを見計らい、改めて謙二の口から今回の美月に関する件を、発端から順を追って美琴に説明してもらった。

美琴はそれをノートへ几帳面《きちょうめん》に書き留めながら熱心に聞き入り、時折質問を交えたり、尋ね返したりをしながら、謙二の話を呑《の》みこんでいった。

謙二の話では、前回もらった連絡以降も美月の容態に変化なし。安定しているという。特に変わった発言や行動なども、確認できる限りではないとのことだった。

また、美琴本人の意向で、美月と美琴は当面の間、顔を合わせない方針にしていた。今回の件に介入する霊能関係者が増えたという事実を美月が知ることで、余計な心配や混乱をさせたくないとのことだった。

こちらは美琴の意向に任せ、私は何も口を挟まないことにした。

聞き取りは三十分少々で終わり、やがて十時を半分ほど回りそうな時間を見計らって謙二と別れる。

ここから先は、いよいよ深町との面会である。果たして鬼が出るか、蛇が出るか。

多少の不安を感じながらも美琴とふたりで地下鉄へ乗りこみ、深町が待つ事務所へと向かった。

杯中の蛇影　弐【二〇一六年十一月九日　午前十一時】

午前十一時、ほぼきっかり。

深町の事務所へ到着した私は、仕事場に置かれたソファーに美琴と並んで腰をおろし、ガラステーブルを挟んだ向かいに座る深町伊鶴と、またぞろ顔を突き合わせている。

深町の傍らには相変わらず、ラベンダーカラーのパンツスーツに、亜麻色の長い髪を頭のうしろで団子に結った女が突っ立っている。女は深町と同じく、値踏みするような嫌みったらしい目つきで私たちを上からじっと見おろしていた。

「東京の霊能師さんですか。なんだか、話がどんどん大きくなってきているようなのは、私の気のせいかな？　いずれにしても、あまり好ましい流れとは思えませんがね」

吐き捨てるような口ぶりで深町が言った。

「まあまあ。こちらの小橋さんは、亡くなったご本人から直接依頼を受けている方です。むしろ今回の件においては、我々よりも特別な立ち位置にいらっしゃると思いますが？それに彼女は、タルパに関するスペシャリストです。ひょっとすると今回の件における最終兵器みたいな役割を担ってくれるかもしれない。そう邪険にしないでくださいよ」

微笑みながら努めて穏やかに、深町へ向かって言葉を返す。

「おっしゃっている意味がまったく分からない」

「なあに。そちらのお言葉どおり、話はもっと大きくなったってことです」

作り笑いは崩さず、新たに摑《つか》んだ情報と、発生した事象を時系列順に開示していく。

椚木《くぬぎ》の一族でこの数年、若い世代の人物が相次いで不審な死を遂げていること。

千草がかつて暮らしていた家には今現在、大量の結界札が貼られていること。

千草の高校時代の親友で、占い師を営む城戸小夜歌が、千草の夢を見たこと。

美琴が千草から〝美月救出〟の依頼を受け、千草が私に伝言を寄越したこと。

小夜歌と美琴も、例の面を被《かぶ》った女を目撃していること。

今朝方、私と美琴が仙台駅の構内で、全身黒ずくめの異様な女を目撃したこと。

そして、面の女と黒ずくめの女の正体が、どうやらかなり特殊な方法で創りだされたタルパであるらしいこと。

それらを美琴の解説も加えながら、事細やかに説明していった。

深町は途中で口を挟んだりすることなく、時折、相槌《あいづち》めいたうなり声をあげるだけで、黙ってこちらの話に聞き入っていた。

ひとしきり報告が終わったところで、今度は質問を向けてみる。

「ところで深町さん。この間お勧めした『花嫁の家』、読んでいただけましたか？」

「ええ。読ませていただきましたよ。大変興味深い内容でした」

「興味深い」と言いつつ、ぼそりとしたいかにも面白くなさそうな声で深町が答えた。

「それはありがとうございます。ちなみにどの辺りが興味深かったですか？」

尋ねると深町から返ってきたのは、実に模範的な推察に基づいた回答だった。

椚木の若い世代の連続不審死。

千草が美琴に伝えた、『美月を救《たす》けて』という意味深な助言。

それに加えて、『キリのいいところで身を引いてほしい』というひと言。

これらの事実に『花嫁の家』に記載されている、椚木の一族にまつわる一連の怪異を重ね合わせれば、浮上してくるのは得体の知れない不穏な災禍ということになる。

「縁起でもないことですが、どうしても美月さんの身を案じないわけにはいかなくなる。本に書かれている件と今回の件、何がしかのつながりがある可能性は？」

小難しそうな顔つきで、深町が尋ねてくる。

「それに関しては、目下のところ調査中です。できれば椚木の一族のみなさんに改めて聞き取りをおこないたいのですが、警察でもあるまいし、範囲は限定的になるでしょう。まあ、当たれるところから順に回ってみようと思って、実践している最中です」

「なるほど。足で稼ごうというわけだ。あなたはいわゆる霊視や千里眼のたぐいやらはお使いになれないんですか？　得意分野は一体なんなんです？」

「まあ……霊視やら千里眼やらというのはぶっちゃけ、からっきしってところですかね。得意分野は強いて言うなら、魔祓いと憑《つ》き物落としかな。荒っぽいのが好きなんです」

「そうですか。実力行使がお好きなんですか。荒っぽいというよりは、野蛮だな」

「そういう深町さんの得意分野はなんでしょう？　魔祓《まばら》いや憑き物落としを荒っぽいとおっしゃるんでしたら、そうだなあ……。たとえば何か、悪いものを封じたりするとか、逆に解放したりするとか、なんとなくお上品そうな分野がお得意で？」

「前にも言いませんでしたか？　同業者に気安く手の内を明かすわけがないでしょう」

目の色をがらりと険しく変えて、深町がつぶやいた。

隣の女も一緒になって睨《にら》みつけてくるので、なおさら質《たち》が悪い。

だったらお前のほうこそ訊《き》いてくるなよと思いながらも、笑顔を崩さず話を続ける。

「それは失礼。では質問を変えましょう。差し当たって、私からの報告はおしまいです。ご参考にしていただければ幸いです。というわけで、例のギブアンドテイクの約束です。深町さんのほうからは何か、こちらに提供していただける情報はありませんか？」

つかのま、思案げな眼差《まなざ》しを宙に泳がせたのち、深町が答えた。

「いや、残念ながら、そちらと違って、私のほうはどこぞへ聞き取り調査に出かけたり、気軽に意見交換したりできる同業の知り合いはいませんのでね。ずっと待ちの状態です。例の面を被った女もあの後は一度も姿を見せませんし、今のところ、報告できるような話は何もありません」

「そうですか、分かりました。だったら仕方がありませんね。私たちのほうは引き続き、椚木の件と今回の件の関連性やらを調べながら、なんとか美月ちゃんをあなたの許《もと》まで連れてこられるようにがんばってみるつもりです。それは構わないんですよね？」

「もちろんです。お待ちしておりますよ」

「本当に？」

「それはどういう意味です？　確認の意図が分からない」

苛《いら》つきながら深町が答える。口の中で小さく舌打ちをかます音も聞こえた。

「いいえ、別に他意はありません。ちなみに期限はいつぐらいまで？」

深町の目をまっすぐ、睨むように覗《のぞ》きこみながら、答えを促す。

「ひと月。どんなに遅くてもひと月でしょう」

ひょろ長い顎《あご》先に親指と人差し指をねっとりと絡みつかせ、十秒ほど考えこんだ末に深町が答えた。

「これは単純に、千草さんの霊が降りてきている美月さんの身が持たないだろうという点もありますが、椚木の一連の不審死を鑑《かんが》みると、なおのこと時間が置けない気がする。そういう意味での『ぎりぎりひと月』という答えです」

「そんなに心配だったら、強行突破をしてみる気はないんですか？」

しれっとしたそぶりで、ふいを突くように口を挟んでやる。

「は？　今なんと？」

とたんに顔色を変え、深町が食いついてきた。

「美月と会うと頭が痛くなるだの、胸が苦しくなるだの、腑《ふ》抜けたことほざいてないで、ちょっとは身体張ってぶち当たってみる気はねえのかって言ってんだよ。なあ？」

「え？　わたしに振らないでくださいよ！」

わざと深町のほうは見ず、横目で美琴の顔を見ながら言ってやった。予期せぬパスに美琴は顔じゅうを引き攣《つ》らせ、たちまち非難がましい視線を投げ返してくる。

「男なら当たって砕けろってか。くだらない。私はあんたみたいなガサツな男じゃない。正当な意味があって動けないでいるだけだ。よくもそんな無礼なことが言えたものです。私のやり方が気に食わないんだったら、別に他を当たってくれても構わないんですがね。何がギブアンドテイクだ。それこそ、そちらの小橋さんにでも一任されてはどうだ！」

まるで子供のような剣幕で深町がわめき始めたので、少々言葉が過ぎてしまったかと思いながらも、一方ではざまあみろとも思い、笑いをこらえるのに苦労させられた。

というか、いくつボロをだせば気が済むのだろう、この男は。

拝み屋同士で秘密を隠し通せると思ったら、大間違いもいいところである。若造が。

本来なら今日ここで、こいつの正体と隠し事をすべて暴いてやるつもりだったのだが、気が変わった。別に急ぐ要件でもない。それにもうこいつは詰んでいる。仕上げるのはしばらく後回しでもよかろうと判じた。

「今のは失言でした。お互いのスタンスは尊重し合うべきでしたね。誠に申しわけない。なんとか深町さんと美月ちゃんが無事、接見することができるようにがんばりますので、今後ともどうかひとつ、よろしくお願いいたします」

丁重に謝罪し、深々と頭をさげる。

「人を詰《なじ》ってみたり、謝ってみたり、忙しい人だ。話しているだけで調子が狂ってくる。他に御用がなければ、今日はもうお引き取り願いたい」

「分かりました。ではまた、近いうちに。さあ小橋さん、そろそろお暇《いとま》しましょう」

「突然押しかけて申しわけありませんでした。今後ともどうぞ、よしなに」

美琴が挨拶《あいさつ》を終えたのを合図に席を立ち、玄関口へ向かう。

今日も深町はソファーから立ちあがり、その場でむすっとした顔で会釈をしただけで、見送りには来なかった。

足早に玄関まで戻り、ドアを開けて外へ出たところへ、またぞろあの女が追ってきて、ドアから半身を突きだした。針のように鋭い目でこちらをきっと睨みつけてくる。

「本当にいい加減にしてもらえませんか？　挑発するような真似はやめてください」

「うるせえ」

吐き捨てるように言葉を返し、そのまま強めにドアを閉めてやる。

「ひどいな。あんな言い方しなくたって」

エレベーターに向かって通路を歩きながら、呆《あき》れた顔で美琴が言った。

「いいんだよ、別に」

笑いながら答えてまもなく、美琴がふいに足を止めた。

「ん。スカート切れてる。あ、ストッキングもだ……」

視線を落とすなり、顔をしかめて美琴がつぶやいた。

見ると、スカートの右足側に当たる部分が、裾《すそ》のほうから縦にばっさりと切れていた。切れ目は二十センチほどに達し、腿《もも》の上辺りまで生地が大きく開いている。

さらに切れ目から露出した右腿のストッキングにも同じく、まっすぐな縦線を描いた切れ目がついていた。こちらも長さは二十センチほど。伝線したのではなく、あくまで何かに切りつけられて生じたものにしか見えなかった。スカートに生じた切れ目も含め、カッターのような鋭利な刃物で切り裂かれたように見える。

「怪我は？」と尋ねると、「いえ、大丈夫です」と美琴が答えた。

「牽制球《けんせいきゅう》ってところですかね。わたしもあんまり歓迎されてないみたい」

エレベーターに乗りこんで時間を確認すると、午後一時過ぎ。

当初の予定ではこの後、小夜歌の許を訪ねる前にどこか適当な店に入って、今しがた、深町の事務所で美琴が感じた印象を確認するつもりだったのが、こんなことになっては少し予定を変えねばならない。

地下鉄で仙台駅まで戻り、美琴と一旦《いったん》別れると、先にひとりで駅前の喫茶店に入った。やがて三十分ほどで、新しく買ったスラックスに穿《は》き替えた美琴が戻ってきた。

「すみません、すっかり遅くなっちゃって」

店まで走ってきたのだろう。息を切らしながら美琴が頭をさげつつ席についた。

「謝んなくてもいい。それでどうだった？　深町伊鶴の印象は。自分なりに感じたこと、気づいたことを全部、できればそっくりそのまま聞かせてもらえると助かる」

尋ねると、美琴は少々ためらいながらも、私が想定していたとおりの答えを返した。

やはりなと思う。これで裏付けもとれた。完璧《かんぺき》である。

「それで、これからどう動くつもりなんですか？」

「一旦保留。他をいろいろ調べていけば、いずれかならず、またあのいけ好かない男と顔を合わせなくちゃならないタイミングが来ると思う。仕上げはその時でいい」

答えると美琴は首を捻《ひね》り、それから少し憮然《ぶぜん》とした顔で口を開いた。

「それはいいんですけど、郷内さん。わたしに何か隠したりしていることないですか？　たとえば深町さんの素性とか、まだわたしに話してないことってありません？」

同業同士、秘密を隠し通せると思ったら大間違いか。さっそく自分にも返ってきた。

「よく分かったな。確かにある。でも別に疚《やま》しいことがあって隠していたわけじゃない。まずは先入観を抜きにして、深町と会ってほしかっただけだ。そんなに気になるんなら、今分かってることだけでも全部話そうか？」

美琴が「ええ、ぜひとも」とうなずいたので、包み隠さず話すことにした。

こちらも想定していたとおり、話を進めていくうちに美琴はみるみる顔色を曇らせて、何度も驚きのうめきをあげた。

「間違いとかじゃなくて、本当なんですよね？」

「証拠もある。間違ってない。ぶっちゃけ、知った時には俺も驚いた」

私の答えに美琴は、放心したような顔でため息を漏らした。

「だけど、こんなことが分かっても、まだ今回の全体像は摑《つか》めない。決着のつけかたも。先に深町から叩《たた》いてもいいんだけど、もう少し情報が出揃ってからのほうがいいと思う。なんだか順番を間違えると、もっと厄介なことになりそうな気もするし」

「覚悟はしてましたけど、本当に底が知れない案件ですね。今は怖いと思うよりむしろ、気味が悪くて仕方ないです」

「まだまだこんなもんじゃないさ。今にあらゆるものが合流し始める。昔もそうだった。とにかく何があっても気持ちを強く持つこった。結婚前に死んだりしたくないだろ？」

「当然ですよ。五体満足プラス、胸を張って台湾に行きたいですから。肝に銘じます」

うなずきながら、美琴が答えた。

話しこんでいるうちに気がつくと、二時を半分回りそうになっていた。

さて、次はどんな化学反応が起きるのか。

心密《ひそ》かに思いながら店を出て、今度は小夜歌の許《もと》へと向かった。

杯中の蛇影　参　【二〇一六年十一月九日　午後三時】

小夜歌が占い師を営む、仕事場兼自宅マンションは、仙台駅から地下鉄で数駅離れた距離にある、閑静な住宅街の中に建っていた。

念のため、小夜歌が先週、美月の面を被《かぶ》った女を目撃したという駐車場を歩き回ってざっと確認してみたが、特に不審な気配や痕跡《こんせき》は見受けられなかった。美琴の見立ても同じだったのでエレベーターに乗りこみ、三階にある小夜歌の部屋へ向かった。

「いらっしゃい。同業系の人をお招きするのは初めてなんで、楽しみにしてましたよ」

玄関口で屈託のない笑みを浮かべた小夜歌に迎え入れられ、中へ通される。

占い師というから仕事場はてっきり、壁じゅうに暗幕の張り巡らされた薄暗い部屋で、水晶玉が置かれたテーブルでもあるのかと思っていたのだが、まったく違った。

フローリング張りの広い部屋には、明るい色をしたソファーセットが設《しつら》えられていて、カーテンの開け放たれた掃き出し窓からは、午後の日差しが燦々《さんさん》と降り注いでいる。

窓の脇には大きく育った観葉植物の鉢植えがずらりと並び、艶《つや》やかな葉の一枚一枚が日差しを照り返して生き生きと輝いていた。

何事も先入観で決めつけるのはまずいなと自嘲《じちょう》しながら、ソファーに座る。

「急な面会のお願いで申しわけありません。まだまだ解決には至らない段階なんですが、若干進展がありましたので、できれば本人も同席のうえでご報告したいと思いまして」

　言い終えて美琴に目配せすると、美琴はうなずいて自己紹介を始めた。

　続いて三日前の深夜に亡き千草から直接、今回の美月の件に関する依頼を受けたこと、自分も昨夜、都内で面を被った女を目撃したことを伝える。

　その一方で私のほうは、美琴とふたりで謙二、深町の両名と面会したことは伝えたが、くわしいやりとり自体は伏せた。美琴も特にそれらの詳細を小夜歌に伝えることはなく、朝からいろいろあって長い半日だった割に、大した時間もかからず報告は終わった。

「なんか、あたしから謝るのもおかしい話なのかもしれないけど、小橋さん、ごめんね。千草がとんでもない無茶振りをしたみたいで、すっごく申しわけないって思ってる」

　細い眉《まゆ》をハの字にしながら、小夜歌が美琴に深々と頭をさげた。

「いえいえそんな！　大丈夫です！　頭をあげてください！　確かに本音を言うんなら、千草さんからお話をいただいた時、かなりびっくりはしました。でも、引き受けたのはわたし自身の意志です。望んで関わろうと決めたんですから、気にしないでください」

　小夜歌の予期せぬ謝罪に動揺したのか、美琴もあたふたしながら頭をさげ返す。

「ほんとにごめん。でも郷内さんの時もそうだったんでしょ？　あいつ、変なところで図々《ずうずう》しいところがあって、自分で『任せられる』って見越した相手には、とことん頼る悪いクセがあるんだよ。死んでも治んないのかと思うと、なんかもう情けなくてね」

いかにも困ったという顔で語る小夜歌に「まあまあ」と声をかけ、気を取り直させる。続いて前回の面会から今日に至るまで、何か変わったことはなかったかと尋ねてみたが、特に思い当たることはないという。体調にも異変はないそうなので安心する。

「重ねてごめんなさい、報告できるようなことも何もなくって。あ、でもちょっとだけびっくりしたことはある。小橋さんの名前」

再び顔に笑みを戻しながら、小夜歌が言った。

「というと？」

「この間、話したじゃないですか。去年亡くなった、あたしの形式的な拝み屋の師匠。その師匠もね、本名は小橋美琴っていうんです。すごい偶然だなって思って驚きました。だからなんか、小橋さんには勝手に親近感も湧いてたりしてね」

そう言って小夜歌は「よろしくね」と、美琴に手を差しだした。

戸惑いながらも美琴も微笑み、「縁ですかね。こちらこそよろしくお願いします」と小夜歌の手を握った。

「ところで立ち入ったことを訊《き》いちゃうかもしれないんですけど、郷内さんと小橋さん、今後の方針とか決まってます？」

「まあ、それなりに考えていることはあるんですが、暗中模索ってところですかね」

「わたしは特に決まってない状態です。基本的には郷内さんと連携しながら動いていく感じになるとは思いますけど」

「ううん……そっかあ。だったらさ、ちょっと提案してもいい？」
つかのま、こめかみに指を押し当てながら思案したあと、顔をあげて小夜歌が言った。
「もしもよかったらなんだけど、近いうちにみんなで、千草の地元に行ってみません？
あたしにとっても地元だから道案内もできるし、何か今後のヒントになりそうなものが
見つかりそうな気がしません？　まあ……占い師の勘がちょっとと、単なる思いつきが
大半のほとんど素人考えみたいなもんなんですけどね」
大層ありがたい提案だった。実は近々、単独で千草の地元回りをしようと考えていた。
現地にくわしいガイドがいてくれれば心強い。
美琴も大丈夫とのことだったので、さっそく日程を擦り合わせる。
相談の結果、来週の月曜、十一月十四日に千草の地元を訪ねることが決まった。
現状で伝えるべきことを伝え、美琴の紹介も済み、思いがけない流れも得られたので、
こちらの用件は全て済んだ。長居をするのも申しわけないと思い、早めに失礼しようと
考えたのだが、そこへ小夜歌がぺちんと両手を合わせたのが延長の合図になった。
「さて。話もまとまったところで、なんぞ楽しい話でもたっぷりしたりしませんか？」
にんまり微笑みながら小夜歌が、それまでだしていたコーヒーカップを綺麗《きれい》に片づけ、
代わりにキッチンから洒落《しゃれ》た紅茶のティーセットを運んできた。
そこから先は紅茶を飲みながらのガールズトークが、長々と展開される羽目になった。
ガールズトークなので、私はほとんど黙ってひたすら紅茶を飲むだけだった。

小夜歌の「親近感も湧いてたりしてね」は、社交辞令でもなんでもなく、本音だった。まるで女子高校生のようなノリで美琴にあれこれ語りかけては、その反応に一喜一憂し、時には奇声を発したりと、実に様々なリアクションを見せた。

美琴も最初は小夜歌のテンションにたじろいでいたようだが、いくらも経たぬうちにすっかり打ち解けてしまい、小夜歌に負けじとべらべら、止まることなく喋《しゃべ》り始めた。

話題は、占いや霊視といった、仕事絡みのオカルティックなものも交わされていたが、そんなものは割合としてごくわずかで、他は菓子だの、服だの、サボテンだのの話題でわけが分からなかった。

結局、話し疲れた小夜歌に解放されたのは六時半近く。

すでに日もとっぷり暮れ落ちた頃だった。

「じゃあ来週の月曜、はりきって地元を案内しますんで、よろしくお願いします！」

なんだか微妙に行楽気分で少々不安になるが、丁重に礼を述べてマンションを辞した。

ここ数日でめっきり寒さが増してきた冷たい秋風を浴びながら、地下鉄駅へ引き返し、仙台駅へ向かう電車へ乗りこむ。

「小夜歌さんって、いい人ですね」

電車に乗ってまもなく、隣に座った美琴が言った。

「裏表のない人なんだろうな。ちょっと裏表がなさすぎる感じだが、いい人だと思う」

私が言うと、美琴はくすりと鼻を鳴らして笑った。

「でも、わたしもちょっとびっくりしました。小夜歌さんの亡くなったお師匠さんです。同業同士で同姓同名って、すごい偶然ですよね」

「ああ……そういえば、同姓同名ってもうひとりいたな。言ってなかったっけ？」

「え、そうなんですか？　聞いてませんけど」

今年の三月に私が手掛けた相談客の女性も、小橋美琴という名前だったのだ。

彼女は大層質《たち》の悪い悪霊に一年近くもとり憑《つ》かれていて、私の仕事場へ訪れた時には手遅れの一歩手前という状態だった。ゆえに祓《はら》い落とすのにはかなり難儀させられたが、どうにかぎりぎりの線で完遂することができた。

過分にひどい思いをさせられたものの、この一件を乗り越えたことで、私はようやく加奈江の件に一区切りをつけ、前に進むこともできたのだ。

「へえ。それもすごい偶然。小橋美琴って名前、宮城では多いんですか？」

「物凄《ものすご》く珍しいってほどじゃないと思うけど、ごくありふれた名前ってほどでもないな。妙な縁に示し合わされたか、でなけりゃ単にこの世間が狭いってこった、小橋くん」

「わたしたちには狭すぎるんでしょうね」

珍しく快活な笑みを浮かべて、美琴が返してきた。

そうこうしているうちに仙台駅に帰り着いた。外は先ほどよりも一層寒くなっている。

「帰りは高速バスか？」と尋ねると、美琴は「いいえ、新幹線です」と答えた。

「いいね。なかなかのブルジョアぶりだ。俺なんか出張は毎回、高速バスだぞ」

「別にブルジョアなんかじゃありません。いろいろと切り詰めながら暮らしてるんです。明日《あした》は早朝から千葉のほうで仕事があるから、高速バスだと時間の都合がつけづらくて、泣く泣く新幹線にしたんです。春までの台湾滞在で貯金もほとんど切り崩しちゃったし、今日も予定外にスラックス買っちゃったし、本当はそれなりにピンチだったりします」

「なるほど。金欠霊能師か。今回の仕事も無料奉仕だし、まさに踏んだり蹴《け》ったりだな。新幹線の時間まで余裕があるんだったら、報酬代わりに飯でもおごってやろうか？」

冗談交じりで言ったつもりだったのだが、美琴はすかさず「え、いいんですか？」と食いついてきた。仕方なく、東口の近くにあるファミレスへ行くことになる。

席につくと美琴はサラダバーとドリンクバーのついた、ハンバーグセットを注文した。私も同じものを注文する。

まもなく料理が運ばれてきた。美琴は「すみません、いただきますね」と頭をさげて、それから黙々と料理を口に運び始めた。

美琴が食べる傍ら、私のほうは料理に一切手をつけず、ドリンクバーからジュースとコーヒーを注いできて飲むだけだった。

単に食欲がないせいもあったのだが、どうにも昔から人前で食事をするのが生理的に苦手ということもあって、余計に箸《はし》をつけづらいせいもあった。

こちらが何も注文しないと美琴が遠慮するだろうと思って、一緒に注文はしたものの、だからといって口に運ぶ気にまではなれなかった。

「ところで小橋。そっちはそっちで俺に何か、隠していることはないか？」

夢中になってハンバーグを頬張る美琴を眺めながら、声をかける。

「別に隠していることはないですよ。黙っていることならありますけど、嘘をついたり、隠したりしていることはありません。知りたいんでしたら話しますよ？」

顔をあげて答えた美琴の問いに、「いや、別にいい」と返す。その答えで充分である。

「深町の件といい、なんだか今回は情報戦の様相を呈してきたなあ。黙っていることはいずれ、必要な段階になったら話してくれればいい。もしくは必要になったら訊く」

「そうですか。分かりました。じゃあそういうことで」

悪びれるそぶりもなく、あっさりとした口調で美琴が言った。

「あ、その代わりと言っちゃなんだけど、よかったらひとつだけ教えてくれないか？」

以前から気になっていたことをふいに思いだし、この際だからと思って口を開いた。

「なんですか？　答えられる質問だったら答えますけど」

「タルパって、どうやって消しているんだ？」

昨年、都内の某所で、不本意ながらも美琴とふたりで手掛けた仕事は、怪異の元凶がタルパという、かなり特殊な案件だった。

怪異を完全に収束させるに際し、美琴は怪異の元凶たるタルパの存在を消したのだが、その始めとなる部分しか私は見ていない。だから美琴が、最終的にどうやってタルパを消したのか分からずじまいだったのである。

「郷内さん、ハートアタックって知ってますか?」

眉間《みけん》の辺りに少しだけ神妙そうな色を浮かべて、美琴が逆に尋ねてきた。

「やばいほうのハートアタックだったら知ってる」

「ええ。そのやばいほうのハートアタックです」

今度は少し声を潜めて、美琴が言った。

確かに私はそれを知っていた。だが、まさか美琴の口からそんな言葉が出てくるとは思いもよらず、少々面喰《めんくら》ってしまう。

ハートアタックとは、無理やり違法薬物を投与させた者の心臓に対し、パンチなどの衝撃を繰り返し与え続けることで強制的に血の巡りを速め、肉体へ必要以上にクスリの負荷を与えることによって、死に至らしめるという行為である。海外の裏社会に生きる連中が突然死に見せかけた殺人に用いるのだと、何かの資料で読んだことがあった。

「タルパを捕まえたり、他人が創ったタルパを取りあげる方法は知っていますよね?」

美琴の言葉に「うん」とうなずく。

道理は不明ながら、昨年、東京で見た時は、美琴はタルパの創造主の目の前で両手を強く叩《たた》き合わせることで、創造主からタルパを奪い、自分の身体の中へ移していた。

「これまでの経験上、あの方法で失敗したことは一度もありません。だから捕まえたり、奪ったりすること自体は、作業としてはすごく簡単なんですね」

「でも、大変なのはそのあとなんです」と、美琴は続けた。

捕獲したタルパを身体に入れると、いわゆる憑依《ひょうい》と極めてよく似た状態になるらしい。身体の中には〝自分〟という人間の魂と心、〝タルパ〟の魂と心が混在する状態となる。その状態で美琴は、心の中に浮かんでくるタルパの姿を捉《とら》え、気持ちを集中させていく。

「タルパの姿を細部まではっきりと認識できるようになってきたら、今度は自分自身をタルパと認識するようにして、最後の仕上げにかかるんです」

「それがハートアタックの準備か。それからどんなことをするんだ？」

「基本的には同じですよ。自分の胸を石や握り拳《こぶし》で、思いっきり打ち据えるんです」

美琴は顔色ひとつ変えずに答えた。

「自分自身を殺すという気持ちで、なおかつ本当に死んでしまうかもしれないぐらいのダメージを自分の急所に与えることで、タルパは心の中で完全に消えてくれるんです」

美琴の説明に私の顔色のほうが曇り始めてくる。

「他に方法はないのか？　もっと気楽にできて、負担の少ない方法とか」

「あるのかもしれませんけど、これが自分で実践してみていちばん確実な方法なんです。それにタルパといっても独自の人格と意思を持つ存在でしょう？　わたしの価値観では、生身の人間を殺すのとまったく同じことなんです。タルパを消すという行為そのものに強い罪悪感を覚えます。だからせめて、自分自身も痛い思いをするこのやり方でないと、収まりがつかないというか、納得することができないんです」

悲しげな顔で微笑しながら、美琴が言った。

話の上辺だけを捉えて解釈するなら、美琴はタルパの消滅に対して最上の礼をもって臨む、実直な性分なのだろう。そしてそれは、本当にそうなのだろうとも思う。

だが私は、美琴のこうした性分を聞かされ、実直と思うよりも先に、ある種の狂気を感じずにはいられなかった。さもなくば、実直過ぎるともいえる。

昨年の夏、美琴はタルパを捕えたあと、ひとりで神社の境内へおもむき、三時間近く戻ってこなかった。ようやく戻ってきた時にはひどく蒼《あお》ざめた顔をして、わずかな間に一気にやつれたようになっていた。

その原因がようやく分かり、さらには当時の美琴の様子を思い返し、ため息が漏れる。

今回の件で現在確認できているだけでも、タルパはすでに三体いる。今後の流れでは、さらに数が増える可能性もある。タルパを確実に始末できる手段をもっているとはいえ、果たして美琴は適任なのかと心配にもなってきた。前向きな想像をしようとしてみても、頭に思い浮かんでくるのは、不穏なイメージばかりだった。

いっそのこと、どこかキリのいい段階に至ったら、美琴には今回の件から手を引いてもらおうかとも考えた。だが、おそらくそれはもう無理なのである。

すでに美琴は今回の件の大事なピースの一片に組みこまれてしまっているのだろうし、第一、強固な意志で仙台までやってきた美琴が、今さら手を引いてくれるとも思えない。ならばやはり「共同戦線」ということで、最善のサポートをしていくしかなかろう。

来年はせっかく結婚して、台湾に渡るのだ。何事もなく、その日を迎えてほしかった。

「食べないんですか？　もう冷めかけてると思いますよ？」

私のハンバーグセットを見ながら、美琴が言った。

「うん。食欲がない。箸はつけてないから、よかったら代わりに食べてくれないか？」

「え、いいんですか？　じゃあ本当にいただきますよ？」

私の言葉に美琴は顔じゅうを輝かせ、それから本当にハンバーグセットをもうひとつ、残さず綺麗《きれい》さっぱり平らげた。

それから少し世間話をして、八時半近くに駅の改札口で美琴と別れた。

次は五日後、小夜歌と三人で千草の地元巡りをする際に合流する。

今日一日で分かったことと、分からなかったこと、分からなくなってしまったことが一通りあって、そのうえ全容はまだ把握できない段階にある。

深町には、ひと月以内などと約束したものの、果たして事態の収束が得られる時期はいつ頃になるのか、まだまだ見当すらもつかなかった。

帰宅後、遅い時間に悪いとは思ったが、今日一日あったことを謙二にざっと報告した。

とはいえ、伏せておきたい情報もそれなりに多く、実質的に報告らしい報告といえば、千草の地元巡りをすることぐらいになってしまった。

報告後、謙二から「引き続き、よろしくお願いします」と言葉をもらったのを最後に、この日の仕事は終わりとなった。

報復と転換　【二〇一三年五月二十六日】

その三年前。

ゴールデンウイークもとうに過ぎ、季節も春から初夏へと移ろい始めた頃のこと。

日曜の昼下がり、この日も佐知子の家にマダム陽呼たちが訪ねてきた。

居間で粗茶を振る舞い、つかのま談笑したあとに祭壇の間で目覚めの儀式が始まった。

いつものごとく、祭壇の前に陽呼が座り、陽呼の両脇に留那呼と椎那が並んで座る。

そのうしろに佐知子とイザナミちゃんが座って、陽呼たちが唱える呪文《じゅもん》を静聴する。

三人が声を揃えて唱える呪文は、お経でも祝詞《のりと》でもない不思議な響きのものだったが、佐知子は特段それを訝《いぶか》しむことはなかった。

佐知子が宗教的な儀式に接したのは、弓子の葬儀が初めてのことだった。

生まれながらに弓子以外に身寄りがなかったため、身内の葬儀や法事といったものに一度も出席したことがない。墓参りの経験さえもなかった。

初詣《はつもうで》は何度か行ったことがあるが、七五三のお祝いをしてもらったことはなかったし、受験や就職の際にも、改まって神社で祈願などをしてもらったこともない。

地域の祭りに参加したこともなく、呪《まじな》いなどにも縁のない暮らしを送り続けていた。

そうしたものに慣れ親しんだことのない佐知子にとって、陽呼たちが祭壇を前にして唱えるこの呪文は、生まれて初めてしんから接する宗教的なファクターだった。

確かに初めは奇異に感じたものの、耳に慣れてしまえば、特に妙だと思うこともなく、呪文とはこうしたものなのだろうと素直に理解した。

そのうえでこの呪文が神さまを目覚めさせ、自分たちを幸せにしてくれるものならば、なんて素晴らしい響きを奏でる唱和なのだろうと思った。

陽呼たちと知り合ってから、そろそろひと月が過ぎようとしていた。

あっというまのひと月だったと佐知子は思う。

気持ちは日に日に軽くなり、以前のように思考がまとまらず、わけも分からず惨めな気分に陥ったり、塞《ふさ》ぎこんだりすることがなくなった。

それは勤め先で、理不尽な仕打ちを受ける機会がほとんどなくなってしまったことも多分にあるのだが、それ以上に大きかったのは、陽呼たちの存在そのものだった。

数日おきに陽呼たちが訪ねてきてくれるのが、毎回待ち遠しくて堪《たま》らなかった。

誰かと一緒にいられることが、こんなに心が安らぎ、弾むものとは思わなかった。

ましてやそれが、自分の痛みや苦しみを理解してくれる人たちなら、なおさらだった。

陽呼たちが佐知子のことを心底気にかけ、応援してくれるなら、佐知子も同じようにみんなのことを心底気にかけ、応援したい気持ちになった。

神さまの目覚めはみんなの願いであるのと等しく、佐知子自身の願いにもなっていた。

「やっぱりダメねえ。なんの反応も返ってこないわあ……」

いつもの長い呪文が半分ほどまで差し掛かったところで、ふいに陽呼が呪文をやめて、それからぽつりとひとりごちるようにつぶやいた。

「お母さまが呼んでらした神さまの名前、まだ思いだせないんですの？」

こちらを振り返りながら、陽呼が物憂げな顔で尋ねてくる。

「すみません。がんばってはいるんですけど、どうしても思いだせなくて……」

たちまちいたたまれない気持ちになって、陽呼にぺこぺこと頭をさげる。

弓子が呼んでいた神さまの名前は、決して覚えづらい響きだったり、長ったらしくてわけの分からないものではなかった。それは絶対に間違いない。

むしろ物凄《ものすご》くシンプルで分かりやすい名前だったはずなのだけれど、そうした響きの名前だったということが思いだせるだけで、やはりどれだけ記憶を浚《さら》おうと、佐知子の頭にその名が浮かんでくることはなかった。

「まあ、仕方がないわ。あまり自分を責めなくてよ？　ちょっとプリンでも食べながら、プランを練り直したりしてみましょう。買ってきてくださる？」

「分かりました」と答えると、陽呼の隣に座る留那呼も「一緒に行くわ」と言ったので、ふたりで歩いて住宅地の入口付近にあるコンビニまで買い出しに向かった。

陽呼から預かった金でプリンやジュース、饅頭《まんじゅう》などを買う。留那呼は自分の財布から袋菓子やチョコレート、フランクフルト、から揚げなどを大量に買った。

　自宅へ戻り、居間に揃った一同に買ってきた物を差しだしていると、留那呼がふいに自分のコンビニ袋を広げながら「あらあ、これはちょっと許し難いわねえ」と呻《うめ》いた。

「どうしたのかしら、留那呼ちゃん？」

「ひどいのよお、お姉ちゃん！　買ったはずのフランクが入ってないのよお！」

　陽呼の問いに、留那呼が悲痛な声を張りあげて答える。

　レシートにはしっかりフランクフルトの文字が記載され、料金も支払っているという。店員が袋に入れ忘れたのだろうと佐知子は思った。

「大体あの店、接客態度もよくないし、仕事を軽く考えてるのよ！　そういう考え方がこういう致命的なミスにつながるのよお！　ああもう、腹が立つったらないわあ！」

「実はあたくしも前々から、あすこの店の接客態度には腸《はらわた》が煮えくり返る思いでしたの。誰も彼も気の抜けた半端仕事しかできないうえに、人のことをまるでゴミを見るような目で見るのよお？　このあたくしに向かって、そんな態度って許せるかしら！」

「許せるわけないわあ！　絶対絶対許せなあい！」

「もうよろしくてよ。今の留那呼ちゃんのフランクの一件で堪忍袋の緒が切れましたわ。イザナミちゃん、ちょっといってらっしゃいな！」

　陽呼が声をかけるなり、傍らに座っていたイザナミちゃんが無言ですっと立ちあがる。

「待ってお姉ちゃん！　これは自分でやらなきゃ収まんないわあ！」

　そこへ留那呼も叫んで、すっくと立ちあがった。

それから留那呼は、腰を少しだけ落として両の拳《こぶし》をぐっと握りしめ、ガッツポーズを思わせる姿勢をとった。続いて凄《すさ》まじい怒号が居間じゅうをびりびりと震わせる。

「これがフランクの恨みよお！　潰《つぶ》れろおぉ、むうぅんッ！」

叫び終えるや、留那呼はげほげほと咽《むせ》び始め、荒い息を吐きながら腰をおろした。

「フランクの恨みを目いっぱいぶつけてやったわ。でも残念。チャージが完了するまで、これでしばらく新しいお仕置きができなくなっちゃうわあ……」

「だからイザナミちゃんに行ってもらえばよかったのに、しょうがないわねえ……」

呆《あき》れた声で陽呼がつぶやき、今しがた買ってきたプリンを優雅な手つきで開けた。

陽呼たちは、祭壇を前にして呪文を唱える以外にも、不思議な力を使うことができた。

二週間前の土曜日も、みんなで居酒屋に出かけた際、近くの席でバカ騒ぎをしていた若者たちのグループに陽呼がそれを行使している。

自分たちが座るテーブルで、陽呼が胸元に両手を組み合わせて「むぅん！」と叫んで十分ほど経つと、それまで大声で好き放題にわめいていた若者たちがふいに黙りこんで、それから一斉に席から立ちあがった。

何が起きるのかと思いながら彼らの様子を目で追っていくと、若者たちは近くの席に座っていた、いかにも柄の悪そうな雰囲気をした中年男性たちのグループの目の前までずかずかと歩み寄り、突然彼らの頭を拳骨《げんこつ》で殴った。

佐知子が思わず「きゃっ」と叫んでまもなく、殴られた男たちも一斉に立ちあがる。

そこから先は、店員らが総掛かりで男たちを止めに入るまでの間、若者たちは少しの反撃すらできないままにひたすら殴られ、蹴《け》られ、蹂躙《じゅうりん》され続けた。

その間、実に五分近く。人を血祭りにあげるには十分すぎるほどの時間だった。

若者たちはいずれも顔じゅう血みどろになってぐったりとなり、床の上に伸びていた。失神してしまった者もいるようだった。

突然の暴行に店じゅうの客が息を呑《の》んで静まり返るなか、やがてパトカーと救急車がやって来て、場はお開きとなった。

あとには「お下品な話であたくしの耳を汚すからこうなるのよぉ」と笑う陽呼の姿と、それに合わせてしきりに相槌《あいづち》を打つ、佐知子を除く一同の姿があった。

こんな信じられないことが陽呼と留那呼のふたりにはできるのだったが、ふたり曰《いわ》く、無制限にできるわけではないらしい。

「やればどっと疲れが出てくるし、しばらくチャージしないといけないのよぉ」

陽呼の説明ではこうしたことをおこなうと、身体の中に充塡《じゅうてん》している〝神秘の力〟が空になってしまい、再び体内に力が蓄えられるまで次の使用はできなくなるのだという。

若い頃はチャージなしで何度か連続して使えたのだが、歳をとってからは一回ごとに長いチャージが不可欠となってしまい、ひどく不便だと陽呼は言っていた。

「だからこそ、あたくしたちは神さまの力を熱望しておりますの」

プリンをスプーンで優雅に掬《すく》いながら、陽呼が微笑む。

「それでねサッちゃん？　プリンを買ってきてもらっている間に考えていたのですけど、目覚めの儀式のほうはこんな体たらくじゃない？　このまま何べんトライしたところで、きっと時間の無駄になるだけと予測されますの。そこで当面のところは方針を切り替え、プランBを実践してみたいと思うのですけれど、いかがかしら？」

突然、「プランB」と言われても具体的に何をどうするのか理解できなかったけれど、陽呼が提案するなら了解するしかなかった。無言でうなずき、返答する。

「もうステキ！　それでこそサッちゃんよ！　話の順序があべこべになりましたけれど、プランBというのは要するに、神さまをリメイクするということでございますの！」

両腕を蝶《ちょう》のように広げながら、興奮気味に陽呼が叫んだ。

「リメイクと言いましても、一から神さまを造り直すわけではないのよ。今のところはお眠りになっている神さまの御身を素体にして、デコレーションを施していくんですの。魔力をアップさせるステキな飾りをつけたり、攻撃性を高める瘴気《しょうき》を吹きこんだりして、神さまの上に、あたくしたちオリジナルの神さまを創造していくんですの！」

「それはリメイクというより、エボリューションですね！　マダム陽呼！」

はしゃいだ声で椎那が叫んだ。

「あ、確かにエボリューションね。仮にデコレーションの過程でオリジナルの神さまが目覚めたとしても、デコレーションされた魔力が上乗せされて強化されるわけですから、これは結果的にリメイクという意味合いのエボリューションにもなりますわね！」

「ある意味、フルアーマー神さまということにもなりますね、マダム陽呼！」

さらに賑々《にぎにぎ》しく、はしゃいだ声で椎那が叫んだ。

正直なところ、陽呼の説明を聞いても、佐知子はほとんど意味が理解できなかった。

でも、陽呼たちがとても楽しそうだということはよく分かった。

なんだかみんなで、学芸会の出し物に関する相談でもしているような感じだと思った。

そんな楽しい相談に佐知子も一緒に参加しているみたいで、心が弾んだ。

とりあえず、わけが分からないながらも、素晴らしい知恵と魔力を持った陽呼たちに任せておけば、間違いはないだろうと佐知子は思う。

エボリューションは次回の訪問から始めるつもりだという。

佐知子はその日が来るのを早くも心待ちにしながら、午後のティータイムを楽しんだ。

集結と蹶起《けっき》【二〇一三年六月二日】

次の日曜日の昼下がり、再び佐知子の家にマダム陽呼たちが訪ねてきた。

ただしこの日はいつもの面子《メンツ》に加え、佐知子の見知らぬ顔も増えていた。

「お許しなしで、突然連れてきちゃって悪いんだけど、紹介させてもらうからごめんね。この方たちはみんな、あたくしを慕ってくださっている、いわば信奉者。言い換えればそうね、同志と言ってもいい方々かしら。ねえ、そうよねえ?」

居間の座卓についたマダム陽呼のうしろに並んで座る四人の男女が、うなずきながら「はい」と答えた。続いて陽呼が、ひとりひとりの名前と素性を紹介していく。

富乃《とみの》と紹介された五十代半ば頃の女性は痩《や》せぎすで、顔色も不健康に蒼《あお》ざめているが、目だけは生き生きとした輝きを帯びて大きく見開かれている。骨張った面貌《めんぼう》と相まって、どことなくカマキリを連想させる顔つきをしていた。

数年前までは、さる新興宗教に入信していたのだが、他の信者たちから心ない暴言や嫌がらせを受けるようになって脱会。今は陽呼と留那呼を信奉しているのだという。

続いて紹介された松子《まつこ》は、三十代後半頃の背が低くてずんぐりした体形の女性だった。分厚いレンズの黒縁眼鏡を掛けていて、なんとなくモグラのような印象の人物である。

松子は嫁ぎ先の姑《しゅうとめ》に長年いびられ続けていたのだが、二年ほど前に知り合った陽呼と留那呼の力で姑を撃退。どのような「撃退」だったのかまでは明かされなかったものの、それ以来、ふたりを慕っているのだという。

継代《つぎよ》という女は、首のうしろでひとつに束ねた長髪が、ばさばさに乾いた白髪なので、一見すると年配のような印象を抱かせる。顔も皺《しわ》だらけなので、一層年配の印象が強い。しかし、首から下は肩幅の広いがっしりとした体形で、働き盛りの肉体労働者のような体格である。実際、仕事は土木関係の力仕事をしているとのことだった。

見た目の雰囲気からは想像しづらいものがあったが、継代は熱心なオカルトマニアで、陰陽道《おんみょうどう》や黒魔術を始め、あらゆる呪術《じゅじゅつ》の知識に長《た》けた人物なのだという。

そして唯一の男性である小西《こにし》は、四十代半ばほどで頭髪が薄く、背の低い人物だった。小西は幼少時代から複雑な事情があって、長らく母親とふたりで暮らしていたのだが、五年ほど前に最愛の母が突然の交通事故で死去。以来、なんとか母を生き返らせたくて、その方法を探していたのだが、陽呼たちと知り合い、ようやく願いが叶《かな》ったのだという。その後は陽呼たちを慕って様々な雑用を始め、身の回りの世話をしているらしい。

見知らぬ人物たちを突然集めて、これから何が始まるのだろう？

疑問に思って佐知子が尋ねようとする前に、陽呼のほうが自ら説明を始めた。

「本日、ここに集いし皆は、先日、あたくしが提案いたしました、エボリューションを遂行するための実行メンバーですの。まず、ここまではよろしくて？」

陽呼の言葉に佐知子がうなずくと、陽呼は「あら、ステキ！」と言って、話を続けた。

陽呼の説明によると、これからおこなうエボリューションの儀式は、これまで何度もおこなってきた目覚めの儀式とは違い、さらに人手が必要なのだという。

「引き続き、祭壇の前ですることもありますが、それ以外でしなくちゃならないこともいっぱいありますの。そのために厳選したのが、この場に集めた方々なのよ」

陽呼の言葉に四人の男女は、感嘆の声をあげたり、誇らしげな笑みを浮かべたりした。

「このたび、あたくしたちが成し遂げんとしております、神さまのエボリューションは、クリエーション。言うなれば、みんなでおこなう総合芸術ですの。それぞれが持ち得るスキルやセンスを総動員しなければ達成できない、壮大なプロジェクトになるでしょう。神さまの目覚めを実現させ得るエネルギーを充塡しつつ、たとえすぐには目覚めずとも、あたくしたちの意思で神さまの御身と力を自由に動かすことができるようにするための便利なチューンアップも同時に施してゆく。これはそういうプロジェクトになりますわ。そんなわけでみなさん、茨《いばら》の道ですが、張り切ってがんばってくださいませね！」

両腕をエレガントに伸ばし、満面に恍惚《こうこつ》とした笑みを浮かべた陽呼の演説が終わると、その場にいた一同から、高らかな拍手が起こった。

佐知子は話がうまく呑みこめなかったが、みんなに合わせて拍手した。

それから陽呼に促され、全員で奥の和室へ移動した。陽呼は祭壇に祀《まつ》られている箱をそっと持ちあげ、「他言無用でお願いしますわよ」と言いながら蓋《ふた》を開けた。

陽呼の前へ集まり、箱の中を覗《のぞ》きこんだ一同から、押し殺した歓声があがる。

箱には、炭のように黒ずんで干からびた細長い物体が、緩い輪を描いて収まっている。この数週間余り、陽呼の手により何度か蓋が開けられていたが、萎《しな》びた神さまの遺骸《いがい》はぴくりともせず、静かに箱の中へ収まるばかりである。二年前の三月十一日、佐知子が蓋を開けた時のように、こちらを睨《にら》みつけてくることもない。

続いて陽呼は祭壇の前に腰をおろし、畳の上に箱を置いた。佐知子を含む他の面子も、陽呼に倣って腰をおろす。

「それでは継代さん。あれをお願いいたしますわ」

陽呼の言葉に、白髪頭の継代が持参していたバッグを開け、中から小さな箱をだした。蓋を開けると、中には親指ほどの大きさをした、人の頭がたくさん入っていた。

佐知子が思わず「ひっ！」と声をあげると、陽呼が「作り物ですわ」と微笑んだ。

陽呼の言うとおり、小さな頭はよく見ると、作り物だった。材質は分からなかったが、色は真っ白で、少しざらついた質感を帯びている。頭は全て、女性を模したものだった。華奢《きゃしゃ》な輪郭をした細面に、こちらも材質は不明ながらも、長い黒髪が生えている。

あまりにも作りが精巧だったので、一瞬、生きているように見えたのだ。

「これはね、神さまの御身に新たな生命を吹きこむためのアンテナみたいなものですの。この頭を神さまの背中に差しこむことで、まずは準備完了となりますわ」

言いながら陽呼が、継代から頭のひとつを受け取った。

小さな女の頭の首の部分には、銀色を帯びた三センチほどの短いピンがついていた。

さらに陽呼が継代からもうひとつ、他のものより一回りサイズの大きな頭を受け取り、佐知子の目の前に近づけて見せた。

「ちなみにこれは、サッちゃんのお母さまを模した顔ですの。神さまの中に眠っているお母さまの魂が少しでも目覚めやすくなるよう、いちばん前に差しましょうね」

慈愛に満ちた眼差《まなざ》しで語った陽呼の言葉に、佐知子はたちまち胸が震えた。

陽呼の話では、休眠状態にある神さまの御身には、弓子の魂も眠っているのだという。神さまと一緒に弓子も目覚めてくれるのなら、こんなに嬉《うれ》しいことはなかった。

「ありがとうございます。母もきっと喜んでくれると思います……」

涙に視界を潤ませながら、佐知子は陽呼に深々と頭をさげた。

それから陽呼は、箱の中で緩い輪を描いて横たわる神さまの頭の真上に、弓子の顔を模したという小さな頭を差しこんだ。

干からびた神さまの姿が、長い黒髪を垂らした女の顔を持つ、蛇の姿に成り変わった。

続いてもうひとつ持っていた女の頭を、その真後ろに突き刺す。

そうして陽呼は、継代から受け取った頭を次々と、神さまの背中に差しこんでいった。

神さまは「女の顔を持った蛇の姿」からたちまち、背中にずらりと女の首を生やした、異様な姿に変わっていった。背中に生えた首の行列は、まるで背びれのようにも見える。

禍々《まがまが》しく変わり果てた神さまの姿に佐知子は内心、たじろいでしまった。

「さて、これで下拵《したごしら》えは完了ですわ！　あとはこれから、みなさんのスキルとセンスをめいっぱい駆使して、新しく生まれ変わった神さまにパワーを注ぎこんでいくお仕事を始めていただきますわ。みなさん、がんばってくださいませね！」

陽呼の呼びかけに周りの一同が声を揃えて「はい！」と答えたので、佐知子も倣った。

それから具体的な「仕事」の内容や、役割分担などが説明された。

これにも佐知子は内心、大いにたじろいでしまったのだが、周りの面子は椎那を始め、目を輝かせながら陽呼の説明に聞き入っていた。だから、佐知子も合わせないわけにはいかないと思い、怖《お》じ怖じしつつも必死で顔に笑みを浮かべる努力をした。

そうしてみんなに調子を合わせているうちに、やがてためらいや戸惑いは薄まり始め、顔には自然な笑みが浮かぶようになっていった。

たとえこれから、何をやらされようと構わない。

佐知子はもう、独りぼっちになりたくなかった。陽呼を始め、せっかく現れてくれた理解者を失うのが怖かったし、みんなで過ごす楽しい時間がずっと続いてほしかった。

そのためだったら、わたしはなんでもやるつもり。

一生懸命、やるつもり。

子供のような笑みを浮かべながら、いつしか佐知子は、陽呼の語る「仕事」の説明を一言一句聞き漏らさぬよう、それは熱心に聞き入るようになっていった。

美月と謙二【二〇一六年十一月十二日】

それから三日後の土曜日。美月の経過を確認するため、午後に再び仙台へおもむいた。

この日は前回と違い、謙二も含めた三人での面会だった。

場所は、謙二の自宅兼仕事場である。

謙二から何度か電話で連絡をもらい、美月の容態に変わりはないと聞かされていたが、前回の対面からすでに三週間近く経っているため、実際に顔を見るまで心配はしていた。

久々に再会した美月は、前回の対面時よりも心なしかまた、少しだけやつれたように見えた。顔色も若干、蒼《あお》ざめているように感じられる。

変わりがないといえばそうなのだろうが、やはり身体に負担はかかっているのだろう。

見た目の印象では少なくとも、前回よりも元気な姿に見えることはなかった。

だが、そうした見た目の弱々しさとは裏腹に、美月の顔には健《すこ》やかな笑みが浮かんで、こちらに対する受け答えも明るいものだった。

とりあえず、気力のほうは減退していないことを確信し、多少ながらも安堵《あんど》する。

「手ぶらでお邪魔するのもなんだったので、ちょっと差し入れも持ってきました」

居間のテーブルについたあと、謙二の家の近くの店で買ったケーキの箱を差しだす。

「あら、お気遣いしてもらっちゃって申しわけありません。いやでも、奇遇でしたね。あのう……ショックを受けないでくださいよ？」

箱を受け取りながら謙二は苦笑すると、台所から白い箱を持ってきた。

よく見ると箱には、私が持参したケーキの箱と、同じ店のロゴマークがついていた。

「さっき、駅前で美月と落ち合った時にね、『何か食べたいか？』って美月に訊《き》いたら、『ケーキが食べたい』って言うもんだから、郷内さんの分も含めて買ってきたんですよ。ケーキ屋、割と分かりづらい場所にあるのに、変な偶然になっちゃいましたね」

いかにも申しわけなさそうに笑いながら頭をさげる謙二に、こちらもバツが悪くなる。実を言うと謙二が住むマンションの近所をうろうろ歩いていたのである。その最中に偶然、ケーキ屋を見つけ、手土産にと思ってケーキを買ったのだった。

マンションを探している間、私は道に迷ってしまい、十分ほど

「なるほど。見つけづらいケーキ屋を見つけて、高島さんと同じ日に買ってしまったか。まいったな……。まったく、世間は狭いね、美月くん」

言いながら、美月に向かって笑いかける。美月は一瞬、きょとんとした顔をしたあと、

「大丈夫。わたし、ケーキ好きだから嬉しいです」と微笑んだ。

それからいろいろ雑談を交えながら、これまでの経過報告もおこなった。

とはいえ、大して報告できることはなかった。

というより、こちらの判断で開示できる情報が少なかったのである。

一昨日《おととい》、自宅の敷地で再び美月の面を被《かぶ》った女と遭遇したことは、不安を煽《あお》るだけと判じて伏せることにした。

同様に先日、美琴とふたりで黒いワンピースを着た女と遭遇した件も話していないし、美琴が新宿で美月の面を被った女を目撃したことも伝えていない。

一方、謙二は承知しているが、美月には伝えないでほしいと頼んでいることもあった。

ひとつめは、昭代《あきよ》の口から明かされた、椚木の一族の若い世代の人間が、ここ数年の短い間に相次いで亡くなっているという件。

ふたつめは、謙二を始め、今回の件に関わっている人間の大半が、美月の面を被った女を目撃しているという件。

三つ目は、深町が美月と直接対面しようとすると、体調に異変が生じるという件。

四つ目は、身体に故人が降りてきている状態が続くと、身体が少しずつ衰弱していき、あまり好ましい結果にならないということ。

五つ目は、かつて謙二たちが暮らしていた住宅地の一軒家に、結界札とおぼしき札が大量に貼られていたという件。

そして最後は、美琴が先日、亡き千草から「美月を救《たす》けてほしい」との直談判を受け、今回の件に関わり始めたということ。

いずれも中途半端な段階で伝えれば、美月に不安を与えてしまうだけと謙二に説明し、伏せておいてもらうようにしていた。

だから美月は、今回の件における発端であり、中心人物でありながら、関係者の中で現在の状況をもっとも知らない状態にある。

多くの隠し事をしていることにうしろめたい気持ちもなくはなかったが、それは全て美月の状態と今後の流れを案じるがゆえのことだった。割り切るより他ない。

深町との交渉に関しては話を適当にでっちあげ、目下のところ、私と深町のふたりで、千草を成仏させるための準備を慎重に進めていると、美月に伝えた。

幸いにも、美月はそれを信じてくれたようなのでほっとする。

身体に降りてきている千草の様子を尋ねると、初めに身体に降りてきた頃と比べると、最近は声を聞かせてくれる機会が少ないとのことだった。ただ、なかなか事が進まない成仏の件に関して不平不満を述べたり、急《せ》かしたりすることもないらしい。

あまり声が聞こえなくなってしまったことを美月は残念がっていたが、私からすればそれは、多少なりとも安心できることだった。

これまで手掛けた仕事の中で、身体に故人が降りてきた人物を何人も見てきているが、故人が頭の中で頻繁に声を発したり、生身の身体を使って動いたりすることが多ければ多いほど、故人が降りてきた人物の体力の消耗が早かった印象がある。

ゆえに美月の身体に宿った千草が大人しくしてくれているのは、幸いなことと言えた。

美月の説明では、声を聞かせてくれる機会は減っても、身体の中に千草がいるという感覚はあるらしく、「それだけでも嬉しいです」とのことだった。

話をしながらケーキを食べた。

と言っても私はやはり、人前で物を食べるのは苦手なため、食べたのは謙二と美月のふたりである。私と謙二の買い物がダブり、全部で十個ほどになってしまったケーキを、美月は目を輝かせながら五つも平らげてくれた。

「食欲はあるみたいで安心ですけど、さすがにちょっと引きますよね。見ているだけで胸やけがしてくる。お前、本当に大丈夫なのか？」

冗談めかしながら、謙二が美月に声をかける。

「別になんともないよ。お母さんの分も一緒に食べてるの」

そう言って美月は笑い、自分で淹《い》れた紅茶をすすった。

「こうやってまた美月と普通に会って、一緒にケーキなんか食べられる日が来るなんて、先月の今頃は夢にも思ってませんでした。妙なことがきっかけで引き合わされましたが、考えようによっては、これも千草が望んだことなのかもしれませんね」

柔和な笑みに少しだけ寂しそうな色を浮かべながら、謙二が言った。

「別にお母さんから『お父さんに連絡して』って言われたから、連絡したんじゃないよ。それはわたしが自分の意思で判断したの。でも、確かにそうかも。やっぱりお母さんがこうなるように引き合わせてくれたのかもね」

美月も笑みを浮かべながら、謙二の言葉に答えを返す。

その様子は、長い途絶など感じさせない、仲睦《なかむつ》まじい父娘《おやこ》の姿にしか見えなかった。

「美月の口を通してですけど、千草からも『美月をよろしくね』って言われていますし、今回の件が無事に解決しても美月が嫌じゃなければ、今後もこうして普通にやりとりを続けていきたいなと考えているんです」

謙二がそう言うと、美月もうなずきながら「いいんじゃない？」と答え、微笑んだ。

娘か。いいなと私は思う。真弓《まゆみ》も娘が欲しいと言っていた。

謙二もいい父親だと思う。自分が将来、父親になったとして、こんなに娘の身を案じ、行動できる父親になれるかどうか、私は自信が持てなかった。

この父娘に本当の意味での安息と、なんらわだかまりのない交流を。

仲睦まじいふたりの様子を見ながら、心の中で私は密《ひそ》かに願った。

黒岩春菜　【二〇一六年十一月十三日】

美月と二回目の面会を果たした翌日の午後。

昭代の取り計らいで私は、二〇一五年の九月に急逝した、黒岩春菜《くろいわはるな》の家を訪ねていた。春菜の祖母・麻子《あさこ》は、椚木家の先代当主（昭代から見て、義理の父親）の妹に当たる人物である。その娘の朋子《ともこ》が、亡くなった春菜の母親だった。

十一年前、椚木の一族の怪異が勃発《ぼっぱつ》した際、朋子は半ば正気を失くしたような状態で麻子と春菜に連れられ、私の仕事場を訪ねてきたことがある。

当時の朋子は、「亡くなった有名歌手が守護霊についた」と豪語し、亡き歌手の霊に言われるままに仕事をやめ、育児も放棄し、長らく家に引きこもっている状態にあった。

その後、麻子の願いで一度だけ黒岩家を訪ねたことがあるのだが、残念ながら朋子の容態を回復させることはできず、以後は麻子からの音信も完全に途絶えてしまったため、朋子があれからどうなってしまったのか、これまで確認することができなかった。

当時の朋子は、脂とフケで汚れた長い髪に、着ている衣服のあちこちに食べこぼしの染みを斑《まだら》状に浮かせた、ひどいなりをしていた。百八十センチ近い長身と、恰幅《かっぷく》のよい体格も相俟《あいま》って、対面した時はひたすら圧倒された印象が強い。

果たして今現在はどうしているものかと、暗に不安を抱きながらの訪問だったのだが、予想に反して、それは杞憂《きゆう》に終わった。

居間の座卓越しに座る今現在の朋子は、長い髪を肩口近くまでばっさりと切り落とし、着ている衣服にも汚れや染みのたぐいはひとつも見当たらない。

顔色や顔つきにも異様な雰囲気は感じられず、当時の半ば壊れてしまったかのような佇《たたず》まいから一転して、すっかり身綺麗《みぎれい》になっていた。

訊《き》けば、私が黒岩家を訪問してからひと月後辺りに、なぜか例の有名歌手の守護霊がぴたりと姿を現さなくなり、声すら聞こえなくなってしまったのだという。

「今思いだしてみるとわたし、本当にどうかしてたんですよね。守護霊っていう概念がすっかり消えると、みるみるうちに『自分はなんて馬鹿なことをしてたんだろう』って気持ちが強くなってきて、それでようやく正気に戻ることができたんです」

隣に座る麻子に「ね？」と声をかけながら、朋子が神妙そうな面持ちでうなずいた。

完全な憶測になってしまうが、朋子が語った「ひと月後辺り」というのは、おそらく椚木の家の災禍が収束した頃とほぼ同時期に当たる。一族に波及していた怪異の元凶が断たれたことで、朋子の容態も回復したのではないかと思った。

「当時はなんのお力にもなれず、申しわけありませんでした。でもともかく、お元気になられたようで安心しました」

私が頭をさげると、朋子と麻子は「いえいえ、とんでもない」と言ってそれを制した。

「罪滅ぼしというわけではないのですが、今日は椚木昭代さんからご依頼をいただいた供養をさせてもらうため、参じたしだいです。どうぞよろしくお願いいたします」

少々後ろめたい気分にはなったのだけれど、黒岩家を再び訪ねる口実として、昭代に嘘をついてもらっていた。

〈最近何度か、一年前に亡くなった春菜ちゃんの夢を見た。なんだか少し気になるので、供養の経をあげさせてもらえないだろうか〉

こんなふうに伝えてもらったのである。

誰にでも通じる手段ではないが、宮城の田舎では比較的、「故人の夢を見た」という告白は、立派な供養の口実となる。

加えて、昭代が現在暮らす海辺の町と、黒岩家がある県北の町は、車で二時間ほどの位置関係にあることも幸いした。

自身の高齢と距離が遠いことを言い訳に、昭代は黒岩家と面識のある私を代理として派遣し、春菜の供養をさせてもらいたいと麻子に伝えてくれたのだった。

私が再び黒岩家を訪ねたいと考えた本当の理由は、春菜の供養ではない。

だが、供養自体をおこなうのは事実だったし、供養をないがしろにする気もなかった。

仏間に案内され、仏壇を前に供養の経をあげ始める。

仏壇の中には、小さな写真立ての中で微笑を浮かべる、十代後半の少女の姿があった。

あと一年で成人を迎えられるはずだった、春菜の最後の写真なのだという。

春菜は高校を卒業後、地元のショッピングモールに就職。この黒岩家で麻子と朋子の三人で暮らしながら、元気で仕事に励んでいた。

私の記憶の中にある春菜の姿は、小学校低学年の幼い女の子の姿である。

守護霊の件でほとんど正気を失っていた朋子へしがみつき、「お母さん違うでしょ！　そんなの違うでしょ！」と、必死になって叫んでいた、あまりに痛ましい姿だけだった。

幸いにもあれからまもなく朋子は正気に立ち返り、以後は家族三人で慎《つつ》ましやかにも楽しく、幸せに暮らし続けてきたのだという。

拝みながら、無性に「ごめんね」という気持ちになった。

あるいはもしかしたら、救《たす》けてあげられたかもしれなかったのに、ごめんね。

もしも何か伝えたいことがあったら、教えてくれるかな？　遠慮しないで話してね？

思いながら、伝えながら、春菜の安らかな冥福《めいふく》を祈って拝み続けた。

経を唱え終えて振り返ると、うしろに並んで座っていた麻子と朋子が泣いていた。

「春菜、成仏できてなかったんですかね？」

両目を真っ赤に泣き腫《は》らしながら尋ねる朋子に「そんなことはないですよ」と答える。

そんなことではないのだ、多分。

春菜は特にこれといった持病もなく、大きな病気を患ったりしたこともない娘《こ》だった。

ただ、亡くなる半年ほど前から、断続的に耳鳴りを覚えたり、慢性的な疲労を訴えたり、不審な兆候は見られたのだという。

「病院にも行って、いろいろ検査もしてもらったんですけど、特にこれといって異常は見つからなかったんです。勤め先だって、残業なんかほとんどないシフト通りの勤務で、休みも普通にありましたからね。過労とか、そういうことでもないんだと思います」

腑《ふ》に落ちないといったそぶりで朋子が言い終えると、そこへ麻子が言葉を継ぐようにこんなことを言いだした。

「でも春菜、確かに仕事はそんなに忙しくなかったんだろうけど、他ではなんだか随分、忙しそうにしてたんです。ねえ？」

麻子の言葉に、朋子も「うん」とうなずいた。

春菜は亡くなる半年ほど前から、仕事が終わってからも帰宅するのが妙に遅かったり、休日も家で休まず、外で過ごすことが多くなっていたのだという。

「年頃の娘だから彼氏でもできたのかと思って、あんまり詮索《せんさく》はしなかったんですけど、なんだかそういう感じでもなくて、外で何をしてたのかは、結局わからずじまいでした。亡くなったのだって、なんでこんなところでって場所でしたし」

大きく首を傾げながら朋子が言った。

春菜が亡くなったのは休日の昼間、自宅から車で三十分ほど離れた、隣町の住宅地の路上なのだという。遺体は住宅地の路肩に停められた、車中から発見されたそうである。不審死のため、警察もそれなりに調べを進めたそうだが、検死の結果はくも膜下出血で、事件性はないと結論づけられた。

「その近所に友達とか彼氏の家があるわけでもなさそうだったし、だからわたしたちは『え？　なんでこんなところで？』って、思ってしまったんですよ。今となってはもう、何も分からなくなってしまったんですけどね」

そこへさらに麻子が、「ああ、そういえば」と言葉を継いだ。

「不審死っていうか、妙な亡くなり方だったら、もう一件あったんですよね」

「なんでしょう？」と尋ねると、春菜が亡くなる半年ほど前のことだという。

夕暮れ近く、春菜が当時勤めていたショッピングモールの駐車場で若い女性が倒れた。女性は救急車で搬送されたが、搬送先の病院でまもなく死亡が確認された。

それから数日後、黒岩家に身内から告別式の葉書が届いた。

送り主は皆川《みなかわ》家。亡くなったのは、美緒《みお》という名の一人娘だった。

黒岩家とは遠縁に当たる間柄だったが、皆川家は、麻子の父の妹が嫁いだ家だった。二十六歳という若さで亡くなったその美緒こそが、春菜が勤めるショッピングモールの駐車場で亡くなった娘だということを、麻子と朋子はのちに知った。

「死因は心不全ってしか聞きませんでしたけど、身内の若い女の子が春菜の働いている店の駐車場で亡くなって、その半年後にうちの春奈もでしょう？　一時はなんとなく、先祖《こ》の因縁とか祟《たた》りとか、そういう変なことも考えてしまったんです。でも思い返せばあの娘が小さい頃、わたしが守護霊がどうとか騒いでつらい思いをさせたこともあるし、そういうふうに考えるのは、やっぱりやめようと割り切ったんですけどね」

瞳《ひとみ》を陰らせ、朋子は自嘲《じちょう》的な笑みを浮かべた。だが、それから一拍置いて「でも」と、おずおずしながら言葉を続けた。

「本当にそういうことではないんでしょうか？　先祖の因縁とか祟りとか。そんなこと、実際にあったとしても、今さら春菜が帰ってくるわけじゃないですし、知ったところで意味なんかないって思うんですけど、何かそういうのってあったんでしょうか？」

言い終えるなり朋子は、ぼろぼろと大粒の涙をこぼしながらしゃくりあげた。

つい二週間ほど前、「わたしの供養が足りていなかったんでしょうか？」と泣きだし、千草の成仏に強い責任を感じて煩悶《はんもん》していた昭代の姿が重なり、胸が苦しくなった。

子供のことで悲しい涙を流す母親の姿は、見ているだけでもつらい。供養も済んだし、できればもう、そっとしておいてあげたかった。

だが、それと同時に私の中では、朋子に水を向けられた質問に「ありがたい」という気持ちも湧きたち、言いようのない自己嫌悪に駆られてしまう。

とはいえ、どんな気持ちになろうとも、訊くべきことは訊かねばならなかった。

「もしも先祖や亡くなった身内のことで気になることがありましたら、話してください。なんでも聞かせていただきますし、私で力になれることはなりますよ」

我ながら最低最悪と自覚する作り笑いをこしらえながら、私は朋子と麻子に水を向け、黒岩家の先祖に関する話題に誘導した。

そうしてこの日、黒岩家を訪ねた本当の理由について、言葉巧みに答えを訊《き》き始めた。

それから二時間ほど、麻子と朋子の話に耳を傾けた。そのうえでこちらも質問を重ね、必要な情報を全て聞きだすことができた。

玄関口で笑みを浮かべながら見送るふたりに会釈して、黒岩家を辞す。

その後、近くのコンビニの駐車場に車を停め、携帯電話で美琴へ連絡を入れた。

「本人から正式に了解をもらった。よろしく頼む」

「分かりました。あとで折り返しますね」

美琴の返事を確認すると私は再び車を走らせ、家路に就いた。

進化と呪詛《じゅそ》【二〇一三年六月下旬】

陽呼が「神さまのエボリューション」を提唱してから、ひと月ほどが過ぎた。

その間、佐知子の家には、陽呼が厳選した四人の男女を含む「エボリューション」の実行メンバーが、入れ替わり立ち替わり、出入りを繰り返していた。

初めは佐知子が仕事から帰宅する時間に合わせて、陽呼たちが訪ねて来ていたのだが、六月の上旬辺りになると、陽呼が「昼間も作業をしたいんですの！」と言いだしたので、家の合鍵《あいかぎ》を渡した。

そこから先は、エボリューションの実行メンバーの誰かがかならず佐知子の家にいて、何かしら作業をしているようになった。作業は夜遅くまで続けられることもあったので、メンバーの誰かが家に泊まっていく機会もあった。またそれは、日を追うごとに機会を増していくようにもなった。

佐知子も帰宅後や休日には、陽呼に指示を受けた作業を一生懸命こなしてがんばった。指示されたとおりに作業ができると、陽呼は佐知子を抱きしめ、褒めちぎってくれたし、留那呼や椎那、他のメンバーたちも佐知子の努力と成果を大喜びで評価してくれた。

職場では決して得られることのない喜びと充実感に、佐知子の心は舞い踊った。

だからさらにもっとがんばろうという気にもなったし、陽呼の口から次々と飛びだす指示がどれだけ奇抜で意味が分からず、時にはひどくおぞましいものであったとしても、佐知子は大して動じることもなく、むしろ楽しい気分でこなすことができていた。

自宅でこなす作業以外にも佐知子はもうひとつ、別の仕事もおこなった。

「地元のおバカさんたちから余計な邪魔が入らないよう、先手を打っておかないと！」

陽呼が声高らかに言い放ち、佐知子に命じたのは、この住宅地の比較的近所で看板を掲げて仕事をしている拝み屋と祈禱師《きとうし》の力を削《そ》ぎ落とすことだった。

その方法は、陽呼が作った特製の御札を現地で燃やして帰ってくるというもの。

無論、当事者を目の前にできることではないので、何気ないそぶりでトイレを借りて、トイレの中で密《ひそ》かにおこなうことが多かった。

御札は彼らが持つ力を弱め、仕事場に災いを呼び寄せるものなのだという。仕事場が自宅と兼用である場合は、家全体に災いをもたらすそうである。

地元に住まう異能者たちの素性やスタンスがどうであれ、これから作業を進めていく過程でエボリューションの実態を彼らに感づかれ、余計な詮索や妨害を受けるリスクを、陽呼は多大に危惧《きぐ》していた。

「どんなに綺麗事《きれいごと》を並べ立てて人を救うふりなんかしていても、所詮《しょせん》、ああいう連中は営利目的で、困った人から小銭を巻きあげながら小ずるく生きている下劣な存在ですわ。先手を打って多少苦しめたって、なんの罪にもならなくってよ！」

苦虫を噛《か》み潰《つぶ》したような顔で叫んだ陽呼の言葉に、留那呼も椎那もうなずいた。

「わたしの話、覚えているでしょう？　表向きはどんなに聖人ぶっていたとしてもねえ、ああいう奴らは一皮剝《む》いたら自己中心的で嫉妬《しっと》深く、おまけに業も深いクズばかりなの。だから別に心を痛めたりする必要なんか、全然ないと思うわよ」

大仰に面貌《めんぼう》を歪《ゆが》めながら語った椎那の言葉も後押しとなり、佐知子は実際、さしたる罪悪感を覚えることもなく、密かに御札を燃やして帰ってきていた。

訪問は佐知子ひとりでなく、拝み屋の許《もと》へは富乃が、祈禱師の許へは松子が同行した。悩み相談を装い、名前を含む素性を全て偽っての訪問だった。

相談中に頃合いを見計らい、富乃と松子が佐知子に目配せをする。

それを合図に佐知子がトイレを借りる許可をもらい、トイレの中でライターを使って御札を燃やす。燃えかすはそのまま便器に入れて処分して構わないとのことだったので、そうした。

佐知子が御札を燃やして応接室に戻ると、あとは適当に話を切りあげ、何食わぬ顔で彼らの前から立ち去る。最初に陽呼から段取りを聞かされた時は、うまくいくかどうか、はらはらしていたが、いざ実際にやってみれば、造作もなく達成することができた。

無事に成功したことを報告すると陽呼はいたく喜び、佐知子の仕事を称賛してくれた。共に仕事をこなした富乃と松子も佐知子のことを褒めてくれたし、行き帰りの車中でふたりとたくさん話すこともできたおかげで、仲良く打ち解けることもできた。

家でこなすエボリューションの準備も、下賤《げせん》な異能者たちを懲らしめる外での仕事も、佐知子はどちらも楽しかった。

エボリューションの準備は合宿みたいで胸が高鳴ったし、密かに御札を燃やす仕事は、スパイ活動をしているみたいでわくわくするものがあった。

よき理解者と友人にも恵まれ、佐知子の心は今までの人生で最高潮に達していた。

作業と促進【二〇一三年七月】

日は瞬く間に過ぎてゆき、気づけば六月も終わって、季節は本格的な夏になっていた。梅雨の影響もあって外気は昼夜を問わず蒸し暑く、肌身に不快な日々が続いていた。

佐知子の家にはエアコンがない。冷房機器は、古びた扇風機が数台あるだけだった。ゆえに家内も、およそ快適に過ごせる環境ではない。

窓を開ければいくらかなりとも風が入って、淀《よど》んで熱気を帯びた空気も少しは流れて和らいだ。

だが、陽呼の指示でそれが許されているのは居間を始め、家の一部の部屋だけだった。神さまが祀《まつ》られている奥の和室は、窓もカーテンもぴたりと閉ざされた状態にあった。だから部屋の空気は常に蒸し蒸ししていて、昼でも電気をつけないと真っ暗である。

襖《ふすま》で隔てられた和室の隣室は、フローリング張りの部屋である。襖の反対側に面した部屋の壁にはドアがあり、その先は玄関側に面したカーペット張りの洋間になっている。

こちらの二部屋は、エボリューションに必要な作業をおこなうのに使っているのだが、奥の和室と同じく、常にカーテンが閉めきられ、窓を開けることが許されなかった。

扇風機をつけても蒸された空気が掻《か》き回されるだけで、大した効果は得られない。

陽呼曰《いわ》く、神さまの遺骸《いがい》の存在や、計画を外部の者に知られないようにするためには、これぐらい厳重に警戒しなければならないのだという。だから従うしかなかった。

佐知子自身も、呪術《じゅじゅつ》に精通した継代をリーダーに、富乃、松子、小西の四名と一緒に、フローリングの部屋とカーペットの部屋を行ったり来たりしながら、汗みずくになって作業に勤《いそ》しむ日々が続いていたが、それは陽呼も同じだった。

「暑いわ、暑いわ、茹《ゆ》だって死んでしまいそうですの！」

ヒステリックな金切り声をしきりに張りあげながらも、陽呼のほうは、留那呼と椎那、イザナミちゃんの四人で和室にこもり、祭壇を前に呪文《じゅもん》を唱えていることが多かった。

以前、目覚めの儀式の際に唱えていた呪文ではなかった。陽呼の説明では、神さまの進化を促進するための呪文とのことだったが、くわしいことはよく分からない。

それよりも、自分の仕事に集中しなければならなかった。

平日は、会社勤めを終えて帰宅してから夜遅くまで。休日は、朝から晩までほとんど丸一日をエボリューションの準備作業に費やしていた。

身体の芯《しん》まで蒸しあげられるような暑さに加え、作業で生じる臭いもひどい。

多忙と不快感に耐え抜きながら作業を進めるなか、余計なことを考える暇などなかった。

とにかく、陽呼を信じていれば大丈夫。

この先にきっと、もっと楽しいことが待っているはず。

思いながら佐知子は連日連夜、エボリューションの準備作業を進め続けた。

人形と傀儡《かいらい》【二〇一三年七月十五日】

陽呼たちが家の奥の和室で、佐知子たちがフローリングの部屋とカーペットの部屋でそれぞれ作業を進めていくなか、椎那は時々、二階の一室に籠《こ》もることがあった。

二階は二部屋あって、ひとつは佐知子の私室だった。

その隣の部屋に、椎那はひとりでしばらく籠もることがあった。

エボリューションの準備が始まってまもない頃、椎那が「部屋を使わせてほしい」と言ってきたので、佐知子は「自由に使ってください」と答えた。

以来、二階の一室は椎那の私室のようになっていた。

部屋は元々空き室で、あるのは佐知子が不要になって私室から運びだした小さな机や物入、ガラクタ類を詰めこんだ段ボール箱がいくつか並んでいるだけだった。

椎那は部屋の窓際に置かれた机に向かって、人形作りに励んでいた。

ひと月ほど前の昼下がり、エボリューションの準備作業が一段落したので、みんなで休憩しようと居間に集まった。その際に椎那はひとりで二階へあがっていった。

椎那は先刻まで祭壇を前に呪文を唱え続けていたので、喉《のど》が渇いているだろうと思い、階段を上ってジュースを持っていってあげた。その時に分かったのである。

佐知子が持っていったジュースを、椎那は「ありがとう」と微笑みながら受け取って、それから「よかったら見てみる？」と言って、机のほうを指で示した。

机の上には、全高二十センチほどの人形が仰向けになって寝かされていた。

サイズといい、スタイルといい、元は子供が遊ぶ着せ替え人形だったのだろうと思う。

だが、本来ならば金髪であるべき長くてまっすぐな髪の毛は、黒く染めあげられていた。

それに着せられている服も地味な灰色のスウェットで、お洒落《しゃれ》や可愛らしい雰囲気とは、およそかけ離れた雰囲気を漂わせていた。

人形は髪の色も服装も異彩を放っていたが、佐知子の視線へまっさきに留まったのは、顔だった。

人形の顔面には、幼い女の子の顔写真が貼りつけられていた。

色は白黒で、コピーか印刷したものを顔の形に切り抜いて貼ったのだろうと思われる。

白黒の顔は、さらに目玉と口の部分も切り抜かれ、丸い穴が開いていた。

「なんですか、この人形？」

「わたしの造り神。今のところ、これが唯一ぎりぎりの成功作なんだけどね」

佐知子の質問に、片手で人形を持ちあげながら椎那が答えた。

初めて聞く言葉だったが、椎那が丁寧に説明してくれた。

造り神とは言葉のとおり、自分の意思で造りあげるオリジナルの神さまなのだという。

オリジナルゆえ、名前も姿も創造主のセンスによって自由に決めることができる。

「陽呼さんたちと一緒にやっている、エボリューションみたいなものですか？」

佐知子が尋ねると、椎那は「似ているけど違う。あれはかなり特殊だから」と答えた。

現在、エボリューション計画でおこなっているのは、元々神さまだったものの遺骸をベースに陽呼が独自の姿に作り替え、新たな力や属性を上乗せしていくことで完成する、いわば改造に近いものなのだという。

一方、椎那が造った造り神は、人の形を模しているとはいえ、ただの器物に過ぎない人形をベースに造った存在である。そこが根本的な違いだと椎那は言った。

「造るのが上手い人の場合は、人形なんかをベースにしなくても、頭の中で姿かたちを思い描いていくだけで、完成させられるらしいんだけどね。でも残念ながらわたしには、そういうセンスはないみたいだから、いつも人形をベースに造っているの」

言いながら足元に置かれていた鞄《かばん》を開け、中からほとんど同じ作りをした人形たちを机の上に並べていく。人形は全部で三体出てきた。顔にはやはり幼い女の子の顔写真が貼られている。違うのはスウェットの色だけだった。こちらはそれぞれ黒に青、橙色《だいだいいろ》のスウェットを着せられている。

「こっちは全部失敗作なのね。一生懸命、魂を宿らせようと思ってがんばったんだけど、全然動いてくれなかったり、動いても言うことをきいてくれなかったりでダメだった奴。そのうち調整し直そうと思って、捨てずに取ってはいるんだけど、どうかしらね」

机に並べられた人形たちを見ながら、椎那が苦笑する。

「あ、ちなみに動くといっても人形自体が動くんじゃないのよ。人形はベースであって、完成した造り神は別の存在として、独自に稼働してくれるようになるわけ」

椎那の言葉になんとなくうなずいてみたものの、いまいち意味がよく分からなかった。

そんな様子を察したのか、椎那がさらに言葉を付け加えた。

「分かりやすい例を挙げるなら、イザナミちゃんがそう。あれはマダム陽呼と留那呼が数年単位で造った傑作だから、凄《すさ》まじい力を持っているし、変幻自在で可視の存在にも不可視の存在にもなることができるわけ。わたしも、イザナミちゃんみたいな造り神が欲しくてふたりに師事したんだけど、どうにもうまくいかないのよね」

少しだけ顔色を陰らせながら、椎那は佐知子を見つめた。

今度の言葉もよく分からなかったが、それでも直感的に驚いてはしまった。

「じゃあイザナミちゃんって、人間じゃないんですか？」

「そうよ。言われなければ、単に〝ちょっと変わった雰囲気の女〟って感じるぐらいで分からなかったでしょう？　イザナミちゃんは人間じゃないの」

事も無げに答えた椎那の言葉に、佐知子も確かにそう言えばと、感じるものはあった。

四月の下旬にファミレスで陽呼たちと知り合って以来、佐知子はこれまで一度としてイザナミちゃんと言葉を交わしたことがない。佐知子が声をかけてもイザナミちゃんは、無言でうなずいたり、身振り手振りで答えたりするばかりだった。

もっと厳密に言うならイザナミちゃんの声すら、これまで一度も聞いたことがない。

ただ、声の件に関してだけなら、佐知子は彼女がハンディキャップを抱えているから、口が利けないものだと思っていた。

デリケートな話題なので、本人へはもちろん、陽呼たちにも事情を尋ねたことがない。だから今まであまり、疑問に思うこともなかった。

他にも日本人離れした独特な顔立ちや、いつでも黒い長袖《ながそで》のワンピース姿であること。それにファミレスで、八重子《やえこ》と彼女の家族たちに無銭飲食をするように仕向けたらしい不思議な力など、イザナミちゃんには不審な点が多々ありもした。

だが、奇抜な服装や不思議な力に関しては、陽呼や留那呼、それに椎那も同じだった。だから佐知子はこれまで、イザナミちゃんだけを特異な存在として捉《とら》えてはいなかった。

しかし、椎那の説明でひとつだけ、これまでわずかながらもイザナミちゃんに対して疑問に感じていたことの答えが出たような気がした。

変幻自在で、可視の存在にも不可視の存在にもなることができる。

確かにイザナミちゃんは、神出鬼没なところがあった。

五月までは、祭壇を前に陽呼たちが呪文を唱えている間、佐知子とイザナミちゃんは彼女たちの背後に並んで座っていた。ところがふと気がつくと、隣に座っていたはずのイザナミちゃんの姿が忽然《こつぜん》と消えていたことが、何度かあった。

どこに行ったのだろう、と思いながら陽呼たちの背中に視線を戻してしばらくすると、またいつのまにかイザナミちゃんが黙って隣に座っている。

そんなことが何度かあった。
その後、エボリューション計画が始まってからも、不可解なことは何度かあった。

イザナミちゃんは普段、椎那が運転する車に乗って、陽呼、留那呼のふたりを含めた四人で佐知子の家へやって来るのだが、時々、イザナミちゃんだけいないことがあった。だが、しばらくすると祭壇がある和室の中で陽呼たちと並んで座っていたり、廊下ですれ違ったりするということがあった。

不可解とは思いながらも、今までは深く考えることはなかったのだけれど、椎那からイザナミちゃんが人間ではないと聞かされたことで、確かに納得できるものはあった。ただし、それで椎那の話を全面的に受け容《い》れたわけでもない。神さまの目覚めやエボリューションの計画自体が、そもそも非現実的な話でもあるが、それでもイザナミちゃんは、佐知子の肉眼ではっきり確認することのできる存在である。多少不可解な点があったとしても、すんなり呑《の》めこめるような話ではなかった。

そこへ椎那が再び口を開いた。

「あんなに精巧なものじゃなくても、もっと実用性の高い造り神を造りたいんだけどね。わたしはやっぱり才能ないのかな。何体造っても、思い通りに造れたためしがないのよ。あの平凡な小西のおっさんでさえ、人の頭を狂わせられるぐらいの力を持った造り神を造りだせたっていうのに、皮肉なもんよね。割とプライドが傷つく」

またしても予想だにしない話がとびだしたことに、佐知子は驚く。

小西の造り神は、五年前に亡くなった母親の姿を模したものなのだという。

「母親の姿を模したって言っても、でかくて醜い顔に上半身しかない、化け物みたいな姿をしているんだけど、それでもそれなりの力を持っているから腹が立つのよ。名前は〝母上さま〟だって。そのまんまじゃないね？　でもそんなのにも比べても、わたしの造り神は不出来で、ぎりぎり成功作のこれも、他人の監視をするぐらいにしか使えない。本当はもっと強い力を持たせたいのに、どうがんばっても駄目なのよね……」

そう言って椎那は再び、灰色のスウェットを着た人形を持ちあげた。

「その顔に貼っている写真、誰なんですか？」

「これ？　わたしの従姉弟《いとこ》。もうだいぶ前に死んだんだけど、生きてる頃は強い霊力を持ってたから、ベースの一部に使おうと思って貼ってるのよ。実際、貼りつけてからは完成度もあがった。でもまだまだ実用性には、ほど遠い。落ちこんじゃうわよね……」

自嘲《じちょう》的な笑みを浮かべながら、椎那がつぶやく。

佐知子は椎那を元気づけてあげたかったが、うまい言葉が思い浮かんでこなかった。それでもどうにか「がんばってくださいね」と声をかけると、椎那は「ありがとう」と微笑んでくれた。

階下へおりて、居間へ戻る。

まんなかに設《しつら》えたテーブルの周りには椎那を除く面々が座って、ジュースを飲んだり、茶菓子を食べたりしながら、つかのまの休憩を楽しんでいた。

無論、その中にはイザナミちゃんの姿もあった。

先刻、椎那からあんな話を聞かされてしまうと、どうしても意識せざるを得なかった。

何気ない体を装いながらテーブルにつき、イザナミちゃんの顔をちらりと盗み見る。

彫が深くて青白い面貌《めんぼう》に大きな目、尖《とが》った鼻は、やはり日本人離れした顔立ちである。

あるいは椎那の話を受け容れるのなら、どことなく人間離れした顔立ちとも言えようか。

服装は常に長袖の黒いワンピース。目眩《めまい》がするような蒸し暑さが続く最近になっても、それは一向に変わらなかった。

確かに異様な風貌《ふうぼう》だとは思う。だが、こうして佐知子の眼前にはっきりとした実像を結んで存在している以上、イザナミちゃんがこの世ならざる存在だとは思えなかった。

佐知子の視線に気づいたのか、イザナミちゃんがふいに視線をこちらへ向けた。

感情のこもらない、まるで人形のような目をしている。

慌てて視線を逸《そ》らし、取り繕うように手元に置かれた麦茶へ口をつける。

続いてテーブルの端のほうに座って、松子と話をしている小西へ視線を向けてみる。

見た目は普通の中年男性だし、彼は他の女性陣と比べて、気の弱い人物でもあった。

陽呼や留那呼を始め、いつも女性陣からいいように使われては、薄笑いを浮かべながらぺこぺこ頭をさげているような男である。

そんな人物が、頭の中で神を造りあげられるものだろうかと考えてしまう。

やはりどうにもしっくりこない。

だが、椎那が佐知子に出鱈目《でたらめ》を伝えたのでもないと思っている。だから頭が混乱した。造り神の件はさておき、陽呼たちの力は紛れもなく本物だという確信もあった。

五月の終わり頃、留那呼が不思議な力で報復をおこなったコンビニは、今月の始め頃、突然閉店してしまった。理由は不明だったが、原因は留那呼の力だろうと思う。

陽呼が居酒屋で酔客たちに対し、留那呼がコンビニに対して、不思議な力を行使した五月からひと月ほど経った二週間ほど前にも、ふたりは再び力を使っていた。

陽呼は行きつけのファミレスの店内を走り回って騒いでいた五、六歳の男の子に対し、留那呼は佐知子と一緒にスーパーへ夕食の買いだしに行った際、愛想の悪かった店員に対して、それぞれ力を行使している。

粛清の鉄槌《てっつい》を下された男の子と店員がその後、どうなったのかは確認できなかったが、居酒屋の酔客たちとコンビニの末路を顧みる限り、少なくとも無事ではないことだけは想像に難くない。

「また、長いチャージが必要ねえ……やれやれですわ。早く神さまを使えるようにして、無尽蔵に力を繰りだせるようになりたいものねえ」

ファミレスで力を行使したあと、陽呼は太いため息を漏らしながら言った。

顔では笑っているし、エボリューションの準備がまずまず順調に進んでいることにも喜んでいたが、陽呼も留那呼もここ最近、苛々《いらいら》しているようなそぶりが感じられた。

前回の力の行使は、その苛々の発散でもあったのではないかと佐知子は考えている。

　そんなふたりの動向に対して椎那は一度、佐知子に陰でぼやいたことがある。

「前からああやって貴重な力を無駄遣いしているのよ。もったいないとも思っていない。ああいうところはまるっきり、野生のけだものと同じなのよね」

　囁《ささや》くようにそう言った椎那の顔と声には、そこはかとないわだかまりのようなものが感じ取れた。仮に佐知子が感じたとおりだとするなら、理解できるような気がした。

　エボリューションの準備作業のうち、実質的な労力を要する仕事の大半は、佐知子と他の面子《メンツ》が担っていた。陽呼と留那呼のふたりは和室の祭壇を前にして呪文《じゅもん》を唱えるか、佐知子たちに仕事の指示をするだけだった。

　椎那も基本的にはふたりと共に呪文を唱えていることが多かったが、陽呼と留那呼の送迎を始め、車を使う雑務はほとんど椎那がやらされていたし、時にはメンバーの中の〝貴重な男手〟として、小西とふたりで力仕事をさせられることもあった。

　椎那の中にそうした鬱屈《うっくつ》が溜《た》まってきているのではないかと、佐知子は感じていた。

　佐知子自身は陽呼と留那呼に対して、特段悪い感情は抱いていない。陽呼と留那呼に救いだされたからこそ、今の自分があるのだし、むしろ多大な感謝の念を抱いている。

　とにかく早く、エボリューションが完遂され、神さまが復活すればいいのにと思った。そうすればまた、みんなと楽しいだけの時間を過ごすことができるはず。

　思いながら佐知子は、計画の成功と早期の完遂を心から願った。

ナメラスジ　【二〇一六年十一月十四日】

千草の地元を訪ねる日の朝、また夢を見た。

塔の半分よりも少し上まで上ったところで足を踏み外し、私は眼下に広がる水の中へ真っ逆さまに落下していく。

そこで目が覚め、ひどい不快感と焦燥感に顔を歪《ゆが》めながら起きあがる。

眠気で半分濁った頭で、今度同じ夢を見たら、明晰夢《めいせきむ》を試してみようかと考えた。

二年前の真冬、加奈江を失う少し以前から、私は明晰夢が見られるようになっていた。いや、正確には「見られることに気がついた」という表現のほうが正しいのだと思う。

夢の中で「自分は今、夢を見ている」と認知することができれば、覚醒《かくせい》時とほぼ同じ意識状態で夢の中を俯瞰《ふかん》したり、考えたりすることができるのだ。

加奈江を失って以降は試みる必要がなくなってしまったし、夢そのものが私にとって忌避すべきものとなってしまったため、これまで長らく、どんな夢を見ようと明晰夢を再び試してみようと思ったことはなかった。だが、ここまで頻繁に同じ夢を見るのなら、一度確認しておく必要があるかもしれない。

あまり気は進まなかったが、この次見たらと思い、布団から起きだす。

午前八時三十分過ぎ、車で地元の最寄り駅まで到着すると、まもなく駅舎から美琴と小夜歌が現れた。挨拶《あいさつ》を交わしながら美琴が助手席へ、小夜歌が後部座席へ乗りこむ。

「今日は何時までかかるか分かりませんけど、よろしくお願いします」

「全然平気ですよ。なんなら終電まで付き合いますんで、気にしないでください」

笑いながら小夜歌が答えた。

「小橋は？」と尋ねると、「実は小夜歌さんのところに泊めてもらうことになったので、わたしも時間は大丈夫です」と返ってきた。

「あれから何回かミコッちゃんと電話で話したんですけど、これから先も東京と仙台を行ったり来たりしそうなんでしょう？　交通費もバカになんないし、ホテル代もねえ？　だったらあたしんとこに泊まんなよってことになって、今日はその一回目」

小夜歌の好意に思わず、「ありがとうございます」と答えたものの、答えてまもなく、どうして自分が礼を言うのだろうかと、少々解せない気分になる。

「ミコッちゃん、ねえ……」

「ふん。別にいいじゃないですか」

半笑いを浮かべながら声をかけると、美琴はむっとした様子で返してきた。

美琴の希望で、今日はいちばん初めに、かつて千草が暮らしていた住宅地の一軒家へ向かうことになっていた。例の結界札が張り巡らされた、あの家である。

朝に見た夢のせいで眠気が少し残っていたが、あくびを噛《か》み殺して車を発進させる。

駅から一時間ほどで住宅地へ到着した。

家の前のブロック塀に沿って車を停めたが、あまり周囲に目立つのもよくないと判じ、まずは車の中から家の様子を見てもらう。

「確かに結界札みたいですね。わたしもあまりくわしくはないですけど、かなり厳重に何かが外から入ってくるのを防いでいるか、もしくは中にいる何かを封じこめているか。どっちとも判断し難いですけど、どっちであっても随分物々しい感じです」

ウインドウをおろした車窓越しに家の様子を観察しながら、美琴が感想を述べたあと、「ちょっとだけ外に降りてもいいですか？」と言いだした。

「なるべく周りに怪しまれないように」と伝えると、美琴はうなずきながら車を降りた。

初めにブロック塀の端まで向かい、それから塀越しに見える家の様子を覗《のぞ》き見ながら時折立ち止まったりしつつ、こちらへ向かって戻ってくる。最後に門柱の正面に立って玄関口をしばらく見つめたあと、ようやく助手席に乗りこんできた。

「やっぱり外からだけじゃ、限界がありますね。中からうっすらと気配みたいなものは感じるんですけど、それがなんなのかまでは分かりません」

細く息を漏らしながら、美琴が首を捻《ひね》った。

そこへ後部座席から顔を突きだし、小夜歌が口を開いた。

「この家、誰かが買ったか借りるかはしてるんですよね。空き家ではないんでしょ？」

「ええ、多分。でもそれを調べる手段がなくて、未《いま》だに不明のままなんですけどね」

「え！　そんなの簡単に分かるじゃないですか！　なんなら今すぐ調べてきます？」

小夜歌の唐突な発案に「どうやってです？」と尋ねると、「だから簡単ですって」と言いながら小夜歌は車を降りた。

続いて路上をすたすたとまっすぐ歩き、隣の家の門口へ入っていく。

聞き取りか。確かにもっとも簡単な調査方法ではあったが、近隣住民に不審者などと疑われるのが嫌で、私はためらっていたのである。

「見習いたいね、あの行動力」

「ええ。すごく大胆」

私の言葉に、美琴も憮然《ぶぜん》とした表情でうなずく。

そうしているうちに小夜歌が門口から出てきて、小走りに車まで戻ってきた。

「ダメ。多分、隣は空き家だと思う。応答なしでした」

残念そうに首を振るなり、今度は反対側の家の門口へ入っていったが、一分足らずで再び戻ってくると、「あっちも空き家みたいでした」と答えた。

さすがに妙だと思い始める。続いてようやく事の次第に思い至り、寒気が生じた。

車から路上へ降り立ち、周囲に耳を澄ませてみる。

どこからか小さく鳥の声が聞こえてくる以外は、周囲から物音ひとつ聞こえてこない。

先ほどから路上には人の姿はおろか、走る車の一台すらも見かけることがなかった。

周囲に立ち並ぶ民家の様子を一軒一軒眺めていくと、全ての窓のカーテンがぴたりと閉めきられている家がやたらと多かった。

月曜の午前中なので、家人が勤めに出ていて家を留守にしている可能性を考慮しても、昼間から家じゅうの窓をカーテンで閉ざすような理由は思いつかない。

ならばやはり、この住宅地の多くの家が空き家になっていることになる。

そういえば、住宅地の入口付近にあったコンビニも看板が取り払われて、だいぶ前に閉店したような風情だった。それがこちらの住宅地で起きていることと何か、関係性のあるものなのかどうか。そこまでは判然としなかったものの、単純に気味が悪かった。

どうやら今日まで自分が想定していた災厄よりも、さらにもっと規模の大きな何かが起きている。そんな気もして、背中の産毛が逆立った。

「あ、あそこ！　あの家はカーテン閉まってない。ちょっくらいってきますね！」

かつての千草の家から四軒ほど離れた丁字路付近にある一軒家に向かって、小夜歌が駆けていった。

「何が起きているんでしょう？　もしくは何が起きたんでしょう？」

眉間《みけん》にぎゅっと皺《しわ》を刻みつけながら、美琴が蒼《あお》ざめた顔で尋ねてきたが、答えらしい答えを返すことができず、「分からん」とつぶやくのが精一杯だった。

やがて十分ほどで小夜歌が再び小走りで戻ってきた。

「分かりましたよ、家の持ち主」

「どういう人なんです？」

「トアケサチコって人。三十代前半ぐらいの若い人で、今は独りで暮らしてるみたい。知ってます？」

「いや、全然。続きは車の中で聞きますよ。入りましょう」

小夜歌と美琴を車へ促し、話の続きを聞く。

小夜歌が聞き込みに入った家の住人は、独り暮らしをしている年配女性で、トアケの家とは普段づきあいがあるわけではないのだという。

ただ、トアケが七年前にこの住宅地へ引越してきたことは覚えていたし、越してきた当時は母親とふたり住まいだったことも知っていた。

最初の数年はふたりで暮らしていたようだが、四年ほど前に母親が亡くなって以降は、サチコが独りで暮らしているはずだという。

「ああでも、そのお婆ちゃんね。家主は多分、そのトアケさんで間違いないと思うけど、お母さんが亡くなってからもトアケさんが独り暮らしなのかどうかは、自信がないって言ってました」

トアケサチコの母親が亡くなってしばらく経った頃から、家には不特定多数の人物が、ひっきりなしに出入りするようになったらしい。それが単なる来客なのか、住人なのか、判然としないものはあったが、どちらとも判断しかねるほど出入りが激しかったのは、間違いないという。

だが、それにしては今現在、目の前に建つこの不気味な家には、人の出入りどころか気配すらも感じ取ることができない。これは一体、どういうことなのか。

尋ねると、それについても小夜歌はしっかり聞き取りをおこなってくれていた。

「うろ覚えらしいけど、半年から一年くらいで、その人の出入りもふいに絶えちゃって、あとはよく分からないって言ってました。家主のトアケさんも、その後はまったく姿を見かけなくなったみたいだし、今もあの家に住んでるかどうかは分からないって」

肩を窄《つぼ》めながら小夜歌が言った。

けれども引越した様子は見られないし、ごく稀《まれ》にではあるが、家の横手に設けられた簡易式のガレージに車が停まっていることがあるので、おそらく今でもトアケサチコが家主のままではないだろうかとのことだった。

「小夜歌さん、もしかしたら、周りのお家《うち》の事情も訊《き》いてくれてたりしてません？」

美琴の問いに小夜歌は「ふふん」と鼻を鳴らして笑い、それから答え始めた。

なんでも三年ほど前の一時期から、この辺りの家々で立て続けに病気や事故といった不幸が相次いだのだという。亡くなったのが一家の主だった家もあれば、夫婦で同時に病気や事故に見舞われた家もあった。

結果的に家の存続自体が困難な世帯が多く、残された家族はまもなく家を引き払って次々と立ち退いていき、今のような状態になってしまったとのことだった。

その間、わずか半年足らずとのことで、話した当人も大層気味悪がっていたという。

「そのお婆ちゃんも、同じ時期に脳梗塞《のうこうそく》で倒れたみたいなんだけど、なんとか回復して今はぴんぴんしてますって言ってましたけどね。他にも引越しまではいかないながらも、おんなじように病気とか怪我の後遺症で、大変な思いをしながら暮らしている人たちが、この界隈《かいわい》では多いみたい。なんでしょうね。呪いとか、祟《たた》りとか？」

小夜歌の発したそのふた言は、話を聞くさなか、何度も私の脳裏にちらついていた。

おそらく美琴も同じだろう。だが、同意するのはかなりためらわれるものがあった。

「さあ、どうでしょう。まだはっきりとは分かりません。でも、おかげで物凄《ものすご》く有益な情報は得られました。ありがとうございます」

丁重に礼だけ述べると「そろそろ行きましょうか」と宣言し、その場を逃げるような心地で住宅地を抜けだした。

ポンプ　【二〇一六年十一月十四日】

住宅地を抜けだしたのは、午前十時を少し過ぎた頃だった。それから三十分ほどかけ、今度は椚木の本家に当たる大きな屋敷があった、千草の地元へ向かった。

小夜歌の案内のおかげで効率よく、短時間でいろいろな場所を回ることができた。

かつて千草が勤めていたグループホーム、千草と謙二が運命的な再会を果たした公園、千草と小夜歌が通った高校、ふたりが行きつけにしていた喫茶店やカラオケ店。

当時の情景などを織り交ぜながら、小夜歌は細やかに各所の解説をしてくれたものの、残念ながら私も美琴も、特にこれといって発見できたものはなかった。

そうこうしているうちに、そろそろ正午を跨《また》ぎそうな時刻になった。

とりあえず昼食を摂《と》ろうということになり、適当な食堂を見つけて中へ入った。

「ここも実は、千草とそれなりに通ってた店なんですよね。結構おいしいんですよ」

テーブルについて早々、小夜歌が微笑んだ。

とはいえ、私のほうは相変わらず、人前で食事をするのは生理的に気が進まなかった。

とりあえず形だけでもと思い、自分用にチャーハンを、それからシェアできるようにと、餃子《ぎょうざ》を一皿頼んだ。

「午後からはどうします？　どこか行きたい場所、ありますか？」

小夜歌の問いにうなずく。以前から行ってみるべきかと考えていた場所ならあった。

かつての椚木の屋敷である。

無論、今は人手に渡っているため、中へ入ることなどできないが、外側からだけでも様子を見られれば、何か気づきのひとつでも得られるかもしれない。

結界札の貼られた、あの住宅地の家のようになっていなければよいがと思いながらも、そうした確認も含め、一度は様子を見ておくべきだろうと思っていたのだ。

ふたりに提案すると大丈夫とのことだったので、食事が済んだら向かうことになった。

まもなく料理が運ばれてきて、食事が始まった。

美琴はチャーシュー麺《めん》と半ライスのセット、小夜歌は五目麺である。餃子を勧めると、ふたりとも喜んで摘《つま》み始めた。私のほうは、付き合いで餃子をひとつだけどうにか摘み、チャーハンは手付かずのまま放っておいた。

美琴が早々と食べ終えてしまったので、「代わりに食べてくれないか？」と勧めると、ためらいもなく「いいんですか？」と目を輝かせ、あっというまに平らげてしまった。

「すごい食欲。ミコッちゃん、見た目そんなふうじゃないのにビビるわあ……」

驚きと感嘆の入り混じった顔で小夜歌が言った。

「まあ、ええ。すみません……」

恥じらっているのか誇っているのか分からない笑みを浮かべながら、美琴が答える。

正午半過ぎに店を出て、かつての椚木の屋敷へ向かった。

屋敷は、町の外れに沿って険しく聳《そび》える山の中腹にある。刈入れがすっかり終わって丸裸になった田んぼ道をしばらく進み、山の入口へと達する。

視界の両脇を鬱蒼《うっそう》とした樹々に挟まれた急勾配《きゅうこうばい》の山道を五分ほど慎重に上っていくと、やがて前方に瓦《かわら》屋根のついた長い土塀と、幅の広くて巨大な長屋門が見えてきた。

忘れもしない。十一年前の深夜、千草とふたりで訪れた椚木の屋敷の門扉である。

門から少し離れた場所に車を停め、静かに仔細《しさい》をうかがってみる。

するとすぐに、妙なことに気がついた。

「あれって、鎖ですよね？」

美琴も気づいたようで、怪訝《けげん》な色を浮かべている。

古びた木製の門扉の上には太い鎖が幾重にも絡まり、真一文字の形で巻きついている。

そのまま車で門前まで近づいてみると、鎖は全体的に赤黒く変色していて、だいぶ前に掛けられたものらしいことが分かる。

「どう見ても空き家ってことですよね、これ？」

「うん。誰かが住んでるんだったら、あんな鎖は掛けないだろう」

昭代からは、屋敷は単に「手放した」としか聞かされていない。敷地は広いと言えど、山の中の不便な立地である。あるいはこの十一年間、買い手がつかず、空き家の状態で放置されているのではないかと考えた。

そこへ後部座席から小夜歌がひょっこり首を伸ばしてきた。

「気になるんだったら、また聞き込み、行ってきます？」

聞けば、樹々に紛れて分かりづらいものの、屋敷の近くに何軒か家があるのだという。

「いいんですか？」と尋ねると、「もちろんですよ」と返ってきた。

小夜歌の指示で門前を通り過ぎ、しばらく先へ進んでいくと、道の脇の樹々の合間に細い砂利道が延びているのが見つかった。民家の入口らしい。

砂利道の前で車を停めると、「じゃあ、ちょっくら行ってきますね！」と笑いながら、小夜歌が道の先へ消えていった。頼もしい限りだと思いながら、帰りを待つ。

やがて十分ほどで小夜歌が戻り、息を弾ませながら車に乗りこんできた。

「一昨年《おととし》まで人が住んでたって言ってましたよ。六人家族で、七年近く暮らしてたって。でもなんだか、三年ぐらい前から家族が立て続けに病気とか事故で亡くなってしまって、最後に残された奥さんと息子さんが、『もう暮らしていけそうにないから』ってことで、引越してったみたいです」

小夜歌の答えに、みるみる口の中が苦くなってきた。つなげて考えたくなどないのに、頭の中では勝手に、住宅地で起きた一連の災厄と結びつけられてしまう。

以前の家主の名前は「トアケサチコ」と同じく、まったく聞き覚えのないものだった。手掛かりになりそうで、今のところなりそうにもない。

さて、どうしたものかと思いながらも車をだし、元来た道を引き返し始める。

長く連なる土塀の前を通り過ぎ、鎖の巻かれた長屋門を過ぎ、やがて反対側の土塀の半分ほどまで差し掛かってきた時だった。視界前方にふと、妙なものが見えた。

白くて長い線が、ゆったりとした揺らめきを描きながら、道の上の宙を横断していた。色は薄く、線も細く、かすかに見える程度だったが、全体が蛇のように長いものなので、嫌でも視界に入ってきた。どうやら靄《もや》でも煙でもないらしい。

その証拠に、隣に座って前方を見つめる美琴の視線が鋭くなっている。

「視えますか？」と問われたので、「うん」と答えた。

続いて後部座席から「何？」と、小夜歌が声をあげる。

小夜歌には視えていないのだ。ならばやはりあれは、この世のものではないのである。宙をたなびく線の出処を目で追っていくと、土塀の脇に延びる未舗装の細い小路から流れてきているのが分かった。

「どうする？」と美琴に尋ねると、即座に「行きましょう」と返ってきた。

ハンドルを切って、小路へ車を滑りこませる。

道は緩やかな上り坂になっていて、五十メートルほど前方には深い森が広がっている。白い靄のような線は、森のほうから途切れることなく、こちらへ向かって流れてくる。

延々と連なる屋敷の土塀を右手にしながら車をゆっくり走らせ、屋敷の裏手に広がる森の前まで来た。白い線は、樹々の奥の暗がりのほうから、かすかなうねりを帯びつつ、音もなく長々と迫《せ》りだしてきている。

「疑うわけじゃないけど、ほんとにそんなのが視えてるんですか？」

しきりに目を凝らしてつぶやく小夜歌の様子を見ながら、どうしたものかとつかのま逡巡《しゅんじゅん》したものの、結局「とにかく行ってみましょう」と促すことにした。

三人で車を降り、森の中へと入ってゆく。

白い線が宙を流れる足元は、ほんのわずかながらも人の手で切り拓《ひら》かれた形跡があり、両脇に鬱蒼と生い茂る樹々の葉や、腰の辺りまでぼうぼうに伸び切ったまま枯れている下草を両手でそっと掻《か》き分けるだけで、難なく先へ進むことができた。

だがその一方で歩きながら、とてつもなく不穏な既視感を覚える自分がいた。

歩を進めていくにつれて動悸《どうき》が速まり、頭の芯《しん》が凍りついたように冷たくなってゆく。

「まさか嘘だろう」という思いが、脳裏を何度も行ったり来たりしながら掠《かす》め続けるも、前へ踏みだした歩数に比例するかのように、頭の中を駆け巡る既視感は加速し、肥大し、やがて紛《まご》うことなき現実味を帯びて、私の心臓を弾《はじ》けんばかりに高鳴らせた。

白い線が頭上にたなびく前方の木立ちの間から、薄い光が射しこんでくるのが見える。

震える両手で目の前を塞《ふさ》ぐ樹々の葉を払い分けると、視界がぱっと開けて明るくなった。

眼前には、半径五メートルほどの円形に広がる地面と、その上に堆《うずたか》く積みあげられた古びた仏壇の山があった。

数は全部で十基ほど。サイズも材質もまちまちだったが、いずれも表面が傷んで腐り、苔《こけ》や泥にまみれている。互いに重なり合いながら、小山のような形を形成していた。

それが視界に入ったとたん、ほとんど無意識のうちに「止まれ！」と叫んでいた。

背後にいた美琴と小夜歌も、私の肩越しに前方を覗《のぞ》き見た瞬間、短く悲鳴をあげた。

「なんなんですか、あれ……？」

愕然《がくぜん》とした表情で美琴が訊《き》いてくる。

「これ以上、近づかないほうがいい。下手したら殺される」

必要なことだけを短く答え、ふたりの背を押すようにして森の中を戻り始めた。

どうしてあれが、こんなところにもうひとつある？

誰だ。一体、誰があんな物をこんなところに設置した？

ふらつく足で引き返しながら、頭は混乱していく一方だった。

「何か知っているんですか、あれのこと？」

美琴の質問を受けて、ようやく説明することができたのは、車に戻って元来た坂道を下り始めた頃だった。

二年前の十二月。私が加奈江を殺してしまう原因となったのが、あの仏壇の山だった。

当時、私は県内に暮らすある主婦から、出張仕事の依頼を受けて、指定された現地へおもむいた。場所は彼女の夫の実家。その裏手に面して広がる森だった。

依頼内容は、あの仏壇の山に魅入られて正気を失ってしまった夫を救いだすこと。

初め、仏壇の山は、夫の年老いた父親によって、偶然発見された。発見からまもなく、父親は仏壇の放つ得体の知れない魔性に魅入られ、森の中に足繁く通うようになった。

その後、父親は精神に異常を来たし、ほどなくして異変に気がついた夫の手によって、精神病院に入院させられる。だが、その後は夫のほうが仏壇に魅入《まばら》れてしまった。事態の収束を図るため、私は森の中の仏壇群を前にして、魔祓いの儀式を執り行った。仏壇たちの正体がなんであれ、魔祓いさえしてしまえば解消できると踏んだのだ。

ところが読みを完全に誤った。

魔祓いを始めたとたん、仏壇たちはまるで防衛機能が働いたかのように、扉の中から得体の知れない無数の鳥と細くて異様に長い手を飛びださせ、私を襲わせた。

無数の手に拘束された私はその後、意識を完全に乗っ取られてしまい、つい少し前にようやく和解を遂げて私の心の中で長い眠りに就いていた加奈江を殺した。

否。正確には意識を乗っ取った私の身体を使って、加奈江を殺させたのである。

魔祓いのために持参した銅剣で、私は加奈江の胸と腹をめった刺しにして殺した。

私の意識の中で絶命した加奈江は、二度と息を吹き返すことはなかった。

仏壇たちの拘束を振りほどき、意識を元に戻すことができたのは、幸運だったと思う。その後、どうにか滅することができたのも、やはり幸運だったと思う。

だが、私は加奈江を失ってしまった。

忌まわしい仏壇たちに意識を完全に乗っ取られ、自らの手で加奈江を殺してしまった。

加奈江を失くしてしまった嘆きと衝撃はあまりにも大きく、それから私は一年余りも酒浸りの荒れた日々を送り、心も身体もひどく弱らせる羽目になったのである。

その原因を作った忌々《いまいま》しい仏壇たちと同じものが、かつての椚木の屋敷の裏にあった。

これも今回の件につながってくるのか。

いや、絶対につながっているのだろう。

加奈江を殺すことになってしまった際に対峙《たいじ》した仏壇の山は、悪霊だの化け物だのが宿った存在ではなく、自発的に機能する〝装置〟のようなものだと私は解釈していた。

周囲に呪いを放つためのものなのか、あるいは周囲に近づいてきた人間を呼び寄せて、心を狂わせてしまうためのものなのか。用途は分からずじまいだったが、悪意を持った生身の人間が設置したものであることに間違いはない。

千草の地元を訪ね、思わぬ手掛かりが得られたことは幸運だったのかもしれない。

だが、これでまた災禍の規模が大きくなってしまった。

果たしてどこまで大きくなっていくのだろう。

これで終わりとも思えなかった。

ぞわぞわとした怖《お》じ気に苛《さいな》まれながら、私たちは千草の地元をあとにした。

設置と増強【二〇一三年七月二十八日】

七月の五週目、同月最後の日曜日の昼下がり。

ようやくエボリューションの準備が仕上げの段階に入ったと、陽呼から報告があった。あとは陽呼と留那呼が少し動けば、いよいよもって完了だという。

同じ日の夜遅く、ふたりは椎那が運転する車で佐知子の家を出発した。

その様子を佐知子は家の玄関口からではなく、車の助手席から見ることになった。後部座席には陽呼と留那呼、イザナミちゃんの三人が並んで座っていた。

陽呼の指示で、佐知子は助手として同行することになったのである。

行き先は四ヶ所。佐知子の家から見て東西南北に位置する、山の中や森だった。

準備は事前に整っていた。

エボリューションの計画が始まったふた月ほど前から、主には白髪頭の継代と小西が、継代の軽トラックを使って四つの現場へ向かい、準備を進めてきたのである。

計画が始まった時、陽呼にだされた最初の指示は、蛙の干物を作ることだった。

それも大量に。蛙の種類は問わないが、数えきれないほど大量に、との指示だった。

蛙は田園地帯に住んでいる富乃と松子が、来訪するたびに集めてきてくれた。

蛙は全て死んだ状態で、佐知子の家に運びこまれてきた。だから佐知子は蛙を殺さず、加工処理をするだけで済んだのだが、その処理自体も決して楽なものではなかった。

ふたりが集めてきた蛙の腹を一匹ずつカッターナイフで裂いて、臓物を全て取りだす。取りだした臓物はすり鉢でよく擦って、液状に加工する。加工した臓物は瓶詰めにして冷蔵庫に保管した。

それらが済んで腹の中身が空っぽになった蛙の死骸《しがい》を、今度はドライヤーで乾かして干物に等しい状態へ加工していく。臓物を抜き終わった蛙を天日で一斉に干したほうが、効率的によいことは明白だったが、陽呼が人目につくことを嫌って許してくれなかった。

だから茹《ゆ》だるような蒸し暑さのなか、カーテンを閉めた部屋の中でドライヤーを使い、乾かしていくしかなかった。臭いもひどくて堪《たま》らなかったが、みんなで励まし合いつつ、来る日も来る日も作業を続けていった。

これに並行して、松子は加工が済んだ一部の蛙の干物を針と糸で器用に縫い合わせて、人の顔を模したお面のような物も作っていた。

加工された蛙が一定数溜《た》まると、瓶詰めにされた液状の臓物とともに、継代と小西が軽トラックで運びだし、東西南北の四地点のいずれかへと向かう。

周囲を深い樹々に覆い隠された各地点の、少し開けた場所を見つけて地面を掘り返し、運びだされた蛙の干物を土の中へとばら撒《ま》いていく。液状に加工された瓶詰めの臓物は埋め直された地面に撒かれていった。

果たして何百匹の蛙を加工したのか、佐知子は覚えていない。覚えているのは、とにかく気が遠くなるほどの数だったということだけである。地中に大量の干物を埋め、地面に臓物の液体を撒き終えたその真上には、松子が蛙の干物で作った面が、平たい木箱に収められて安置された。

　そしてさらにその上には、大量の仏壇が積みあげられていった。

　仏壇は、富乃の家にあったものが使われた。富乃が以前入信していた新興宗教団体で、信者の家に祀《まつ》られていたものだった。

　教団に入信すれば、それまで信仰していた仏壇は不要になる。いらなくなった仏壇は回収されて焼却処分されるのだが、処分前の保管場所として、富乃の家が選ばれていた。

　初めのうちは適度に仏壇が溜まってくると、幹部の人間たちが富乃の家から運びだし、きちんと処分していたのだが、しだいに滞るようになってきた。

　その間にも新たな仏壇が家に運びこまれ、たちまち家じゅうが仏壇で埋め尽くされた。幹部たちには何度も「早く処分してほしい」と伝えたものの、叶《かな》うことはなかった。

　仏壇の件と並行して、他の信者たちから理不尽に受け続けていた迫害にも嫌気が差し、富乃は教団を脱会した。あとに残されたのが、六十基近い仏壇の山だったのだという。

　仏壇たちが崩れないよう、互いにうまく重ね合わせて小山のような形状に仕立てれば、これで大体完成らしい。仏壇も主に松子と小西が、現地へ地道に運びこんでいたのだが、力仕事ということで椎那も不承不承ながら、手伝わされることが多かった。

こうして東西南北の四地点にひとつずつ順番に仏壇の山を築きあげ、昨日の夜遅くにようやく最後のひとつが完成した。

今夜、陽呼と留那呼が四つの現地へおもむき、仕上げを施せば作業は終了だという。

佐知子たちが築きあげた仏壇の山は「ポンプ」なのだと、陽呼は言った。

山や森林の暗がりに息を潜めて住まう、死したる蛇の霊たちや怨霊《おんりょう》たちを呼び寄せて、それらの霊気を吸いあげ、祭壇に祀られた神さまの遺骸《いがい》へと無尽蔵に送りこむ。

そのためのポンプであり、大量の霊気を送りこまれた神さまは、独自の霊威を宿した新たな神としてかならず蘇生《そせい》するだろうと、陽呼は言った。

初めは佐知子の自宅から北側に位置する、山中の森に築いたポンプへ向かった。

森の手前には大きな屋敷があったので、気づかれないかと佐知子は少しびくついたが、屋敷の周囲は高い塀に囲まれていたし、夜の遅い時間だったので大丈夫だろうと思った。

椎那の車が屋敷の横手に面した坂道を上り、森の前まで到着しても、屋敷のほうからは特に気配を感じることはなかった。

椎那と並んで懐中電灯を携えながら暗い森の中へと踏み入り、背後を歩く陽呼たちを先導しつつ、慎重な足取りで先へ進んでいく。

やがてポンプの前に到着すると、陽呼がすぐに佐知子と椎那へ指示をだした。

ふたりは山積みになった仏壇の扉を次々と開け放ち、持参した鞄《かばん》から取りだした物を仏壇の中へ放りこんでいった。

それはウズラの卵だった。地中に埋めた蛙の干物と合わせ、森の中に住まう蛇の霊や怨霊たちを呼び寄せる餌なのだという。

全ての仏壇に卵を放り終えると、陽呼と留那呼がポンプの前に並び立ち、声を揃えて奇妙な呪文《じゅもん》を唱え始めた。佐知子と椎那、イザナミちゃんの三人は、その背後に並んでふたりの呪文が終わるのを静かに待った。


そうして他の三つのポンプも回り、同じ作業を繰り返した。

四つのポンプを全て回り、作業が終わったのは、午前四時頃。

そろそろ東の空が白み始めようとする頃だった。

鬱蒼と生い茂った暗い森の中を歩き疲れ、へとへとになって帰宅すると、陽呼たちはさっそく奥の和室へ向かっていった。佐知子もそれに続く。

「オーケイよ。オーケイ、オーケイ！　さっそく漲《みなぎ》ってきているわあ！」

和室へ入るなり、陽呼が祭壇の前で賑々《にぎにぎ》しい声をあげた。

「そうね！　来てるね、お姉ちゃん！　東西南北から全部来てるわあ！」

隣に並んだ留那呼も満面に笑みを浮かべながら、興奮した声を張りあげた。

佐知子の目には何も見えなかったが、東西南北に設置したポンプから汲《く》みあげられた霊気がさっそく、神さまの許《もと》へ送りこまれてきているのだという。

あとは今度こそ、神さまが息を吹き返すのを待つだけだと陽呼は言った。

これまで多大な苦労を重ね続けてきた割に、いまいち意味が呑《の》みこめなかったものの、それでも陽呼の「あとは待つだけ」という言葉に佐知子はほっとした。

何はともあれ、ようやく一段落ということなのだ。今後は神さまが息を吹き返すまで、陽呼たちとゆっくり楽しい時間を過ごすことができるのだと思った。

それに陽呼の説明では、神さまの遺骸の中には弓子の魂も眠っているのだという。神さまが復活したら、もしかしたら弓子の魂も目覚めてくれるのではないかと思って、佐知子は少し胸が熱くなった。

今の祭壇には、陽呼が作成した御札が等間隔にびっしりと貼られている。

そのため、敷布がほとんど見えなくなっていたが、敷布は弓子が生前に設《しつら》えたもので、死後もそのまま使い続けていた。洗うこともしなかったから、弓子が今際《いまわ》の際に吐いた血痕《けっこん》もそのままの形で残っている。

祭壇のちょうどまんなか、最上段からいちばん下の段まで縦に太い線を描いて残った弓子の血は、見ようによっては階段に敷かれた赤黒いカーペットのようにも見える。

それはまるで神さまが目覚めた時に、最上段の箱の中からおりてくるために敷かれたカーペット。同時に弓子の魂が目覚めた時におりてくるカーペットのように思えた。

神さまと弓子の魂の復活を願い、佐知子は、陽呼たちの背後から祭壇の箱に向かって、そっと手を合わせた。

襲撃と告白【二〇一三年九月〜十一月】

佐知子自身はもちろん、おそらく誰もこんな流れになるとは予想できなかったと思う。それは陽呼と留那呼も同じだろうと佐知子は思った。

八月が過ぎ、九月に入って夏が終わる頃になっても、神さまは一向に目覚める気配がなかった。

陽呼の説明では、四つのポンプから霊気が注がれ続けているのは間違いないという。陽呼の計算だと早くて半月、遅くてもひと月以内には、大量の霊気をその身に漲らせた神さまが復活するはずだったとも聞かされた。

けれども陽呼の説明とは裏腹に、ひと月ばかりか、九月が半ばを過ぎる頃になっても、神さまの身には微々たる変化も見られなかった。

九月の半ば過ぎ、松子や小西、椎那に命じて、ポンプの様子を何度もしつこく調べに行かせた頃からだったと思う。陽呼の態度が目に見えて変わり始めた。

以前のような弾《はじ》けんばかりの笑みを浮かべる機会がぐんと減り、饒舌《じょうぜつ》だった話ぶりも鳴りを潜めて、代わりに苛々《いらいら》していることが多くなった。

陽呼ほどではなかったが、それは留那呼も同じだった。

ふたりの苛々は主に気弱な小西に向けられ、小西は些細《ささい》なことで怒鳴られていたが、矛先は小西のみならず、椎那や松子、時には佐知子に向けられることもあった。

苛々はエボリューションのメンバー以外にも向けられた。

例のチャージが完了したのだ。九月の半ば頃に、それは再び行使された。

陽呼は深夜のコンビニで、大騒ぎしながら買い物をしていた柄の悪そうな若者たちに「耳障りなうえに下品ですわ」とつぶやいて行使。

その後まもなく、ひとりの若者の顔色が急激に蒼《あお》ざめ、その場にへたりこんでしまう。彼は他の仲間たちに両肩を担がれ、慌ただしく店を出ていった。

それからどうなったのかは分からない。

留那呼のほうは、佐知子と車で買い出しに行った帰り道、たまたま手をつなぎながら歩道を歩いていた若いカップルに目を留め、「ああいう破廉恥なのは嫌いなのよ！」と吼《ほ》えるなり、車内で件《くだん》の「むうぅん！」をおこなった。

こちらもその後、ふたりがどうなったのかまでは定かでないが、少なくとも無事ではないだろうと、容易に察することができた。

そんな殺伐と張り詰めた雰囲気のなか、やがて九月も終わって十月に入った頃だった。

ふいに陽呼が、まるで思いだしたかのように「ああ、これは陰謀ですわ！」と言った。

陽呼曰《いわ》く、小賢しい霊感でエボリューション計画を察知した近隣在住の異能者どもが、陰でこそこそと神さまの復活の邪魔をしているのだという。

鼻息を荒げながら断言するなり、陽呼は椎那に命じて、全長二十センチほどの小さな塔婆を大量に買ってこさせた。

「どこのゴミ畜生だか分かりませんけど、手当たり次第に呪ってやって、余計なことができないようにしてやりますの！」

言いながら陽呼は筆を持って、塔婆の表に異能者とおぼしき名前と「胃の腑《ふ》の災」や「骨髄の呪」といった文言を手当たり次第に書き始めた。

そのいずれもが、陽呼と留那呼が名を知る、同じ宮城で看板を掲げて仕事をしている異能者たちとのことだった。

本当だったら、チャージが済むたびに一軒一軒、連中の仕事場を訪ね回って息の根を止めてやりたいところだが、さすがにそれでは事が表沙汰《おもてざた》になりかねない。

だから生かさず殺さず、なおかつ余計なことができない範囲で我慢をしてやるのだと、ぎらぎらした目つきで陽呼は言った。

顔つきも声音も、完全に常軌を逸していた。

その様子から察し、これくらいで陽呼の怒りは収まりそうにないだろうと思っていた佐知子の予感は当たってしまった。

「だらだら油を売ってるあなた方にも、仕事を作ってやることにしましたわ！」

そう言って陽呼が佐知子たちに命じたのは、以前、近所の拝み屋と祈禱師《きとうし》の仕事場でおこなってきた、あの御札を燃やす呪いだった。

拝み屋、祈禱師、霊能師、霊媒師、占い師、スピリチュアルカウンセラー。

肩書きなどはなんでもいい。地元だろうが遠くだろうが、距離もまったく関係ない。

それらしい看板を掲げている者たちの仕事場を訪ね、御札を燃やして帰って来なさい。

これが陽呼から下された、新たな仕事になってしまった。

命じられるまま、富乃や松子と一緒に何軒か訪ね、御札を燃やして帰ってきたものの、陽呼は以前のように佐知子のことを誉めるでも抱きしめるでもなく、ただ不機嫌そうな面持ちで「ごくろうさまね」と言うばかりだった。

佐知子たちが訪ねた異能者らは、陽呼がさらに塔婆へ名前を書きこみ、二重に呪った。

こうした行為が断続的に繰り返されながら、やがて十月も終わり、十一月に入ったが、陽呼が言いだした「陰謀」の容疑者を何人呪っても、神さまが目覚めることはなかった。

十一月に入ってまもなくには、またぞろふたりのチャージが完了し、やはりまたぞろ些細なことで行使された。現場を見ていた誰もが呆《あき》れて、物が言えなかった。

佐知子を始め、富乃も、松子も、継代も、小西も、あえて口には何もださなかったが、いずれも強い失意と不平を抱えているのは明白だった。

エボリューションの準備はとても苦しく大変なものだったが、みんなで励まし合って協力しながら作業することができたので、気持ちとしては楽しくもあった。

あの頃はまだ、陽呼と留那呼にも笑顔があったし、佐知子たちの顔にも笑顔があった。

だが今はどうだろう。出入りする顔ぶれに変わりはなくても、笑顔はみんな消えていた。

佐知子自身の顔に浮かぶ笑みも日に日に少なくなり、心のどこかでは陽呼と留那呼にもう家にはあまり来てほしくないという気持ちも湧くようになってきた。

そうしたある日、佐知子が仕事を終えて帰宅すると、居間で陽呼と留那呼がふたりで夕飯を食べていた。その傍らにはイザナミちゃんも座っていた。

ふたりが食べていたのは刺身だったが、刺身は皿の上にではなく、床の上に素っ裸で仰向けに寝かされた小西の身体の上に盛られていた。

佐知子が「きゃっ！」と悲鳴をあげると、陽呼は「あーら、おぼこちゃんね」と笑い、小西は大層申しわけなさそうな顔で、仰向けのまま「すみません……」と頭をさげた。

とても一緒にいる気になどなれず、階段を上って二階の自室へ向かう。

階段を上りきったところで、自室の隣の部屋のドアが開いた。中から椎那が顔をだし、「おかえり」と言った。それから椎那は佐知子の顔を覗《のぞ》きこみ、「泣いているの？」と尋ねてきた。

ふと気がつくと、涙が頬を伝っていた。しばらくぶりに流す涙だった。

思い返せば、最後に泣いたのは今年の四月下旬、ファミレスで同僚の八重子に嘲《あざけ》られ、涙を流したのが最後だったはずなので、およそ七ヶ月ぶりの涙ということになる。

あれから今日に至るまで、一度も涙を流さなかったということは、これまでの毎日がどれだけ安息と幸福に満ちていたかという、証《あかし》のようだと思えた。

思うとますます先刻の出来事に幻滅し、涙がとめどなく溢《あふ》れてくる。

「酷いよね。わたしも耐えられなくて逃げてきちゃった。よかったら少し話さない？」

椎那に優しく促され、涙を拭《ぬぐ》いながら部屋の中へ入る。

「前からイカレているのは承知していたけど、婆《ばばあ》どもは本格的に頭が壊れてきたみたい。多分もう、回復する見込みはないいんじゃないかな？」

机の前の椅子に腰かけ、苦々しい笑みを浮かべながら椎那が言った。

「自信満々で始めた神さまの再生計画もどうやら失敗だったみたいだし、苛立《いらだ》ちよりもむしろ、ショックのほうがでかいんだと思うよ。だからどんどん壊れ始めてる」

「まったくもって愚かだね」と言いながら、椎那が笑った。

「わたしもそろそろ……というか、俺もそろそろ限界かな。あの婆どもにへりくだって、バカみたいに付き従っていくのは」

言いながら軽く舌を打つと、椎那は薄いブラウンに染まった長髪のウィッグを脱いで、机の上に放りだした。

後ろ髪が少しだけ長い、わずかに癖のついた黒髪が露《あらわ》になる。

それは佐知子が初めて目にする、椎那の本当の髪の毛だった。

「女の恰好《かっこう》はしているけど、別に俺は中身までは女じゃない。大事な家族を失った時に、それまでの自分自身でいることに耐えられなくて、なんとなく女装を始めたのがひとつ。それからもうひとつは、亡くした母と同じ性を装うことで、女の心を少しでも理解して、造り神として母を再生したかったっていう気持ちもある」

椎那が家族を失っていたのは聞いていたが、母親を亡くしていたことは初めて知った。同時に「母を造り神として再生したい」という言葉を聞いて、造り神として亡き母親を再生させた小西のことを、なぜああも口汚く罵《ののし》ったのか、理由も分かった気がした。

「強い力を持った実用的な造り神と、俺のせいで死ぬことになってしまった母親の再生。それが目的で、偶然知り合ったあの婆どもに師事してここまで付いてはきたんだけどね、結局、俺には造り神を造る才能はなかったみたいだし、この辺が潮時なんじゃないかと思ってる。はっきり言ってもう疲れたよ」

机の上に放られたウィッグの傍らには、椎那が「唯一ぎりぎりの成功作」だと言った上下灰色のスウェットを着せられた人形が横たわっていた。

「じゃあ椎那さん、いなくなっちゃうんですか？」

椎那にいなくなられるのは嫌だった。それは単に陽呼と留那呼のおもりをする人物が減ることで、自分にかかる負担が重くなるとか、そういうことではなかった。

年頃が近いせいもあったし、椎那が聞き上手だというおかげもあったかも知れないが、椎那とは話が合うので、言葉を交わすのがとても楽しかった。

そんな椎那がいなくなってしまうと考えただけで、再び涙がこぼれてくる。

「婆どもの前からはいなくなりたいけど、サッちゃんの前からはいなくなりたくない。それが本音かな。どう思う？」

椎那の答えと問いかけに、佐知子は即座に「いてください！」と声をあげた。

「ありがとう。だったらさ、俺がいなくなるより、婆どものほうに消えてもらおう」

「どうやってですか?」

「そんなのは、本気になればなんとでもなるさ。大丈夫だ。それよりもさ、サッちゃん。神さまの件なんだけど、どうするつもり?」

突然飛びだした椎那の質問に、佐知子は少しの間、答えに窮してしまう。

だがその一方で、仮に陽呼たちが二度とこの家に来なくなったとして、自分があれをどうにかできるわけでもなかった。

ならば答えはひとつしかない。

「椎那さんが目覚めさせられるのなら、椎那さんにお願いしても大丈夫ですか?」

「もちろん。ちゃんと目覚めさせて有効に使わせてもらう。前々から思ってたんだけど、あの婆どもには宝の持ち腐れだよ。自分らが持っている力でさえ計画的に使えないのに、神の力を好き放題に使いたいなんて、図々《ずうずう》しいにもほどがある」

確かに椎那の言うとおり、自分たちが持っている力の場当たり的な使い方を考えても、陽呼と留那呼のふたりに神さまを任せるのは、佐知子も不安に感じるものがあった。

佐知子はただ、自分を理不尽に虐げる存在が周囲からいなくなり、毎日を笑いながら穏やかに過ごしていきたいだけだった。

職場のいじめは陽呼と留那呼と椎那の三人に拝んでもらったことで解消されていたし、エボリューションが始まって以降は、大変だったけれど楽しい毎日を送ることもできた。

だから佐知子の願いは、すでに概《おおむ》ね叶《かな》っていたのである。

陽呼と留那呼が乱心し始めたことで今は陰りが差しているが、ふたりがいなくなって椎那が残ってくれれば、また元の楽しく穏やかな毎日に戻れると思った。

「婆どもはついこの間、ふたりとも力を使ったばっかりだ。チャージが完了するまでに大体二ヶ月ぐらいかかる。その間は基本的に丸腰で、大した抵抗はできないはずだけど、厄介なのはイザナミちゃんだ。あの化け物が婆どものそばにいる限り、こっちも下手に手をだしたりできない。とにかくもう少し、好機をうかがってみることにする」

椎那が陽呼と留那呼に何をするつもりなのかは分からなかったが、彼の言葉を信じて佐知子はうなずいた。

「ありがとう、信じてくれて。お礼にこれをあげる。お互いの信頼の証として」

そう言って椎那は机の上に横たわっていた人形を佐知子に差しだした。

佐知子も「ありがとう」と微笑み、椎那から人形を受け取った。

それから椎那は、佐知子に本名まで教えてくれた。これも信頼の証だという。

佐知子はさらに嬉《うれ》しくなって、椎那と距離がぐんと縮まったように感じた。

失敗と正体【二〇一三年十二月十五日】

十一月の半ば頃、陽呼と留那呼に刺身を盛りつけられてから、小西が佐知子の自宅を訪れる機会がしだいに減り始め、十一月が終わる頃にはまったく姿を見せなくなった。

小西の訪問が減り始めたのと同じ頃から、富乃、松子、継代の三人もしだいに来訪の機会が減ってゆき、やがて完全に姿を見せなくなってしまった。

いずれも何も言わず、黙って姿を消したのだが、理由はひとつしか考えられなかった。

「まったく……あの恩知らずの身のほど知らずどもが。裏切り者には粛清を、ですわ！順番にイザナミちゃんをけしかけて、たっぷり思い知らせてやりますの！」

四人とも来訪が途絶えたばかりか、電話にさえ出ないらしく、陽呼は激昂《げきこう》していた。

だが、佐知子にすれば無理もない話だろうと思う。

神さまは未《いま》だ一向に目覚める気配がなく、陽呼と留那呼はほとんど常に苛《いら》ついていて、一緒にいても心の休まる暇がない。

挙げ句は、まるで連続爆弾魔のごとく、霊能関係の仕事をしている者たちの仕事場で御札を燃やす仕事ばかりを命じられる。県内の方々へ足を運ぶ手間も無論だが、万が一発覚した場合のリスクを考えると、何度もおこなうのは気が進むものではない。

四人とも、元々は陽呼と留那呼を過剰に信奉していたのだろうが、陽呼が意気揚々と始めたエボリューション計画が失敗し、陽呼と留那呼の荒々しい本性をも知ったことで愛想が尽きたのだろうと思った。道理を考えれば、当然の結果だろう。

ただ、四人の心中は察したものの、残されたこちらの立場も考えてほしいと思った。四人が来なくなっても陽呼と留那呼、イザナミちゃんの三人は、椎那の車に乗せられ、毎日佐知子の家にやって来る。やって来るばかりか、泊まっていく日も増えていた。三人は祭壇のある和室にいることが多かったが、同じ家にいるだけでも息が詰まった。仕事を終えて帰宅した時、家の横手にある簡易式のガレージに椎那の車を認めるだけで、「ああ、今日も来ている」と思ってげんなりした。

せめて二階の一室で椎那と時間を過ごせるならまだよいのだが、椎那も陽呼の命令で和室に閉じ籠《こも》っていることが多かった。

先月の半ば頃、二階で話をして以来、ふたりでゆっくり話せる機会は一度もなかった。だから仕方なく、佐知子は帰宅するとなるべく陽呼たちと接触しないように気をつけて二階の自室へ戻り、早めに休むようにしていた。

これもかなり神経を消耗することだったが、それ以上にまいったのは、陽呼たちから「暇を持て余しているんなら一軒でも多く、霊能関係の粛清に行ってらっしゃい！」と凄《すご》まれることだった。

相変わらずふたりは、神さまの目覚めを誰かが妨害しているのだと見なしていた。

件《くだん》の四人がいなくなってしまったため、必然的にそれは佐知子ひとりの仕事になった。素性を偽り、適当な相談事をでっちあげて話をするのも、話の途中でトイレを借りて御札を燃やすのも、全て佐知子ひとりの仕事である。

いざやってみると、これは凄《すさ》まじい緊張感を伴う、甚だ心臓によくないものだった。以前、富乃と松子と一緒におこなっていた時の安心感はまったくない。もしも万が一、相談中に身元を偽っていることがバレたり、トイレで御札を燃やしたことがバレた場合、自分はどうなってしまうのだろう。

そんなことを考えただけでも、寿命が縮まる思いがした。

だが、佐知子がどれだけ嫌だと思おうが、陽呼の命令に逆らうことはできなかった。

十一月の終わり頃、四人が姿を見せなくなってから三軒ほど、霊能関係者の仕事場へおもむき、なんとかバレずに御札を燃やしてきたものの、これ以上続けたら、いつかは絶対に感づかれて、とんでもない目に遭うだろうと佐知子は密《ひそ》かに確信していた。

そしてその日は、早くも訪れることになってしまった。

十二月十五日、日曜日の昼下がりに佐知子は自宅から一時間以上離れた田舎町にある、拝み屋の仕事場兼住居を訪ねていた。

拝み屋は五十代半ば頃とおぼしき、凜《りん》とした雰囲気の女性で、名を浮舟桔梗《うきふねききょう》といった。白い着物姿が目に沁《し》みるほど眩《まぶ》しく、顔に浮かぶ笑みは涼やかで優しげなものだった。

祭壇のある仕事場には、彼女の娘だという女性が案内してくれた。

歳は佐知子と同じぐらいで、母親の桔梗と顔立ちがよく似ていた。笑顔も母親に似て、実直そうで凛《りん》とした雰囲気を醸しだしていた。

「さて、今日はどんなお悩みでいらっしゃったの？　初対面で難しいかもしれないけど、遠慮なく話してね。わたしにできる限りのことはなんでもさせてもらうから」

相談開始前に氏名と生年月日を書かされた紙を両手で持ちながら、桔梗が言った。

無論、氏名も生年月日も偽りを書いた。相談内容も、事前に考えていた嘘の話を語り、適当な頃合いを見計らってトイレを借り、御札を燃やして帰るつもりだった。

けれども相談が始まると、佐知子は不思議と桔梗の言葉に、逐一聞き入ってしまった。

素性を偽り、嘘の相談をしているというのに、桔梗はまるでそれが、我が身に起きて自分自身が悩んでいるかのように、佐知子の紡ぎだす嘘の悩みに真剣な表情で耳を傾け、佐知子と一緒に首を捻《ひね》ったり、眉《まゆ》を顰《ひそ》めたり、笑ってくれたりした。

これまで佐知子が訪ねてきた霊能関係者たちも、こうしたそぶりはしてみせた。

だが、あくまでそれは「そぶり」であり、表面的なものだと思えるものが大半だった。中にはそれなりに真剣な雰囲気で話を聞いてくれる者もいたが、そんな時にも佐知子は、「嘘の話をしているのに見破れないんだ」と、心の中でせせら笑っていたのだ。

ところが桔梗の場合は違った。少なくとも、佐知子自身は「違う」と思ってしまった。桔梗の反応を見ているうちに、自分が嘘の話をしていることを恥ずかしくさえ思った。

こんな拝み屋もいるのだな――。

気づけば佐知子は、深々と感じ入ってもいた。

温雅な声風《こわぶり》や温《ぬく》もりを帯びた包みこむような笑みは、まるで理想の母親のようだった。その雰囲気に、佐知子は少しだけ弓子の姿を重ね合わせてしまう。

しかし、そんなことを思いながらも頭の片隅では、陽呼に言われた言葉がちらついた。

「どんなに綺麗事《きれいごと》を並べながら人を救うふりなんかしていても、所詮《しょせん》、ああいう連中は営利目的で、困った人から小銭を巻きあげながら小ずるく生きている下劣な存在――」

言葉がちらつくと、心がぐらついた。

陽呼の言うとおり、桔梗もやはりそうなのかと思う。だんだん分からなくなってきた。何を信じて、何を忌避して、何に寄り添えばいいのか、どんどん分からなくなってくる。頭が混乱してきた。難しいことを考えるのは苦手だ。心が苦しくなるのも嫌だった。

もういい。やはりさっさと御札を燃やして帰ろう。

「すみません。お手洗いをお借りしたいのですが」

緊張しながら申し出ると、桔梗は「どうぞ」と微笑み、トイレの場所を教えてくれた。

応接室の障子戸を開けて廊下へ出る。トイレに向かって歩くさなかも緊張は収まらず、動悸《どうき》もしだいに加速していった。他の霊能関係者を訪ねた時よりも一層ひどい。

廊下の奥にあるトイレの前までたどり着き、ドアノブに手をかけようとした時だった。

中から桔梗の娘が出てきた。

「あ、ごめんなさい、どうぞ——何それ」

佐知子に笑いながら声をかけた彼女の顔から、すっと笑みが消えた。

目は佐知子の右手に向けられている。

右手には陽呼に渡された御札と、ライターが握られていた。

一刻も早く仕事を済ませて帰ろうと焦ったのが、仇《あだ》となった。トイレへ向かいながら自分でも気づかぬうちに、バッグから御札とライターを取りだしていたのだ。

笑みの消えた娘の顔には、代わりに氷柱《つらら》のように鋭く、冷たい視線が覗《のぞ》いていた。

「来て」

目眩《めまい》を覚えてふらつき始めた佐知子の片腕を摑《つか》んで、娘が引っ張った。抵抗しようと身を捩《よじ》ったが、娘は意にも介さず、そのまま佐知子を引きずるようにして歩き始める。

「お母さん、ちょっといい？」

娘は佐知子を応接室へ戻すと、御札とライターを引ったくり、桔梗に見せた。

先刻までは柔和だった桔梗の顔もみるみる強張《こわば》り、鋭い視線が佐知子へ注がれる。

「これ、呪い札よね？　何をするつもりだったの？」

正直に答えるべきかどうか、かなりの葛藤《かっとう》があった。本当はじっくり考えたかったが、目の前にいる桔梗と娘の視線は、そんな余裕など与えてくれなかった。

「知り合いに頼まれたんです。ただ、それだけなんです、すみません……」

どうにかぎりぎり明かすことのできる答えをだして、ふたりの反応をうかがう。

すかさず桔梗に「どんな人？」と問われた。これもかなり悩んだが、陽呼と留那呼の素性を明かすのは、報復が恐ろしくてためらわれた。

だから仕方なく、椎那のことを伝えた。椎那には悪いと思ったけれど、名は明かさず、女性の恰好《かっこう》をした霊能関係の人間から無理やり頼まれたのだと伝えた。

「なるほどね。付き合わないほうがいいわよ、あんなのと」

佐知子の答えに得心したかのような顔になり、桔梗はため息をつきながら言った。

「どんな関係なのかは知らないし、今さらあなたに興味もなくなったけど、あの男とはわたしも少し面識があるの。そいつ、芹沢真也《せりさわしんや》っていうんでしょう？」

桔梗のだした名前は先日、椎那に教えてもらった本名とまったく同じものだった。

「うちに去年、客として来たことがあるの。態度が悪いからすぐに追い返したんだけど、あとから知り合いの同業に話したら、地元の同業同士の間では割と有名だったみたいね。もちろん、悪い意味で」

桔梗が話すところでは、椎那は数年前から地元の霊能関係者宅を手当たり次第に訪ね、様々な威圧行為や嫌がらせを繰り返していたのだという。自分が地元でいちばん優れた拝み屋だから、看板をおろすか、弟子になれと凄まれた者もだいぶいたという。

「どれだけ自分に自信があったんだか知らないけど、多分、この業界をなめていたのね。あっというまに大勢の同業から呪術《じゅじゅつ》で報復されて、だいぶ手ひどい目に遭ったみたいよ。自分はなんとか無事だったけど、家族は巻き添えを喰《く》って亡くなったみたいだし」

桔梗の言葉に、佐知子は冷や水を浴びせられたような心地になった。

話の顚末《てんまつ》は同じだったが、その他は以前、椎那から聞かされた話と事実が違っていた。

椎那は、自分の能力を妬《ねた》んだ同業たちからの嫌がらせで家族を失ったと言っていたのに、
桔梗の話では、椎那のほうにこそ非があったということになる。

とても信じられない気持ちだったので、椎那に聞かされたままの話を桔梗に伝えた。

すると桔梗はすぐにこう答えた。

「人間というのは自分の話をする時、都合の悪いことは伏せるか、歪曲《わいきょく》して話すものよ。特に性根の腐った人間は殊更、話を捻《ね》じ曲げて話す傾向が強い」

何も言い返せず、佐知子が蒼《あお》ざめた顔でうつむいていると、再び桔梗が口を開いた。

「悪いことは言わないから、騙《だま》されないことね。あいつはまともな人間なんかじゃない。さて、あなたとはもうこれ以上、何も話したくないわ。帰ってちょうだい」

その言葉を合図に佐知子はふらつきながら立ちあがり、娘に先導されながら家を出た。

「もう二度と来ないでね」

玄関の戸が閉められる間際、静かな怒気を孕《はら》んだ声で言われた娘の言葉に、凄《すさ》まじい罪悪感を覚え、佐知子は桔梗の家をあとにした。

十朱佐知子、あるいは蛇《くちなわ》の口裂け【二〇一三年十二月十七日】

桔梗の許《もと》から帰宅した日もその翌日も、家に帰れば椎那がいたが、陽呼たちと和室に閉じこもっていたので、改まって話をすることはできなかった。

携帯電話に連絡を入れて話そうかとも思ったが、そばに陽呼たちがいる可能性を考え、連絡は控えた。

その翌日の十二月十七日も、佐知子が夜に帰宅すると、陽呼たちがもう家に来ていて、奥の和室で呪文《じゅもん》を唱えていた。それを聞きながら、二階の自室へ向かおうとしていた時、和室の襖《ふすま》が開いて、椎那が顔をだした。

「サッちゃん、ちょっといい？」

椎那に促されて中へ入る。祭壇の前には陽呼と留那呼が並んで座り、こちらをじっと見つめていた。傍らにはイザナミちゃんも座って、やはり佐知子の顔を見つめている。

「ねえサッちゃん、やっぱり名前が目覚めのキーワードだと思うのよ」

陽呼が立ちあがり、佐知子の前に詰め寄るようにやってきて言った。

「あなた、本当に思いだせないの？　生前、お母さまがそれこそ、何百回も声にだして呼んでいた名前なんでしょう？　それを思いだせないって、やっぱりおかしいわよ」

値踏みするような目で陽呼に言われるも、思いだせないものは思いだせなかった。

それに今となっては、仮に思いだすことがあっても、教えることはないだろうと思う。

こんな人たちに半ば家を乗っ取られ、好き放題に振る舞われるのはもううんざりだった。

おそらくそんな気振りが、わずかなりとも顔に出てしまったのだと思う。

突然、陽呼が佐知子の頬を思いっきり引っぱたいた。身構える余裕すらなかったため、佐知子はそのまま畳の上に転がりながら倒れこんでしまった。

「あんたまであたくしを愚弄《ぐろう》するつもりなの！　大人しくしてれば、いい気になって！　あたくしたちがどんなに苦労しながら、神さまの目覚めを祈っていると思ってんの！」

部屋じゅうの空気を震わせるような怒声を佐知子に浴びせかけると、それから陽呼は佐知子の腕を引っ張って、畳の上に無理やり座らせた。

「ここのところは、目覚めの儀式に付き合ってなかったわね！　今日はあたくしたちの呪文が終わるまで徹底的に付き合ってもらう！　あたくしたちの苦労を知りなさい！」

怒鳴り終えるや祭壇の前に座り、陽呼は怪しげな音を響かせる呪文を唱え始めた。

それに続いて隣の留那呼も声を合わせ、続いて襖の前に立っていた椎那も慌ただしく陽呼の隣に座し、大きな声で呪文を唱え始める。

陽呼の隣に座る直前、椎那はこちらをちらりと一瞥《いちべつ》しただけだった。声をかけるのが無理でも、優しく目配せぐらいしてほしかったのに、椎那がこちらへ向けた視線には、なんの感情もこもっていないように感じられた。

呪文が始まってまもなく、佐知子の目から涙がこぼれ始める。

人間というのは自分の話をする時、都合の悪いことは伏せるか、歪曲して話すもの。

先日、桔梗に言われた言葉が頭の中で反復された。

自分は今まで騙されていたのかと思った。だが、否定したい気持ちも強かった。

四月に初めて陽呼たちと知り合った夜、椎那に手を添えられた時に見せられた映像を、佐知子は他の同業者たちが、椎那を一方的に虐げているものだと思っていた。

今でもそう思いたい気持ちはあったし、桔梗の話が出鱈目《でたらめ》だという可能性だってある。

だが、無言で涙を流しながら思いを巡らせるなか、こんなことも突として脳裏をよぎる。

あの瞬間に、わたしは椎那にたばかられてしまったのではないかと。

椎那も陽呼たちと同じく、特異な力を持つ人物である。偽りの記憶を佐知子に見せて共感を抱かせ、懐に入りこむぐらい造作のないことではないかと感じられた。

結局みんな、わたしなんかじゃなく、あの祭壇の上にいる蛇が目的だったのだ。

初めから薄々分かっていたはずなのに早々と考えなくなってしまったのは、果たして自分の頭が鈍いからか。それともやはり、椎那たちに何かをされてしまったからなのか。

これも薄々分かっているはずなのに、わたしはまた誤魔化そうとしている。

認めよう。受け容《い》れよう。私は単に騙されていただけなのだ。

思いなしたとたん、涙がさらに勢いを増して、ぼろぼろと頬をとめどなく伝い始めた。

同時に胸の内には、これまで久しく覚えることのなかった感情も湧いてきた。

もやもやと渦巻いて、熱くたぎるような感情。感情というよりは、獣の本能のような
もっと衝動的で単純な思いである。なんだっけこれ。どういう感情なんだっけ。
そうだ。思いだした。許し難い怒り――。わたしは今、怒っているのだ。
涙を流しながら、祭壇前に並んで呪文を唱える三人の背中をじっと見つめる。
その祭壇は元々弓子が使っていたものだったし、箱の元の持ち主も弓子だったはずだ。
さらに遡《さかのぼ》れば、箱に収められているのも「神さま」などではなく、佐知子の友達だった
シロちゃんである。どうして今まで忘れていたのだろう。佐知子はとても悔しかった。
ごめんねシロちゃん、こんな人たちに好き勝手なことをさせてしまって。
ごめんねお母さん、こんな人たちに大事な箱と祭壇をいいようにさせてしまって。
思いながら陽呼たちの背中越しに祭壇をじっと見つめていると、脳裏に過去の光景が
色鮮やかに蘇《よみがえ》ってきた。弓子が祭壇に向かい、シロちゃんの遺骸《いがい》に勝手につけた名前を
一心不乱につぶやきながら、手を合わせる光景である。
そうだ。弓子はこうして独りでひたすら祭壇を前にして、手を合わせ続けていたのだ。
それがどんな願いだったのかはもはや知る由もない。
だが、弓子は自分でつけた神さまの名を、まるで熱に浮かされたかのように繰り返し
口にしながら、ひたすら「お願いいたします」とつぶやいていたのだ。
なんだっけ、あの名前。短いから、本当は佐知子もすぐに覚えてしまった名前なのに。
確かなんとなく、「母親」を思わせるような響きだったはず。なんだっけ、あの名前。

「カカ様……？」

ぽつりとつぶやいたとたん、祭壇に祀《まつ》られた箱の周囲の空気が、ぶわりと歪《ゆが》んだ。

続いて背筋にぞくりと悪寒を覚え、たちまちひどい寒気に襲われる。

とても普通に座っていられず、佐知子が両手を畳につけて頭をさげるのとほぼ同時に、今度は祭壇の上で竜巻が発生したような凄まじい風を肌身に感じた気がした。

風は強くうねりながら天井を突き抜け、屋根を飛びだし、家の上空に浮かびあがってうねうねと、細長い軌跡を描いて回り始める。そんな情景を頭の中で感じた。

「あ……あ……まずい、まずい、まずいわあッ！」

そこへ陽呼が跳ねるように立ちあがり、天井へ向かって素っ頓狂《とんきょう》な叫びをあげた。

「お姉ちゃん、お姉ちゃん、まずいまずいまずい！」

陽呼と一緒に留那呼も血相を変えて立ちあがり、両手で陽呼の袖《そで》を引き始める。

「イザナミちゃん、ホーム！　ホームよ！」

陽呼が佐知子の隣に座っていたイザナミちゃんのほうへ向かって、鋭く叫んだ。

反射的に顔を向けると、そこには空の座布団があるだけで、今まで確かにいたはずのイザナミちゃんの姿が消えていた。やはりどう考えても、消えたとしか思えなかった。

一方、椎那も天井を見あげていたが、こちらは蒼《あお》ざめた顔に大口をあんぐり開けて、今まで一度も見たことのないほど、崩れた形相を浮かべていた。

つられて佐知子も天井を見あげると、たちまち頭の中に絵が浮かんできた。

土管ほどの太さがある胴を陰気な紫色に染めあげた、長くて巨大な蛇が、家の上空をぐるぐると身をうねらせながら回っている。

顔は蛇のそれではなく、髪の長い女の顔だった。だがそれは、陽呼が以前語っていた弓子のものではない。まったく見たことのない、誰とも知れない女の顔だった。

顔は背中にも生えていた。いずれも女の顔で、背骨の線に沿って縦一列にびっしりと、まるで背びれのごとく生え並んでいる。

絵が頭の中に浮かんできただけで、実際にそれを肉眼で見たわけではない。

しかし、肌身が凍りつくほど、はっきりとした実像を帯びて見えたのは確かだった。

それは紛れもなく、陽呼たちが「エボリューション」と称して、シロちゃんの遺骸に加えた細工とまったく同じ姿をしていた。こんな異形の化け物を「神さま」と思いこみ、陽呼たちの所業を疑うことさえなく、言われるままに付き従ってきた自分にぞっとする。

同時に怒りは一層激しく燃え盛り、眼前で取り乱す陽呼たちに向けられた。

「お母さんなんかいないじゃないですか」

すっくと立ちあがって陽呼に詰め寄り、鋭く睨《にら》み据えながら言葉をぶつける。

「お母さんの魂なんか、本当は入っていなかったんでしょう？」

さらに語気を強めて陽呼に尋ねるが、陽呼はおろおろしながら、佐知子の顔と天井に視線をせわしなく動かすばかりで、答えが返ってこない。

それでさらに腹が立った。生まれて初めて使う言葉を陽呼にぶつけることにする。

「あんたなんか死ねばいい。バカな妹と一緒に死んでしまえばいいんだ」

佐知子が言い放ったとたん、陽呼が両目をかっと大きく見開いた。

「ダメ！　このガキ！　自分が何を言ったか分かってんの！」

驚きと悲愴《ひそう》と恐怖が綯《な》い交ぜになった凄《すさ》まじい形相で陽呼が叫んで、まもなくだった。

「お姉ちゃん、お腹空《す》いたね。アンパン吸いながら、あんパン食べたい。帰ろうよ」

だらりと弛緩《しかん》した顔に呆《ほう》けたような笑みを浮かべ、留那呼が陽呼の腕を引いた。

「あら、あら、あらあらあら。そうね、留那呼ちゃん、あたくしもお腹が空いたわあ」

留那呼の言葉に陽呼は一瞬、はっとした表情を浮かべたものの、次の瞬間、留那呼と同じくだらりと顔を弛緩させ、呆けたような笑みで答えを返した。

それからふたりは手をつなぎ、焦点の定まらない目と不可解な薄笑いを浮かべながら襖《ふすま》を開け、玄関を出ていった。

佐知子はその様子を呆然《ぼうぜん》となって眺めていたが、そこへ背後から「す、すごいね」と声をかけられ、ようやくはっと我に返った。

振り返ると椎那が畳の上にへたりこみながら、こちらを見あげて笑っていた。

「神さま、目覚めたね。婆《ばば》たちも壊れたみたいだし、これで神さまは俺たちのものだよ。よかった。よかった。よかったよね……」

家の上空からは、なおもカカ様が激しく身をうねらせている気配を感じる。

氷のような視線で椎那を見おろし、胸の内から湧きだした素直な言葉を向けてやる。

「あんたも死ねば？　さっさと帰って」

言葉を聞いた椎那も一瞬、満面にぎょっとした形相を浮かべたが、それからまもなくだらりと顔を弛緩させ、「しょうがねえなあぁ」と言いながら立ちあがった。

「本当にもうちょっとだったのに、しょうがねええなああぁ。じゃあ帰りながら死ぬね。ああもおお、なんなんこれえ。やってらんねえぇよお、クソ女がぁあ」

だらけた笑みに抑揚のおかしくなった声で椎那が言った。

どうやら必死になって正気を保とうとしているようだったが、努力は報われなかった。

椎那は酩酊《めいてい》したかのようなふらつく足取りで、廊下の壁に何度も身体をぶつけながら「しょうがねえなぁあ」と「クソ女」を繰り返し、やがて玄関口から出ていった。

それから車が発進する音が聞こえたのを合図に、ようやく佐知子は太い息を漏らした。

ざまあみろ。きちんとケリをつけてやった。これで一から全部やり直せる。

なおもこぼれ続ける涙を拭《ぬぐ》いながら、佐知子は思った。

「カカ様、ありがとう。もう戻っていいですよ」

天井を見あげ、頭の中に浮かんでくるカカ様に向かって声をかける。

無反応。

カカ様は佐知子の声など届いていないかのように、家の上空をぐるぐると円を描いてうねり続けている。

言葉が悪かったのかと思い、今度はさらに丁寧な言葉で声をかけてみた。

無反応。

無数の顔を持つ紫色の蛇は、そのまま家の上空をうねり続けるだけだった。

たちまち顔色が蒼ざめ、その場にどっと膝《ひざ》をついてしまう。

今度は祭壇の前に座し、手を合わせながら必死になって念じてみた。

だが、どれだけ必死になって拝んでも、頭の中に浮かぶ蛇の絵は消えてくれなかった。

堪《たま》らなくなって、これは自分の頭が勝手に作りあげている妄想なのだと思おうとした。

けれども先刻、佐知子の「願い」で陽呼たちの様子がおかしくなってしまったことが、それが妄想ではないという裏付けになってしまい、一層肌身が凍りついた。

さっきの願いが叶《かな》ったのに、どうして今度は叶ってくれないのかと焦る。

再び祭壇に向かって一心不乱に「お戻りください！」と願ったが、それでもカカ様は、佐知子の必死の願いをまるで嘲笑《あざわら》うかのように、師走《しわす》の漆黒に染まった住宅地の上空を絶えることなく、身をうねらせて泳ぎ続けた。

猖獗《しょうけつ》【二〇一三年十二月十八日〜】

カカ様が沈黙して箱の中に戻ったのは、日付を跨《また》いで深夜二時を過ぎた頃だった。佐知子が願ったからではない。自発的に戻ったのである。

あの後も二時間ほど、祭壇を前に手を合わせて懸命に願い続けたのだが、やはり蛇は佐知子の声を聞き入れず、頭の中に家の上空を舞い続ける絵が浮かんでくるだけだった。

箱に戻ったといっても、その様子を肉眼で確認したわけではない。

祭壇の前で途方にくれて項垂《うなだ》れているところへ、ふいに頭に浮かんでいた絵が消えて、それから祭壇に祀られた箱に視線を向けると、箱の中から異様な気配を感じたのである。だから佐知子は「戻った」のだと理解して安堵《あんど》した。


椎那が死んだことを知ったのは翌日の昼、会社の休憩室でテレビを見ていた時だった。昼のニュースで昨夜遅く、佐知子の家からさほど遠からぬ市街を流れる川に車が転落し、運転していた男、芹沢真也が遺体で発見されたとのことだった。

警察は事故と断定しているらしかったが、彼の死の真相を知っている――というより、彼を死に至らしめる原因を作ってしまった佐知子は、みるみる顔色を蒼ざめさせた。

一方、陽呼と留那呼の消息は分からなかった。ふたりで呆けたようになって佐知子の家を出ていって以来、数日経っても二度と家を訪ねてくることはなかった。

それは得体の知れない、あのイザナミちゃんも同様だった。

陽呼たちがいなくなったことで、佐知子の家は再び独りきりの静かな家に戻った。

日が一日経つごとに、四月の下旬から始まった一連の出来事は、あまりに非現実的で、なんだか悪い夢でも見ていたような印象が強まっていった。

ただそうは思えど、奥の和室の襖を開ければ、祭壇の上に祀《まつ》られた小さな箱の中から、異様な気配をまざまざと感じ取ることもできた。

だからやはり、佐知子が陽呼たちと半年以上にも亘《わた》って送り続けてきた、あの異様な日々は、紛れもない現実だったのだと思わざるを得なかった。

そんなことを考えるたび、肌身にぞわぞわと悪寒が走っておぞましい気持ちになった。だが、せめてもの救いだったのは、そんな悪夢のような日々は終わって、これから先は以前と同じ、日陰のように冴《さ》えないけれど、平穏無事な日常に戻れるということだった。

陽呼たちがいなくなっても、会社の上司や同僚たちは、以前のように佐知子のことを理不尽に叱責《しっせき》したり詰《なじ》ったりすることはなかった。どんな力を使ったのかは知らないが、これだけは彼女たちが佐知子に唯一与えてくれた、ありがたい贈り物だと思った。

陽呼たちに惑わされ、久しく見向きもしなかった、居間のサイドボードの上に祀った弓子の遺骨が納められた骨壺《こつつぼ》にも、佐知子は再び手を合わせるようになっていった。

そうして少しずつ元の日常へ回帰し始め、気持ちもいくらか落ち着いてきた頃だった。年の瀬も押し迫った深夜遅く、異変は再び起こることになった。

二階の自室で佐知子が眠っていたところへ突然、頭の中にカカ様の姿が映しだされた。ぎょっとなって飛び起きたが、夢ではなかった。

目覚めてもなお、頭の中には家の上空をうねりながら舞う、蛇の姿が映り続けていた。血相を変えて階下へ駆けおり、祭壇の前まで行ってみると、箱から気配が消えていた。たちまち絶望的な心地となって、祭壇に向かって手を合わせ始める。この夜も佐知子がどれだけ「お戻りください」と願おうと、蛇は聞き入れてくれなかった。

蛇が再び箱の中へ戻ったのは、おそらく日が昇ってからではないかと思う。

東の空がそろそろ白み始める明け方近くまで、佐知子は祭壇を前に拝み続けたのだが、気力と眠気がとうとう限界を迎え、そのまま倒れるように眠ってしまった。

午前九時過ぎ、家の近くへやって来た救急車のけたたましいサイレンに目を覚ますと、箱は再び異様な気配を放って、祭壇の上に鎮座していた。

ひとまず安堵の息を漏らすも、どうして再びカカ様が動きだしたのか原因が分からず、もしかしたらまた動きだすのではないかと、嫌な胸騒ぎも感じた。

そんな佐知子の胸騒ぎは、さほど時を置かずして、図らずも的中することになった。

年が明けた一月の下旬頃にも、夜中に蛇は動きだした。

やはり佐知子がどれだけ止めようとしても、蛇は言うことを聞いてくれなかった。

明け方近くにようやく蛇は箱に戻り、佐知子は祭壇の前でぐったりと身を横たえた。

その後も蛇は、およそ半月からひと月に一度の間隔で箱から飛びだし、動き続けた。

佐知子が止めても無駄なことにも変わりはなかった。

弓子の遺骨に「助けて！」と願ったこともあったが、何も変化は見られなかった。

そうしてカカ様が勝手に動き始めて、七度目の時。四月も終わりを迎える頃になって、佐知子はとてつもなく嫌な「偶然」の符合に気がつき、身体が冷たく凍りついた。

カカ様が目覚めて箱から飛びだした翌日は、この住宅地のどこかにかならず救急車がやって来ていた。

早朝であることもあれば、日中や夜のこともあったけれど、記憶を思い返していくと、やはり間違いなく、カカ様が動いた日に救急車は来ていた。

それに付随して、近所の家に鯨幕や、花輪が立ち並ぶ光景を見る機会も増えていた。

生前、弓子がたびたび近隣住民らとトラブルを起こしていたせいで、近所付き合いはほとんどなく、周りの家々で何が起きているのか、全てがわかったわけではなかったが、回覧板を回しにくる住人から、少しだけ話を聞くことはできた。

救急車で運ばれていく住人は脳梗塞《のうこうそく》や心臓発作などの突発的な病気、葬儀に関してはそれらで亡くなった住人のものもあれば、事故や自殺で家族を亡くした家もあるという。

話を聞かせてくれた住人は「立て続けに気味が悪いですよね」と眉《まゆ》をひそめていたが、佐知子が覚えた戦慄《せんりつ》は、そんな生半なものではなかった。

考えまい、思うまい、結びつけまいと自分に言い聞かせても、頭に浮かんでくるのはどうがんばっても、動きだした蛇が夜な夜な、この住宅地に住まう人々に災いを及ぼし、近隣一帯を蝕《むしば》んでいるという事実だけだった。魂が消えそうなほど、佐知子は憔悴《しょうすい》する。

ではどうしたらいいのかと考えても、答えは何も出てこなかった。

箱を処分しようとしても、やはり以前と同じように祭壇から箱を持ちあげたとたんに気持ちと体調が急速に乱れ、箱を元の場所へ戻さずにはいられなくなる。

カカ様が処分を拒んでいることは、もはや厳然たる事実であると思うよりなかった。

佐知子が絶望に苛《さいな》まれ、為す術《すべ》もなく思い惑うさなかにも、蛇は変わらず目覚め続け、そのたびに近所で不幸が起きた。

とうとう進退窮まってしまい、佐知子が覚悟を決めて行動を起こす決心を固めたのは、すでに年も明けて半年以上経った、六月下旬のことだった。

救《たす》けを乞《こ》うには、自分自身がこれまでしてきたことを全て打ち明けなければならず、「もうこれ以上、何も話したくない」とも言われたから、多大な勇気が必要だった。

だが、佐知子が思いつく限り、他に頼れそうな人は誰もいなかったのも事実である。

その日、佐知子は覚悟を決めて、浮舟桔梗の許《もと》を訪ねることにした。

母への愛の復活　【二〇一六年十一月二十九日】

かつての栩木の屋敷の裏手に広がる森で、禍々《まがまが》しい仏壇の山を発見してから二週間後、美月の件とは別件で、謙二から出張相談の依頼が入った。

四年前に亡くなった母親の供養をしてほしいのだという。

謙二の父親は、彼が中学二年生の時に自死して亡くなっていた。原因は母親の不倫で、婿養子だった謙二の父は、妻の不倫の発覚を発端にして家に居場所がなくなってしまい、生きることに行き詰まった末での自死だったそうである。

父の死から一年ほどで、母は不倫相手と再婚した。形式上の新しい父親は、謙二との距離を縮めようとあれこれ接してきたが、謙二は到底受け容《い》れることなどできなかった。母に対する憎悪も募り、母の再婚から二年ほどで謙二は家を飛びだし、そこから先は長らく絶縁に近い関係が続いていた。

ほとんど音信の途切れた関係にあったなか、母は知らないうちに癌を患い、気づけば一度も見舞いにいくことさえないまま、夫に看取《みと》られ、息を引き取ったのだという。

葬儀には参列したものの、母の死後も謙二が抱え続けてきたわだかまりは消え去らず、その後は法事にも参列せず、墓参りにおもむくことさえもなかったそうである。

「でも、今回の件が始まって、なんとなく心境の変化みたいなものがありまして」

自宅のテーブルの上に立てられた母の写真を見つめながら、謙二が言った。

およそ十年ぶりに再会した美月と接していくうちに、謙二は亡き母に対する気持ちが少しずつ変わっていったのだという。

会いたい子供に会えない気持ちと、たとえ時を隔てても、子供に再会できた時の喜び。自分が美月と再会した時の素直な気持ちを、そのまま母の気持ちに重ね合わせてみると、今さらながら、どこかで母を許してあげればよかったと思うようになってしまった。

母の死後、新しい父親から、母がずっと謙二に会いたがっていたとも聞かされており、今回の件でますます母に申しわけない気持ちになってしまったのだという。

「母との確執は生前、千草に何もかも打ち明けて、だいぶ慰めてもらったんですけどね、でも話をするたびにあいつは決まって、『いつか仲直りできる日がくるといいね』って、笑ってくれたんです。もう遅いのは分かっていますが、今がその時かなと思いまして」

言いながら謙二は声を震わせ、それから滂沱《ぼうだ》の涙をこぼし始めた。

「遅いなんてことはありませんよ。お母さんもきっと喜んでくれるはずです」

それ以上、余計な飾り言葉はいらないと思った。

テーブルの上に立てられた謙二の母の写真と、その前に供えられたたくさんの供物や生花を前に、私は供養の経を誦《しょう》し始めた。

灰吹きから蛇が出る【二〇一六年十二月三日】

それからさらに四日後、再び出張相談の依頼があった。

今度の依頼主は杉原弥生《すぎはらやよい》という、街場で輸入雑貨店を営む女性だった。

弥生はそれなりに古い私の相談客で、特にこれといった変わりごとが起こらなくても時折、店に祀《まつ》っている神棚へ商売繁盛や安全祈願をしてほしいと依頼してくれる。

この日もそうした用件で、美月と千草の案件では今のところ動きようもなかったため、開店前の午前八時半頃に店を訪ねていた。

事務所の一角に祀られた小さな神棚に祝詞《のりと》をあげたが、大して長いものでもないため、十分足らずで仕事が終わってしまう。

「お疲れさまでした」と、礼を述べる弥生に勧められるまま、応接セットのソファーに腰をおろす。それから淹《い》れてもらったコーヒーを飲みながら、漫然と世間話が始まった。

あれやこれやと思いつくまま弥生と話を繰り広げているうちに、やがて出勤してきた店の従業員たちが事務所に現れ始めた。

その顔ぶれの中に、久方ぶりに再会する元依頼主の姿もあったので、その後の調子を伺いがてら、少し話をさせてもらうことにした。

春先に私が恐ろしく厄介な悪霊祓《ばら》いをおこなった、例のもうひとりの小橋美琴である。実を言うと私の仕事場に美琴を連れてきたのは、弥生だった。

当時、弥生を含む店の従業員たちが、ごくごく些細《ささい》な怪異を体験したのをきっかけに、やがて美琴に何か悪いものがとり憑《つ》いていることが発覚した。

美琴自身もかなり前からそれを自覚していたとのことで、事情を知って心配になった弥生が急遽《きゅうきょ》、私の仕事場へ美琴を連れてくる運びとなったのである。

幸いなことに美琴はその後、特に変わりなく、平穏無事に毎日を過ごせているそうで、まずはほっと安堵《あんど》の息を漏らす。

「本当にもう、あの時はびっくりしましたよね！」などと笑う弥生に相槌《あいづち》を打ちながら、せっかくなので、もう少しびっくりさせてやろうと思って口を開いた。

「実は私の知り合いの霊能師にも、小橋美琴っていう人間がいるんです。漢字まで同じ。あの時は修羅場だったので黙ってましたけど、妙な偶然もあるもんだと思ってました」

冗談めかして話したところへ美琴が首を捻《ひね》り、「その人って、宮城の方ですか？」と尋ねてきた。

「いや、東京ですよ。どうして？」

「ほら、言いませんでしたっけ？　わたしが郷内さんに見てもらう前、他にもうひとり、見ていただいた拝み屋さんがいらっしゃったって話」

そこで一拍置いて、美琴はこう続けた。

「その拝み屋さんも、本名が小橋美琴っていうんです」

とたんに頭の中で、かちりと何かが嵌《は》まるような感覚があった。

「すごく親身に相談に乗ってくれて、優しい先生だったんです。わたしの名前を知ると、『あら！　わたしも実は、あなたと本名が同じなのよ。同じ名前のよしみじゃないけど、これは絶対なんとかしてあげなくちゃね』って笑いかけてくれて。それがあんなことになってしまってすごく申しわけなかったけど、今でもわたし、感謝しているんです」

少し顔色を陰らせながら、伏し目がちに美琴が言った。

拝み屋の件は相談を開始する際、それまでの経緯を尋ねる過程で聞いていた。

美琴が以前に相談を依頼した拝み屋は、ほどなくして亡くなっている。

確か、二〇一五年の十二月初め頃だったはずである。美琴は自分にとり憑いた悪霊が拝み屋をとり殺してしまったと思い、自責の念に駆られていたのだ。

そこまでは聞いていたし、覚えてもいる。

だが、美琴と件《くだん》の拝み屋の本名が同姓同名だったということは、今初めて知った。

「その拝み屋さんが仕事で使っていた名前って、なんていうんですか？」

「浮舟桔梗さんです。五十代半ばくらいで、凜《りん》とした感じのすごく優しい方でした」

「ありがとう」と礼を述べるなり、次の予定があると弥生に断り、急ぎ足で店を辞した。

店を出て、近くのコンビニの駐車場に車を停め直すと、小夜歌へ電話をかけた。

幸い、小夜歌はすぐに出てくれた。さっそく彼女に師匠の名前を尋ねてみる。

「浮舟桔梗。本名はこの間も言ったとおり、小橋美琴ね。急にどうしたんですか？」

「その浮舟さんって去年亡くなって、今は娘が跡を継いでいるんですよね？　朝早くに申しわけないんですが、その娘さんに取り次いでもらうことってできませんか？」

突然のうえに突拍子のない要望を受け、小夜歌は「ええ？」と妙な声をあげたものの、まもなく気を取り直した様子で、「何か分かったんでしょう？」と尋ねてきた。

掻《か》い摘《つま》んで、今しがた店であったことを説明すると、小夜歌は仰天の声を張りあげて「マジなんですか！」と息を荒げた。

「ここまでくると単なる偶然とは思えません。そういうふうに思ってしまうのも単なる勘と言えば勘ですが、浮舟さんの娘さんと話せば、何か分かるような気がするんですよ。そういうわけなので、よろしくお願いします」

小夜歌の了解を確認してから電話を切ると、今しがた、自分が小夜歌に言った言葉がますます強い現実味を帯びて感じられるようになってきた。

この三週間余り、ほとんど有益な手掛かりが得られず、かなり焦《じ》らされていたのだが、これはかなり大きな手掛かりだろうと感じた。

あるいはいよいよ、核心に迫ることができるかもしれない。

久々に働き始めた異様な勘が訴えてもいた。

小夜歌の返事を待ちながら、私は急いで家路をたどった。

取り組みから顚末《てんまつ》まで【二〇一六年十二月五日】

その二日後の午後六時過ぎ。

場所は、県北の田舎町にひっそりと建つ小さな一軒家。

私は浮舟桔梗の仕事場で、三代目浮舟桔梗、本名小橋瑠衣《るい》と対面していた。

仕事場のまんなかに置かれた座卓越しに桔梗と向き合う私の隣には、美琴と小夜歌も並んで座っている。

二日前の朝、小夜歌に桔梗への取り次ぎを頼んでからまもなく、桔梗のほうから直接私に連絡があった。こちらの事情を掻い摘んで説明すると、桔梗のほうも自身の事情を少しだけ語り、結果として実際に会って話をしようという段取りになった。

すぐに美琴と小夜歌へ連絡を入れてスケジュールを擦り合わせ、日程が決まった。

かくして私たちは今、三代目浮舟桔梗と対面している。

そして仕事場にはもうひとり、桔梗の隣に座る人物もいた。

十朱《とあけ》佐知子である。

歳は三十代半ば。生気に乏しい、陰気な雰囲気の女性だった。佐知子は憔悴《しょうすい》しきった面貌《めんぼう》に悲愴《ひそう》な色をありありと滲《にじ》ませ、両目を真っ赤に泣き腫《は》らしながらうつむいている。

午後一時頃に桔梗の仕事場に到着して、こちら側が抱えている美月の件のあらましを改めて桔梗に伝えた。そのうえで「何か知っていることはないですか」と尋ねたところ、桔梗は自宅の一室に匿《かくま》っていた佐知子を仕事場に連れてきたのである。

佐知子は私たちの来訪を過剰に警戒しながらも、怖《お》じ怖じとしたそぶりで自分自身の身に起きた小学校時代から、カカ様が目覚めるに至るまでの経緯を話してくれた。そこから今現在に至るまでの流れは、桔梗が説明してくれた。

ほとんど佐知子の半生記と言い換えてもよい長大な話だったため、時系列が過去から今現在に達するまで、実に四時間近くを要した。佐知子と桔梗の話が全て終わる頃には日がとっぷりと暮れ落ち、戸外は漆黒の闇に包まれていた。

「いつまで泣いてんの？　めそめそしたって何も解決なんかしないと思うけど」

無言で涙を流し続ける佐知子を横目で見ながら、桔梗が吐き捨てるようにつぶやいた。桔梗の言葉に佐知子はうなずきながらも、静かに涙を流し続けている。

桔梗が自宅に佐知子を匿っているのは桔梗自身の意志ではなかった。先代の浮舟桔梗、すなわち瑠衣の母から引き継がれた仕事なのだという。

今から遡《さかのぼ》ること二年前。二〇一四年六月下旬に、佐知子が桔梗の仕事場を訪ねてきた。玄関口で応対した瑠衣は、佐知子の訪問を断固拒否したのだが、仕事場から出てきた先代桔梗の指示で、やむなく家にあげることにした。

仕事場に通された佐知子は、桔梗に促されるまま、これまでに起こった全てのことを一から順を追って、涙ながらに告白した。

佐知子の異様な告白を傍らで聞いていた瑠衣は、身の毛のよだつ思いがしたという。同時にひどく不穏な予感も覚えた。

話を全て聞き終えたのち、桔梗は鋭い声で「バカなことを!」と佐知子を叱りつけた。その叱責《しっせき》だけでおしまいにしてほしいと瑠衣は心の中で祈っていた。あとはさっさとこの女を仕事場から追いだして、もうこれ以上、関わらないでほしいと思っていた。

だが、そうはならなかった。不穏な予感は的中してしまう。

桔梗は佐知子の顔をじっと見つめながら、しばらく沈思したのち、やがて口を開くと、「分かった。とりあえず実物を見てみることにする」と言った。

その日のうちに桔梗は佐知子の家を訪ねて、和室の祭壇に祀《まつ》られている箱と対面した。

帰宅後、桔梗は瑠衣に「間違いなく、今まででいちばん厄介な案件だね」と言った。

顔には笑みが浮かんでいたが、目の奥に宿る光には、あからさまな恐怖と焦りの色を感じ取ることができた。

「だったらやめればいいいじゃない」と瑠衣は言った。だが、桔梗は瑠衣の訴えを制して、「これはきちんと片をつけないと、もっとたくさんの犠牲者が出てしまうから」と答え、それから「大丈夫だから」と微笑んだ。

瑠衣は桔梗の言葉を信じるよりほかなかった。

　佐知子の話していたとおり、箱は普通に持ちあげるだけならなんのことはないのだが、箱を持ちながら処分しようと考えるなり、気持ちがそわそわと落ち着かなくなってくる。それでも抗《あらが》い続けていると、しだいに体調も悪くなってきて箱を元の場所に戻さざるを得なくなる。だから箱の持ちだしは当面、不可能だろうとのことだった。

箱自体を処分するのではなく、中で眠る蛇そのものを滅するという手段も考えられた。

だが、蓋《ふた》を開けて中を見た瞬間に、桔梗は即座にこれを断念した。

　とても自分が太刀打ちできるようなたぐいのものではなかったのだという。

佐知子が桔梗に打ち明けたとおりのものが、異様な邪気を孕《はら》んで箱の中に眠っていた。

　山の神か、あるいはその使いの遺骸《いがい》を素体とし、人の悪意と無数の霊気が凝縮されて造りだされた、現世《うつしよ》にも幽世《かくりよ》にも本来存在しないもの。神の名を冠した規格外の化け物。

だが、紛《まが》い物とはいえ、秘めたる力は限りなく神に等しいものと感じられた。

　太刀打ちを断念した桔梗は、代わりに蛇を箱ごと封印するという方針で動き始めた。

初めは箱の表に封印札を貼りつけ、家の四方に結界札を貼った。どちらも蛇を箱から、そして家から飛びださないよう、防ぐための札である。

　陽呼が祭壇に貼りつけた異様な御札も全て剝《は》がして処分した。そのうえで家じゅうに溜《た》まってしまった穢《けが》れを清める屋敷祓《ばら》いの儀式を執り行い、結果をうかがうことにした。

　一度目は失敗した。佐知子が桔梗の許《もと》を訪れてからおよそ半月後、七月の半ば過ぎに蛇は箱を飛びだし、再び住宅地の上空を舞った。

それに対して桔梗は、箱にさらなる封印札を追加で貼りつけ、結界札も家の四方から家じゅうの各窓の四隅に貼りつけた。

だが二度目の試みも失敗に終わる。それから半月後の七月下旬にも、蛇は空を舞った。この頃になると桔梗もかなり焦っていたが、それでもできることは限られていた。桔梗は箱の表に封印札をさらに何枚も貼りつけ、結界札も玄関ドアと家じゅうの部屋、廊下などに追加で貼りつけていった。

しかし、三度目の試みも失敗に終わった。それからおよそひと月経った八月の下旬頃、蛇は三度、まるで桔梗の努力を嘲笑《あざわら》うかのように住宅地の夜空を平然と舞った。

だが、そこから先は蛇が空を舞うことはなくなった。

三度目に蛇が目覚めたあと、桔梗はとんでもない事実に気がついて、蒼《あお》ざめながらも即座に対応を始めた。

箱に貼りつけた封印札が、古いものから順にぼろぼろと擦り切れて、ほとんど原形を維持できなくなっていたのである。それは家じゅうに貼りつけた、結界札も同様だった。やはり最初に貼った順から白い紙が赤茶けて、端のほうからぼろぼろと崩れ始めていた。紙で作った御札とはいえ、通常ならば絶対にあり得ない劣化の早さと凄《すさ》まじさに慄《おのの》くも、劣化するということは、少なからず御札が機能しているという証《あかし》だとも捉《とら》えられた。

そこで桔梗はその日のうちに御札を全て新しく作り直し、箱には二十枚以上にも及ぶ多量の封印札を、家じゅうにはさらに数を増やした結界札を貼りつけた。

桔梗の読みは当たった。それからふた月ほど経っても、蛇は箱から飛びだすことなく、沈黙を続けたままであるとの報告を佐知子から受け、まずは安堵《あんど》の息を漏らす。

だが、これで根本的な問題が解決されたわけではない。それに加えて、他にも何点か厄介な問題が残されてもいた。

ひとつは陽呼の指示で佐知子たちが設置した、四つのポンプである。

佐知子に案内されて全てのポンプを見て回ったが、こちらも滅することは相当難しく、さらには迂闊《うかつ》に近づくことさえできないほどの凄まじい邪気を帯びてもいた。

ゆえに封印札も結界札も貼ることができず、当面は放置しておくよりほかなかった。

ふたつめは、佐知子の体調に関する問題だった。

佐知子が桔梗の許を訪れ、桔梗がひとまず蛇の封印に成功するまでの期間は約二ヶ月。元々顔色が悪く、陰気な印象を滲ませていた佐知子だったが、二ヶ月の時が経つうちに目に見えて痩《や》せ衰え、原因不明の頭痛や動悸《どうき》も頻発するようになっていった。

自分の身を守る安全札と、魔祓いの札を入れた御守りを佐知子に渡してはいたのだが、効き目は感じられず、蛇を封じてからも体調不良は継続したままだった。

御札の劣化で知れたこと。箱の中に封じているとはいえ、それは単に箱から蛇の身をださないだけであり、蛇が持つ邪気までも封じられているわけではないのだと思った。

おそらく封印札の防壁をすり抜けて、蛇が放つ邪気だけは箱の外へと漏れだしている。それが佐知子の身体に悪影響を及ぼしているのだろうと判ぜられた。

三つ目の問題は、蛇の他に家内で感じる不穏な気配である。

祭壇に貼られていた薄気味の悪い御札を始め、陽呼たちが佐知子の家に残していった品々は、比較的早い段階にまとめて全て処分していた。

だが、その後も佐知子の家へおもむくと、得体の知れない気配を感じることがあった。それはいつもではなく時折で、感じる気配もごくごくかすかなものではあったのだが、それでも感じるものは感じる。

そして最後の問題は、陽呼と留那呼の姉妹、並びに芹沢真也である。

椎那こと、真也がすでに死亡していることは佐知子の口から聞かされている。桔梗の見立てでは、おそらく陽呼と留那呼もすでにこの世に生きてはいまいと感じられた。

だが、ああした連中に関しては、死んでからが本領発揮というか、一層質《たち》が悪くなる。なまじ、呪術《じゅじゅつ》の心得と異様な力を持っていた分、常人がこの世に迷い現れるそれよりも、はるかに強い邪気を帯びて現れるだろうことは間違いない。

それに連中は生前、自分たちが造りあげたあの化け物に固執していた。ならばいずれ、箱を狙って佐知子の許へ姿を現す時がかならず来るものと考えざるを得なかった。

連中の死後から半年以上経っても、姿はおろか、気配さえ毛ほども感じることはない。それは佐知子も同じだという。

取り越し苦労で済むのがいちばんなのだろうが、それでも油断することは危険である。今後、連中はかならず現れるという前提で考えるのがベターだろうと思いなした。

斯様《かよう》な不安要素と佐知子の容態を案じた桔梗は、十月の終わり頃に佐知子を呼び寄せ、自宅兼仕事場に住まわせることに決めた。瑠衣はかなり強く反対したものの、佐知子は特にためらうそぶりも見せず、桔梗の申し出をむしろ快く聞き入れた。

最低限の荷物と弓子の骨壺《こつつぼ》だけを持って、佐知子は桔梗の家で暮らし始めた。

そのうえで桔梗は佐知子に以前渡した御守りよりも、さらに強力な悪霊祓いの御札を何枚も入れた御守りを渡した。家に匿《かくま》うとはいえ、軟禁状態にするというわけではない。仕事は今までどおり続けてもらい、あくまで家に身を置かせるというだけである。

御守りは常に肌身離さず持っているように伝え、仕事場の祭壇には彼女の身に万が一、何か災いが降りかかった際に身代わりとなる、人形の御札も作って祀った。

佐知子の身の安全を確保した一方、桔梗は拝み屋として普段の仕事をおこないながら、無人と化した佐知子の家を定期的に訪ね、封印札と結界札の交換作業を続けていった。

御札は半月ほどで劣化が始まり、ひと月近く経つ頃には傷みが目に見えて現れてくる。だから月に一度を目安に、総数にして百枚を軽く超える、箱の御札と家じゅうの御札を全て新調しなければならなかった。

要する気力も労力もそれは並大抵のものではなかったが、それでも桔梗は、ひと月も休むことなく、佐知子の家に通って御札を交換し続けた。

元の自宅を離れた佐知子のほうはその後、心身ともに新たな異常が現れることはなく、容態は日に日に回復に向かっていくのが、目に見えて分かった。

一方、桔梗は御札の交換作業と並行して、魔祓いの儀式もおこなうようになった。新しく御札を交換し終えた箱に向かって座し、動きを封じられて抵抗のできない蛇へ強力な魔祓いの呪文《じゅもん》を唱えられるだけ唱える。

そうして少しずつ、蛇の力を弱めていこうという方針だった。

定期的な魔祓いを始めるに際して、桔梗は知り合いの拝み屋たちに協力を要請したが、賛同する者はいなかった。逆に協力を申し出た瑠衣は、桔梗に強く止められてしまう。だから桔梗は、たったひとりで蛇を滅するためにひたすら拝み続けることになった。

「どうしてそこまで無理するの？　手に余るんだったら、放っておけばいいじゃない」

嫌な顔ひとつせず、弱音のひとつさえ漏らすことなく、蛇に取り組む桔梗に向かって瑠衣が投げかけたひと言に、桔梗は静かな声で答えた。

「放っておいたって、消えるものじゃないからよ。呪いや祟《たた》りに期限なんて存在しない。解消されない限りは、十年だろうと百年だろうと、この世に災いをもたらし続けていく。わたしはひとりの拝み屋として、あの邪《よこしま》な連中がこの世に遺《のこ》していった〝負の遺産〟を後世に残すことがないよう、しっかり片づける義務がある。ただそれだけよ」

そう言って桔梗は微笑んだ。

「本当に何か協力できることはないの？」という瑠衣の求めに対し、桔梗はただひとつ、御札作りの手伝いだけは許してくれた。たったひとりで蛇と戦う桔梗の負担を少しでも減らすべく、瑠衣も必死になって御札作りに励んだ。

しかし、そんなふたりの努力が報われることはなかった。

魔祓《まばら》いの儀式が始まって半年ほど過ぎた頃から、桔梗の体調は少しずつ衰えていった。箱の中から放たれる蛇の毒気に当てられたのだろうと思う。

桔梗は食欲がなくなり、ゆっくりと痩せ始め、頭痛や吐き気を催すことが多くなった。無論、病院で診察を受けても症状が改善されることは一向になかった。

それでも桔梗は月に一度の魔祓いをおこない続け、通常の拝み仕事もこなしていった。日に日に衰えてゆく桔梗を見かねて、二〇一五年の七月からは、瑠衣も会社を辞めて桔梗の助手を務めるようになった。瑠衣がこなせそうな相談は桔梗に代わっておこない、なるべく桔梗の負担を減らして休むことができるように努力した。

だが、そうした努力さえも虚《むな》しく、桔梗の体調はその後もゆっくり衰え続けていった。

そして同年の十一月下旬、とうとう瑠衣がもっとも危惧《きぐ》していた事態が訪れてしまった。相談客にとり憑《つ》いた悪霊を祓い終えてまもなく、桔梗は仕事場でぐったりと倒れこみ、それから一週間の入院生活を経て、静かに息を引き取った。

享年五十五。それは果たして視えざる因縁か、佐知子の母・弓子と同じ年でもあった。

桔梗が亡くなる間際、瑠衣は三代目浮舟桔梗の名を襲名した。

その段に至って桔梗は瑠衣に、佐知子の保護と、箱の封印の継続を託して逝った。

桔梗を引き継いだ三代目浮舟桔梗は以後、先代に代わって佐知子を自宅に匿いながら、蛇の封印作業を受け持つことになった。

小橋美琴　【二〇一六年十二月五日】

「小夜歌さんと郷内さんから連絡をいただいた日、実は母の命日だったんです」

全ての話を語り終えたのち、三代目浮舟桔梗は、寂しげな笑みを浮かべてつぶやいた。

「瑠衣ちゃん、それに師匠も言ってくれればよかったのに……。言ってくれればあたし、なんだって協力したんだよ？」

すすり泣きしながら、小夜歌が桔梗に向かって言った。

「すみません。でも母はきっと、大事な人ほど巻きこみたくなかったんだと思うんです。それはわたしも同じです。許してください」

そう言って桔梗は、小夜歌に深々と頭をさげた。だが、再び顔をあげた桔梗の顔には、まるで何かを決心したかのような強い色が浮かんでいた。

「謝罪してすぐなのに乱暴な話なのは重々承知しておりますが、聞いていただけますか。多分みなさんは、母が結んだ縁に導かれて、ここへいらっしゃったんだと思うんです」

今際《いまわ》の際、先代桔梗は仕事の引き継ぎとともに、遺言を残していったのだという。

「これから先、かならずあんたを救《たす》けてくれる、心強い縁が結ばれるようにしておいた。その日が来るまで大変だろうけど、わたしの言葉を信じて耐えてほしい」

おそらくは、自身の天命を知った頃からだろうという。先代桔梗は月ごとにおこなう魔祓いの他に、今後の瑠衣のために縁結びの祈願もおこない続けていたのだという。

「母は、『そんなに遠い話じゃない』と言っていました。わたし自身があの箱の邪気に耐えられているうちに、きっと救いの手を差し伸べてくれる人たちが現れるはずだから、その日が来るまでがんばってほしいと言ったんです」

目に涙を少しだけ滲《にじ》ませ、桔梗が言った。

一方私は、以前に千草からもらった言葉を思いだし、これのことかと考えていた。

決して深入りはするな。美月を救けだしたら、キリのいいところで身を引いてほしい。

実を言うと美月に関する案件は、佐知子と桔梗のふたりに話を聞かされていく過程で、すでに全容が分かって、解決の糸口も得られていた。

常軌を逸した老姉妹と真也が造りあげた化け物退治に関わらずとも、その気になれば美月の件は今日にでも解決することができる。

仮に私の価値観が現実的で、思考が理性的なものであるならば、桔梗が抱える問題に一切関わることなく、謙二から依頼された今回の仕事は、無事に終了することができる。

だが、残念なことに私という人間は、こうした局面に向き合わされた時、現実的でも理性的な人間でもなくなってしまうのだ。

それに、たとえ私が桔梗の話を受け流したところで、私の隣に座る人物は間違いなく、これから始まる桔梗の頼みを引き受けてしまうことだろう。

小橋美琴。先代桔梗と同姓同名。両者の縁を結び合わせるきっかけになったのもまた、同じ名を持つ小橋美琴である。

彼女はおそらく、先代桔梗にもっとも強く導かれ、この場にやってきた人間だと思う。だから美琴はおそらく、桔梗の頼みを断ることはないだろうと思う。

「縁と言っていただいたこと、感謝いたします。浮舟さんのお話を聞かせていただいて、あなたのお母さまに強い縁を感じました。だからわたしは、この縁を受け入れます」

思うそばから、美琴が桔梗に微笑みかけた。

「わたしは、はっきり言ってこの人のことが嫌いです。生立ちも理由も経緯もどうあれ、結果的にこの人は、母を殺した原因を作った人間ですから」

少しの間を置き、桔梗が横目で佐知子の顔を睨《にら》み据えながら言った。

「ですが、母から托《たく》された仕事を完遂したいという気持ちも本意です。この人のためにやるんじゃない。母が生命を懸けて叶《かな》わなかった大切な仕事を、三代目浮舟桔梗として成し遂げてあげたい。この気持ちに嘘偽りはありません」

「だから」と、桔梗は涙ながらに言葉を続けた。

「わたしの手掛けるこの仕事に、どうか協力していただくことはできませんか？」

「高鳥美月の件と、同時進行でも構わないんでしたら」

美琴が答えるより先に、私が代わりに答えた。千草の助言をうっちゃる形にはなるが、仕方ない。こうなれば、最後まで徹底的に付き合おうと腹を括《くく》ることにした。

私の答えに続いて、美琴も当然ながら「わたしも喜んで協力しますよ」と声をあげた。

さらには小夜歌も「あたしにも協力させてもらえるんでしょう？」と微笑んだ。

「ありがとうございます。本当に、本当にありがとうございます……」

涙をこぼしながら、桔梗が深々と頭をさげる。

そこへ美琴がふいに口を開いた。

「それで、さっきからずっと考えていたんですけど、その蛇の造り神、わたしだったら消し去ることができるんじゃないかと思うんです。試させてもらえませんか？」

美琴の放ったひと言に、私はたちまち凍りつく。

「ちょっと待て。試すってもしかして、あれをやる気じゃないだろうな？」

「実は造り神という概念は今日、初めて知ったんですけど、お話を聞く限り、仕組みはほとんどタルパと同じだということが分かりました。だったら消せると思うんです」

美琴の身を案じると同時に、身のほど知らずがとも思う。

「タルパと一緒に考えるなよ。共通してるのは、人の願望で造られたもんだってだけで、ベースになってるのは得体の知れない生き物だし、例のポンプとやらから集めた霊気もたっぷり吸ってできあがった化け物だぞ？　単なるタルパとはわけが違う」

「わたしの役割です。ハートアタックで蛇を滅する。おそらくこれが、先代桔梗さんがわたしを導いた理由だと思うんです。わたし、他には特殊なスキル、持ってませんし」

神妙な視線をこちらへ向けながら、美琴が返す。

同意も否定もすることができず、なんと言葉を返したものやらと考えていたところへ、さらに美琴が言葉を続けた。

「特殊なスキルと言えば、あのポンプもどうにかできる人物がいるんじゃないですか？　心当たり、ありますよね？」

なるほど。確かに心当たりは大いにあった。先刻、自分で「美月の件と同時進行」と言ったのは、図らずも必然のように感じられてしまう。

事情が呑《の》みこめず、怪訝《けげん》そうな顔で私たちの話を聞いていた桔梗と小夜歌、佐知子の三人におおよその事情を説明する。案の定、ハートアタックで蛇を滅する件に関しては、桔梗も小夜歌も顔を歪《ゆが》めて、「やめたほうがいい」と口を揃えて答えた。

一方、ポンプの停止、ないしは封印に関しては、多少訝《いぶか》しまれはされるも、こちらは実際に試してみてもよいのではないかと答えをもらえた。ただ、「試す」とはいっても、それができるであろう本人から同意をもらえないことには、どうしようもなかったが。

その後、ざっくりとではあるが、蛇を滅するための段取りを一から順を追って組んだ。不確定要素は多分にあったし、同意を得られないことには決行できないものもあったが、一応の流れが決まると、なんだか不思議と成功しそうな気がしてきた。

「かなり危ない橋を渡ることになりそうですけど、こんなに早く段取りが決まるなんて、嘘みたいです。やっぱりみなさんは、母が導いてくれた人たちなんでしょうね」

驚きの吐息を漏らしながら、桔梗が言った。

蛇を滅する段取りは、以下のとおりである。

まずは第一に、佐知子の家の東西南北に配置された件のポンプの動きを全て止める。蛇にこれ以上、余計な霊気が注がれないようにするための措置である。

次に佐知子の家へと直接おもむき、祭壇に祀《まつ》られている蛇が封じられた箱を回収する。箱は、破壊を前提に持ちあげたりしなければ、苦もなく外へ運びだすことが可能である。

これは先代桔梗が実験済みだった。

視えざる意思によって破壊と投棄を阻まれるのは、あくまでそれをおこなおうとする瞬間のみだという。だからこの時点では何もおこなわず、黙って箱だけ回収してくる。

仕上げは然《しか》るべき場所に箱を持ちこみ、あまり気は進まないが、箱の封印を一度解き、寝ている蛇を目覚めさせる。蛇が箱から飛びだした瞬間、美琴が例の「手拍《てばた》き」で蛇を体内に取りこみ、ハートアタックで蛇を完全に滅する。

ちなみにこれはプランBである。

プランAは、美琴が封印状態にある箱の前で「手拍き」をおこなって、寝ている蛇を体内に取りこみ、ハートアタックをおこなうだけというもの。

ただ、美琴の見立てによると、対象が封印札で外部から遮断されている状態にあると、「手拍き」をおこなってもおそらく、取りこむことは難しいだろうということだった。

かといって蛇が周囲に及ぼすであろう被害を考えれば、佐知子の家で封印を解くのも、あまりに危険が大き過ぎる。

ならば、プランAは望み薄と判断し、手順は多少増えてしまうが、より実現性の高いプランBを基本とし、不測の事態には臨機応変に対応していくことで方針が定まった。

打ち合わせが終わったところで電話をかけさせてもらい、新たな面会の段取りを組む。電話が終わり今日はそろそろ失礼しようかと思い始めた時だった。

「あ、すみません。うっかり忘れていたことがありました！」

桔梗が急にはっとした顔をしたかと思うと、祭壇の脇にある物入から分厚い茶封筒と、白黒コピーの顔写真が貼られ、灰色のスウェットを着た人形を座卓の上にだした。

「こっちの人形は、十朱さんが芹沢真也からもらったものを母が保管していたものです。気味が悪いから処分すればいいのにと思っていたんですが、これも母の勘が働いたのか、ずっと大事に保管していたんです。話を聞くと、そちらの件に関するもののようですし、好きにしていただいて構いません」

言いながら桔梗が佐知子に目配せすると、佐知子もすぐにうなずいた。

先ほどまでの佐知子の話を聞いて、人形の顔に貼られた写真を、長らく美月の顔だと勘違いしていたことに気がついた。

人形の顔面に貼られているのは、美月の顔ではなく、幼い頃の千草の顔写真である。

真也が幼少時代、何かの機会に千草を撮った写真が、あいつの手元にあったのだろう。幼少時代のある時期を境に真也と千草は長い間、互いに接触できない関係にあったため、真也の手元に長じた千草の写真などあるはずがないのだ。

それで仕方なく、幼い頃の千草の顔写真を使ったのだろうが、どんな写真を使おうが、故人に対して最低のおこないであることに変わりはない。呆《あき》れて物が言えなくなる。

人形は私ではなく、美琴が預かることになった。美琴は桔梗から半紙を一枚もらって人形を慎重な手つきで包み、持参したバッグにしまいこんだ。

その間、私は桔梗の隣でうつむく佐知子の顔に、そっと視線を向けていた。

陽呼と留那呼、さらには真也にそそのかされ、非道なおこないを続けてきたとはいえ、私は彼女を真っ向から非難することはできなかった。

彼女はずっと、覚めることのない悪夢の中を生きてきた。

純真だった子供の頃より、人から謂《いわ》れのない迫害を受け続け、身も心も縮ませながら、それでも必死になって耐え続け、誰の救いもないままに悪夢の中を生き続けてきた。

だから私は、佐知子が陽呼たちになびいてしまった理由が分かってしまうのである。

彼女はただ、壊れそうな心を休ませてくれる、誰かの温《ぬく》もりが欲しかっただけなのだ。

寂しくて悲しくて、誰かの温もりが欲しくて堪《たま》らなかっただけなのだろうと思う。

弓子の死後、ファミレスで周囲の客たちが交わし合う楽しげな話し声を耳にしながら寂しさを紛らわせ、独りきりの夕飯を食べる佐知子の姿を想像すると、心が痛くなって、とても彼女を非難する気になどなれなくなった。

それに佐知子の悪夢はまだ続いている。蛇を滅しない限り、彼女の悪夢は終わらない。

長らく彼女の人生を蝕《むしば》み続けた悪夢から、一刻も早く目覚めさせなければと思った。

蛇を滅することがどれほど困難で、危険を伴うものであるのかは、重々承知している。だが、蛇退治を決行するのは、ありがたいことに私ひとりではない。それが救いとなり、大きな後押しにもなっていた。


帰りしな、桔梗と佐知子に見送られながら玄関口を出る時だった。

佐知子が思いつめた顔で、私たちに深々と一礼した。

「わたしのせいで、本当にごめんなさい。浮舟さんにもいっぱい迷惑をかけているのに、みなさんにまでご迷惑をおかけすることになってしまって、本当にごめんなさい！」

「別にいいんですよ。乗りかかった船だし、嫌々やろうってわけでもないですから」

私が答えると、美琴も小夜歌もうなずき、美琴は佐知子の肩を優しくさすった。

「わたしからは、何度でもお礼を言わせていただきます。本当にありがとうございます。絶対に成功させられるよう、全力で努めますので、よろしくお願いいたします」

桔梗の誓いを受け止めたのち、私たちは彼女の家をあとにした。

藪をつついて蛇を出す【二〇一六年十二月六日】

翌日の午後二時過ぎ、私は美琴と謙二の三人で、深町の事務所を訪ねていた。

「高島さんから電話で、美月さんの件で大きな進展があったと伺いました。具体的にはどんな進展なんでしょう？　解決に至る兆しが見えてきたということでしょうか？」

三人でソファーへ腰かけるなり、挨拶《あいさつ》もそこそこに深町が尋ねてきた。

「兆しというより、その気になれば今日じゅうにでも解決できるところまで来ましたよ。ただ、問題がふたつあって、今日はその解決とお伺いしたいことがあって参りました」

私が答えると、深町は訝しげな顔で眉《まゆ》をひそめた。

隣に立つラベンダーカラーのスーツを着た女も、それに合わせるように顔を歪ませる。

「解決とお伺いですか。一体、どんな問題の解決と、お伺いなんでしょう？」

「じゃあ、解決のほうから答えましょうか。清美《きよみ》姉さんの件ですよ」

私が答えたとたん、深町の顔から潮が引くように一切の表情が消え去る。

続いて、深町の隣に立つ女に向かって声をかける。

「もう今日で終わりにしよう、清美姉さん。あなたは今までよくがんばってくれた」

言葉をかけるなり、女の顔がみるみる焦りと驚きを帯びた形相に変わり始めた。

美琴の視線も女のほうへとまっすぐ向けられていたが、謙二は何事が起きているのか分からない様子で、顔色を曇らせながらしきりに視線を泳がせるばかりだった。

最初の訪問時も含め、やはり謙二の目には、この女の姿が視えていないのである。

「姉さん」

深町が囁《ささや》くなり、清美姉さんは深町の背後に滑りこむようにして身を隠し、私たちの目の前から跡形もなく姿を消してしまった。

「あなたたち、ずっと視えていたんですか？　視えないようにしていたはずなのに」

「私も小橋も、昔はタルパを持っていました。多分、だからなんじゃないかと思います。初めからはっきり視えていたし、彼女がタルパだということも分かっていました」

「それにね」と、私はさらに言葉を続ける。

「だいぶ遅くなってしまいましたけど、私はあなたに謝らなくてはならないことがある。昔もらったメール、お返事を差しあげることができず、申しわけありませんでした」

「ふん。気にしていなかったのかと訊《き》かれれば嘘になるので、正直にお答えしましょう。初めて会った時から、かなり腹が立っていましたよ。しかもあなたが書いた本を読めば、あなた自身にもタルパがいたくせに、当時の私の話を取り合ってくれなかった」

鼻息を荒げながら、深町が身を乗りだして私を睨《にら》み据える。

今から十年前のことである。私は当時、二十代半ばだった深町から、一通のメールを受け取っていた。内容は高校時代から始まった、清美姉さんに関する相談である。

ただし、差出人は不明だった。だから最近になって、昔もらったメールを開き直して読み返すまで、私はこのメールの差出人が誰だったのか分からなかったのである。

差出人が深町であることに気づいたのは、長いメールの文中で「清美姉さん」の他に唯一名前が記されていた、「里美《さとみ》」という彼の母親の名前からだった。

深町里美の旧姓は、黒岩。

椚木家の先代当主の妹である、黒岩麻子の長女で、朋子の姉に当たる人物である。

「私が書いた『花嫁の家』、名前は全員、仮名としていますけど、深町さんはあの本に書いてある一族の素性が、割とすぐに分かってしまったんじゃないですか？」

「ええ。すぐに分かりましたよ。何しろ、母方の実家に関する怪異が出てきますからね。さらには十一年前のあの当時、千草さんがどこに住んでいたのかもすぐに分かりました。高校時代まで私が暮らしていた、あの家だ」

頭《かぶり》を振りながら、深町は少し寂しそうな顔をして笑った。

「え？　それってどういうことなんです？」

深町の言葉に、謙二がぎょっとなって口を開いた。

美琴のほうはすでにあらましを知っていたが、謙二の混乱を解消し、自分でも情報を改めて整理するため、深町に了解をもらったうえで説明を始めることにする。

十一年前に昭代が書いた家系図には、黒岩家の家族構成までは書き記されていたが、長女の里美の嫁ぎ先である、深町家の名前までは記されていなかった。

だが、十月の終わりに昭代が新しく書きまとめてくれた家系図には、深町家の名前と家族構成も記載されていた。深町里美の長男に当たる人物として書き記されていたのは、当然ながら伊鶴。今私の目の前にいる、深町伊鶴その人である。

一方、深町からもらったメールを十年ぶりに読み返したのは、単なる私の勘である。

深町が椚木の血を引く人間だと分かり、さらには深町がタルパを所有しているという事実を頭の中で結びつけた結果、自然と件《くだん》のメールを読み返そうと閃《ひらめ》いたのだ。

結果は大当たり。点と点が一本の線で見事につながり、背筋にひどい粟《あわ》が生じた。

「ちなみにお母さんはどんな経緯と事情があって、巨大な赤ん坊として化けて出てきた〝清美姉さん〟を堕胎されたのかは、ご存じですか？」

「ええ、かなりあとからですが、母方の祖母から聞きだしたので知っています」

ならば、この説明は端折《はしよ》ってよかろう。それを知っているのは美琴だけで十分である。故人の尊厳に関わる問題だし、できれば謙二の耳には入れたくなかったのだ。

深町の母親・里美は大学時代、小学生を対象にした学習塾のようなものを開いていた。場所は、のちに千草が短い結婚生活を送り、その後に佐知子が暮らしたあの家である。

里美は親類の誼《よし》みで、椚木の本家からこの家を、自宅兼学習塾として借り受けていた。

そうして里美が家に暮らし始め、学習塾を開いて少し経った頃のことである。

里美は、椚木家の当主の妻・百合子《ゆりこ》から、息子の受験勉強を教えてほしいと頼まれる。息子は名を武徳《たけのり》といって、翌年の春に大学受験を控える身だった。

里美は快く承諾し、まもなく武徳が里美の家を訪れ、勉強を教えるようになった。

だがそれが、のちに大きな悲劇を生むことになってしまう。

ふたりはいつしか恋仲となり、家は受験勉強の場ではなく、ふたりが人知れず戯れる、秘密の逢瀬《おうせ》の場となってしまう。

それからさほど時を置かずして、里美は武徳の子を身籠《みごも》った。

里美は子を産む気でいたし、武徳も出産に同意し、結婚の誓いまで立てたのだという。

ところが事情を知った百合子は、決してそれを許さなかった。百合子は里美が武徳をたぶらかしたのだと激昂《げきこう》し、無理やりふたりを引き離そうとした。

事情は里美の両親も知るところとなり、こちらも武徳と別れて、腹の子は堕胎しろと里美に迫り始めるようになった。

当初、武徳は百合子に激しく抵抗し、あくまでも里美と子供を守る立場を貫いていた。

里美も両親に抗《あらが》い、元気な子を産み、武徳と幸せに添い遂げられるものと信じていた。

しかし、ほどなくすると武徳が電話をよこし、「もう二度と会うことはできない」と里美に告げた。それは機械のように無機質で、情のかけらもないような声だったという。

百合子に何度も叱責《しっせき》され、説得を繰り返されていくうちに、心変わりしたのだろうと里美は理解した。理解はしたが、納得することはできず、里美は絶望に打ちひしがれた。

絶望はやがて失望に変わり、失望はやがて怒りと憎悪に変わって、里美の心を蝕《むしば》んだ。

武徳と百合子の血を引く子供が腹にいることにも、しだいに堪えられなくなってくる。

結果として、里美は両親の希望どおり、子供を堕《お》ろすことにした。

腹に宿った生命が女の子だと分かった時に「清美」と名づけたその娘の死に対して、里美は哀惜の念ではなく、ある種の愉悦を覚えたそうである。

穢《けが》れた椚木の血をひとつ、自分の意志で潰《つぶ》してやった。ざまあみろ。

そのように思いなし、さらには当てつけとして、堕ろした清美の名と戒名が記された白木の位牌《いはい》を百合子宛てに送りつけもした。

この一件が百合子から里美の両親に伝わってまもなく、椚木家と黒岩家の両親の間で、話し合いの席が持たれた。それは、里美の妊娠から堕胎までに至る責任を、椚木の家はどのような形で取るのかという話し合いだった。

互いが合意のうえでの関係だったとはいえ、愛娘《まなむすめ》が傷物にされたことは事実だったし、不始末で宿った生命とはいえ、娘が堕胎することになったのも事実である。

里美の両親はかなり強気で椚木家の当主と百合子に詰め寄ったのだそうである。

その結果、椚木家から多額の慰謝料が支払われ、里美が借り受けていた家はそのまま、里美が今後も暮らし続ける限り、家賃は一切取らないという条件で話がついた。

里美は別段、嬉《うれ》しいとは思わなかったらしいが、家にはそのまま住み続けた。

それから数年後、里美は新たな男性を見初めて結婚し、同じ家で新婚生活が始まった。ほどなくしてふたりの間に生まれたのが、伊鶴。里美にとってはふたり目になる子供で、里美がようやく愛情を向けることができる、大事な息子になるべき存在でもあった。

ここまでに至る経緯を私は、十一月の半ばに黒岩家を訪ねた際に麻子から聞いている。春菜の死を悲嘆していた朋子が、「先祖の因縁や祟《たた》り」について尋ねてきたのに乗じて、後ろめたいと思いながらも、うまく探りだして聞き取ったのである。

里美に堕胎されるに至ってしまった〝清美姉さん〟は、なんらの罪もない存在であり、里美が心得違いさえしなければ、安らかに成仏することもできていたはずである。

だが、里美に長年、存在していたこと自体を秘匿され、供養の念どころか、椚木家に対する憎悪の象徴とされてしまったことで、この世に無念が残り続けてしまった。

それが偶然だったのか、運命だったのか。今となっては確かなことは知る由もないが、高校時代の深町が、同じ名を持つ〝理想の姉〟を心に思い描いたことが引き金となって、あらぬ形で迷い出てきてしまったのである。

十年前に深町からもらったメールによると、タルパとして実像を帯びた清美姉さんと、巨大な赤ん坊の姿をした清美姉さんが二階の廊下で相対した同じ晩のこと。

里美は寝室で息を引き取っていたのだという。死因は心筋梗塞《しんきんこうそく》だったそうである。

一方、互いにぶつかり合ったとおぼしき、ふたりの清美姉さんはどうなったか？

ふたりは融合を果たしたのである。

厳密に言えば、タルパの清美姉さんのほうが、赤ん坊の清美姉さんを吸収した。

里美の死と清美姉さんの融合によって、その後は深町家に夜な夜な赤ん坊の泣き声が轟《とどろ》き響くことはなくなったそうである。

一体と化した清美姉さんは、以前のように深町の空想や夢の中に現れる存在ではなく、覚醒《かくせい》時に肉眼で確認できる存在となった。互いに意思の疎通も可能で、会話も成立する。だが、その挙動はひどく不安定なもので、たびたび異常を来たすことがあった。

十年前に深町が私によこしたメールは、最終的にこの件に関する相談だった。

赤ん坊の清美姉さんを吸収したタルパの清美姉さんは、突発的に頭痛を引き起こして苦しんだり、引きつけを起こしてもがいたり、そうかと思えば、一時的に正気を失って深町に襲いかかってくることもあった。

清美姉さん曰《いわ》く、吸収した赤ん坊の清美姉さんにはまだ意思があり、時々身体の中で暴れだすことが原因なのだという。

こうした用件に対して、「どうすれば清美姉さんを楽にしてあげられるでしょうか？私の話を信じてくれるのでしたら、ぜひとも救《たす》けていただきたいのです」という結びで、深町のメールは終わっている。

加奈江の正体が、タルパだと分かった今現在は、それなりに理解のできる話なのだが、そうした勝手が一切分からなかった十年前のあの当時、私は深町からもらったメールを、薄気味の悪い与太話と判じ、そのまま返事をださず無視してしまったのである。

「あなたには無視を決めこまれたし、他の霊能関係者にもずいぶん相談に伺いましたが、誰も私の話をまともに取り合ってくれる者はいなかった。だから独力で解決の手立てを模索していくしかなかったんです」

「本当に申しわけない。ただ、言いわけをするわけじゃないんですが、あの当時の私に相談されたところで、何もしてあげられることはなかったはずです」

「別にもういいですよ。自分の努力で大部分は解決することができた。おかげで仕事は拝み屋なんて、陰気臭いものを選ばざるを得なくなってはしまいましたがね」

いつものふてくされたような調子で深町は答えた。

「ところで深町さん。美月と会おうとすると頭が痛くなったり、胸が苦しくなるのって、実は深町さんだけじゃなくて、清美姉さんもなんでしょう？」

尋ねると深町は大仰にため息をこぼしながら、「ええ、そうですよ」と答えた。

「原因、知ってます？」

「原因は把握しているつもりですが、詳細までは分かりませんね。今日いらっしゃって、美月さんの件がすぐにでも解決できるということは、その詳細が分かったという理解でよろしいのでしょうか？」

「ええ、ずいぶん時間がかかってしまいましたが、分かりました。これからその詳細をお伝えします。だがこれは結構、衝撃的な話になってしまいます。高鳥さんにとってもそれは同じことですので、できる限り落ち着いて聞いていただけると助かります」

ふたりの同意を得られたのを確認し、事のあらましを伝える。

私の説明に、深町は苦悶《くもん》のうめき声をあげ、謙二は顔じゅうを悲愴《ひそう》の色に染めながら、「嘘でしょう……」と震え声でつぶやいた。

「できれば嘘だと思いたいところですが、厄介なことにこれは紛れもない事実なんです。小橋に裏も取ってもらっています。でも、この件に関しては段取りさえ間違えなければ、かならずうまくいくと思います。それは安心していてください」

謙二は泣きだしそうな顔で「本当ですか？」と尋ねてきたが、おそらく大丈夫である。むしろ問題なのは、もうひとつの案件のほうだった。

「で、最初に伝えた〃お伺い〃のほうなんですが、もしもよろしかったら物凄《ものすご》く長くて、そのうえ、恐ろしく厄介極まりない話を聞いてはいただけないでしょうか？」

「それもどうせ、私に何がしかの関係がある話なんでしょう？　ここまで話が出たんだ。聞くよりほかないでしょう。どうぞ、話してみてください」

「助かりました」と礼を述べ、私は蛇にまつわる話を一から順を追って、深町に話した。自分でも予想していたとおり、全てを話し終えるのに三時間近くもかかってしまったが、深町は私の話に熱心に聞き入り、話が終わる頃にはすっかり顔が蒼《あお》ざめていた。

「今回の件と蛇の件、互いにまったく関係がなさそうなのに、実は根っこのところでは密接な関係があるでしょう？　高鳥さんの依頼を解決するだけでおしまいにすることもできるんですが、私と小橋は完全解決のほうを選んでしまいました。深町さんのほうはどうですか？　できれば協力していただけると大変ありがたいのですが」

「〃お伺い〃というのは多分その、ポンプとやらの停止でしょう？　それができるのかできないのかで言うんなら、できるとお答えしますよ。嘘をついても始まらない」

その答えに、やはり読みは当たっていたと確信する。

深町の得意分野は、封印と結界の作成。十年前のメールには、清美姉さんの中にいる赤ん坊は一切の供養を受けつけず、あらゆる魔祓《まばら》いも効き目がなかったと記されていた。消去法で考えれば、残る対応策は封印ぐらいしかない。

それに加えて深町の事務所には、信じられないほど強力な結界が張られている。目で確認する限りでは、部屋の四隅に小さな結界札が貼られているだけだというのに、生半な拝み屋には到底実現できないような、恐ろしく強固な結界である。清美姉さんがタルパという事実の他に、私はこれにも最初の訪問時から気がついていた。

その目的は、外部から来たる魔の侵入を阻むためのものにあらず。時々暴走を来たす清美姉さんを、事務所の外へださないようにするための措置なのだろうと思う。

それらを指摘すると、これにも深町は、素直に「そうですよ」と答えた。

「私が赤ん坊の〝清美姉さん〟に封印を施し続けることで、昔と比べれば暴走を起こす機会はだいぶ減りましたが、それでも年に何度かは正気を失うことがある。我を失った姉さんが外へ飛びだして、周囲に危害を及ぼすことがないようにするための措置です」

「これから先も、ずっとそうしていくつもりなんですか？」

そこへ美琴が口を開き、深町の目をまっすぐ見つめた。

「清美さん、すごく綺麗《きれい》な方ですね。それにすごく強い方だとも思います。深町さんの姉として、ずっと深町さんの身を案じ、深町さんを守り続けてきたんですよね？」

美琴の問いかけに、深町はためらいがちにも「そうですね」と答えた。

「ですが、このまま本物の清美さんを身体の中に抱えながら存在を維持していくことは、かなり厳しいものがあると思います。長年、定期的な封印を施しながらも、清美さんが未《いま》だに暴走を来たしてしまうのが、それを如実に表していると思います」

美琴の言葉に深町は何も答えず、石のように押し黙っている。

「それに加えて、タルパの清美さんの肉体的な成長です。創造した当時は、深町さんと同じ高校生だった清美さんは、深町さんの歳に合わせて成長し続けているんですよね？これは深町さんの意志でおこなっていることですか？」

「いや、違います。自然と成長しているだけで、道理は分からない」

「タルパは通常、創造主が望まない限りは成長しないものです。子供なら子供のままで、二十歳なら二十歳の姿のままで創造主に寄り添い続けます。でも、清美さんは違います。自発的に成長し続けている。どうしてなのか分かりますか？」

「分かりません」と返した深町に、微笑を浮かべながら美琴が答えた。

「それは多分、本物の清美さんの意思による影響です。姉として、弟の深町さんよりも年上でいたいという意思が、タルパの清美さんの肉体を通して表れているんでしょう」

美琴の推察は多分、間違いない。それを裏付ける事実も、件《くだん》のメールに記されている。

深町が高校時代、彼の部屋に現れた巨大な赤子の清美姉さんは、高校の制服を着ていた。

それはおそらく「自分のほうが年上」だという意思表示だったのではないだろうか。

深町が空想上の理想の姉〝清美姉さん〟を創造したことに誘発されて、巨大な赤子の清美姉さんは、初めてこの世に姿を現した。だが、母の里美に「忌むべき存在」として認知され、満足な供養すらされてこなかったため、その姿は巨大で歪《いびつ》な姿をした赤ん坊。まともに意思の疎通も図れない、化け物としての顕現となってしまった。

ただ、それでも赤子の清美姉さんは、〝深町の姉〟という自身の立場を表明するため、空想上の清美姉さんと同じ、高校の制服姿で深町の前に姿を現したのだ。

ほどなくして里美が死んでしまったのは、自業自得とはいえ、悲運だったともいえる。里美が清美姉さんを愛すべき娘と認めず、その存在をひたすら憎み、恐れ続けることで、清美姉さんを悪霊に仕立てあげ、結果的に彼女は、実の娘にとり殺されてしまったのだ。だが深町は、その原因と責任を里美ではなく、赤子の清美姉さんに求めてしまった。

空想上の清美姉さんに吸収されたのちも、深町は赤子の清美姉さんを忌むべき存在と認知し続け、さらには「母を殺した悪霊」という新たな認識も加えて意識し始めた。

これでは誰が供養の経をあげようと、清美姉さんを成仏させることなどできはしない。供養を依頼する当事者自身が、故人に対して素直な気持ちで故人の成仏を願わなければ、誰にどんな経を唱えられようと、なんの意味もなさないのである。

魔祓いが効かない理由も、気持ちの問題が大きい。里美が清美姉さんを過剰なまでに邪悪なものと想定したばかりに、彼女は恐ろしく力が強くて頑健な存在となってしまい、なまじの魔祓いなど通用しなくなってしまったのだ。

事態の収束を図るため、事を冷静に俯瞰《ふかん》して考える気持ちがあれば、こうした道理は自《おの》ずと分かって、ここまで事態がねじくれてしまうこともなかったと思う。

だが、人は一旦《いったん》、平常心を失うと、簡単な答えすら見えなくなってしまうものである。かくいう私自身も、昔は加奈江の件でまったく同じ道をたどっている。

深町は方針を間違えたのだ。本職の拝み屋になって、様々な経験を積んできながらも自身が本来向かうべき真実に向かい合うことなく、ひたすら赤子の清美姉さんの封印と、タルパの清美姉さんの維持と制御に、長い時間と労力を費やし続けてきた。

だがそんな悲劇も、そろそろ終わりにするべきだろうと思う。

「このままだと本物の清美さんも、タルパの清美さんも、かわいそうだとわたしは思う。本物の清美さんは、強引な封印を続けていきながら、タルパの清美さんの身体の中へと押さえこむべき対象ではありません。きちんと供養をしてあげるべき人だと思います」

「知ったふうなことを……。そんなこと、他人のあなたに何が分かるというんです？」

「だったら直接、タルパの清美さんに訊《き》いてみてください。彼女の本心を。清美さんがこれから先、自分の身の振り方をどうしたいと考えているのか。あなたに何が分かると言いましたね？　でしたらわたしが、じかに清美さんに質問しても構いませんよ」

珍しく、鋭い口調で美琴が言った。美琴の言葉に深町は、少し身を引いてたじろいだ。

「なるほど。直接尋ねることもできるわけか。だったら嘘は通用しないな。実を言うとさっきから、頭の中でずっと姉さんと話してた。答えはもう、とっくに出ていますよ」

沈んだ声で深町がつぶやくと、美琴は「心の準備はいかがですか？」と尋ねた。

「先延ばしにしたって、心に負う傷はきっと同じだ。それは姉さんも変わらないと思う。姉さんから聞いていますよ。あなたは安らかに消してくれることができるんでしょう？これ以上、姉さんを──どちらの姉さんも苦しめ続けたくない。お願いします」

「分かりました。ではすぐに」

美琴が答えると、深町の背後から清美姉さんがすっと立ちあがって、再び姿を現した。頭のうしろでまとめていた亜麻色の髪はおろされ、ラベンダーカラーをしたスーツの両肩からゆったりと流れている。今まで鋭く険しかった顔には、ひどく悲しげながらも、どことなく安堵《あんど》したかのような色も含んだ、緩やかな笑みが浮かんでいた。

「さよなら。今までありがとう」

深町に微笑みかけながら清美姉さんがつぶやくと、深町も「ありがとう」と微笑んで、それから涙で顔をぐしゃぐしゃにし始めた。

「こんなに辛《つら》い気持ち、生まれて初めてだ。身から出た錆《さび》とはいえ、本当に辛い……」

嗚咽混じりに発した深町の言葉に、誰も答えを返す者はいなかった。過去にタルパを失った身の上として、私は深町の心情を痛いまでに察することはできたが、だからこそ、言葉のかけようがなかった。美琴も同じ気持ちか、あるいはそれ以上だろうと思う。

まもなく清美姉さんが美琴のほうへ身体を向けると、美琴はソファーから立ちあがり、左右に大きく開いた両手を深町の眼前で勢いよく叩《たた》き合わせた。

ぱん！　と乾いた音が、それも耳が痛くなるほど鋭い音が、部屋じゅうに木霊する。

音に驚き、一瞬閉じてしまった目を再び開くと、深町の隣に立っていた清美姉さんが、跡形もなく消え失《う》せていた。

「成功です。本物の清美さんは、タルパの清美さんから分離され、ひとつの霊魂としてあるべき存在に戻ったと思います。わたしはこれから少し席を外しますね」

そう言って美琴は深町に会釈し、ひとりで事務所を出ていった。

「よかったらなんですけど、小橋が外している間に供養をさせてもらえませんか？」

深町に向かって尋ねると、彼は涙を流しながら「お願いします」と答えた。

続いて謙二に向かって声をかける。

「高鳥さん、わけの分からないことに巻きこんでしまって、本当に申しわけありません。よければもう少しだけ、付き合ってもらえませんか？」

「いや、わけが分からなくはないですよ。実はさっき、深町さんの近くから女性の声で『さよなら』って聞こえたんです。だから、私は私なりに理解したつもりです」

謙二の言葉を聞くなり、深町は再び嗚咽《おえつ》をあげて項垂《うなだ》れた。

それから深町の祭壇を借りて、清美姉さんへ向かって供養の経を誦《しょう》した。

深町は私のうしろに座って手を合わせ、謙二も隣に並んで一緒に手を合わせてくれた。

供養が終わって三十分ほど経った頃、両目を真っ赤に泣き腫《は》らした美琴が帰ってきた。どうやらハートアタックは無事に成功したようだが、ひどく消耗しているようだった。

「おかえり。ポンプの始末、深町さんは協力してくれるそうだ。その後の神殺しの件も。高鳥さんにも了解をもらった。同じ日に美月の件と同時進行で決行する」

「よかった。ありがとうございます」

「礼を言うのはこちらのほうです。私も全力であなたの恩に報いますよ」

改めて深町の返事を確認したところで、桔梗と小夜歌に連絡を入れた。

あまり時間はおけないことは承知しつつも、美琴の消耗が心配だった。回復するまでどれぐらいかかるのかと尋ねると、「二日か三日」とのことだったので、大事をとって決行は四日後の土曜日、十二月十日の午前中からで話がまとまった。

美琴はその日に用いる道具や衣装を取りに一度東京の自宅へ戻り、その後は当日まで、小夜歌の家に待機。基本的にはハートアタックで消耗した身体を休めることになる。

謙二には当日の午後六時頃を目安に、我が家の最寄り駅へ美月とふたりで来てもらう。万が一、私が迎えの時間に間に合わなかった場合は、駅のすぐ近くにあるファミレスで待っていてほしいと伝えた。

八時過ぎに深町の事務所をあとにし、私たちは来たるべき日に備え始めた。

誓い　【二〇一六年十二月十日　午前八時】

四日後の決行日。いつもの夢を見た。

古びたガラス張りの塔の内壁に巡らされた螺旋《らせん》階段を上り、途中で落下する。

この日は階段の半分よりも少し上まで上ったようだが、結果はやはり同じだった。

今回も明晰夢《めいせきむ》を試す前に目覚めてしまい、検証を試みることはできなかった。


七時過ぎに起床し、所用を済ませるために寄り道してから、最寄り駅へと向かう。

駅舎の前では美琴、小夜歌、深町の三名が、私の到着を待っていた。

深町は、長い青竹が何本も突っこまれた大きなバッグを肩にかけて突っ立っている。

三人を車に乗せ、続いて桔梗との待ち合わせ場所へ向かう。

駅から二十分ほどの距離にある、南側のポンプにいちばん近いプール施設の駐車場を待ち合わせ場所に指定したのは、桔梗だった。

こちらもすでに桔梗が待っていて、我々が到着するとすぐに車から降りてきた。

「初めまして、浮舟です。今日はお忙しいところ、大変なお手伝いをお願いしてしまい、申しわけありません。わたしも精一杯努めますので、よろしくお願いいたします」

丁寧な挨拶《あいさつ》とともに、桔梗が深町へ深々と頭をさげる。

深町も「こちらこそ、よろしくお願いいたします」と慇懃《いんぎん》に答え、会釈を返した。

挨拶もそこそこに二台の車で駐車場を出る。佐知子に書いてもらったポンプの位置を示す地図を参考に、桔梗が私たちの車を先導していく段取りだった。

まずは南側のポンプを最初に、次は西側、そして最後が北側に位置する、旧椚木家の裏手の森に位置するポンプ。時計回りに移動しながら、機能を順に停止していく。

頼みの綱は、言うまでもなく深町だった。

一昨年《おととし》の真冬に私を見舞った、凶悪な防衛機能を誘発することなく、理想を言うならポンプから一切の妨害を受けることなく停止させたかった。

助手席に座る深町へ「疑うわけじゃないけど、本当に可能なんですか？」と尋ねると、「疑っているじゃないですか。大丈夫ですよ、任せてください」と返ってきた。

その宣言に偽りはなかった。

田園地帯を見おろす形でそびえる山の中にあった南側のポンプは、信じられないほどたやすく片をつけることができた。

深町は「破邪と結界作りに用いるものです」という呪文《じゅもん》を唱えつつ、ポンプの周囲を遠巻きに回り、四方の地面に高さ八十センチほどの青竹を突き刺していった。

続いて、四方に突き立てた竹の間に無数の紙垂《しで》が等間隔で挟みこまれた太い注連縄《しめなわ》を張り巡らせ、注連縄の外側から二分足らずの短い祝詞《のりと》をあげた。

「完了です。結界を取り除かない限り、これで何もできないはずだ」

言い終えるや、注連縄をくぐって堆《うずたか》く積まれた仏壇の前へ歩み寄っていく。

みんなではらはらしながら様子を見守っていたが、深町が仏壇の直前まで接近しても、異変は何も起こらなかった。

「うん……そうだな。こんなことをしたって大丈夫なはずだ」

こちらを見ながら深町がにやついて、仏壇のひとつを思いっきり蹴《け》りつけた。

過去にこの上なく手ひどい目に遭わされている私からすれば、信じ難い暴挙だったが、それでもやはり何も起こらなかった。

「どうぞ」と深町に促され、未《いま》だに少々びくつきながらも、みんなで注連縄の中へ入る。

やはり何も起こらない。仏壇の山は不気味なほどに静まり返っていた。

「感服しました。あとは私たちでなんとか処理してみます。ありがとうございます」

桔梗が礼を述べ、続いて肩掛けにしていたバッグから、クリアファイルを取りだした。

ファイルの中身は、解呪《かいじゅ》の祝詞が記載された紙だった。みんなでポンプを停止するのに各々が異なる手段を用いるよりも、同じ祝詞を唱えたほうがよほど効果的だろうという、これも桔梗の提案だった。

桔梗が私と美琴、小夜歌の順に祝詞を配ったところへ、深町も桔梗に手を差しだした。

「専門ではないが、心得はある。やるならみんなでやりましょう」

深町の申し出に桔梗は一層丁重に礼を述べ、彼にも祝詞を手渡した。

沈黙したとはいえ、山積みにされた仏壇群は、見ているだけで背筋が寒くなってくる。慌ただしくではあったが、渡された祝詞の文面を見つつ、桔梗に唱える際の要点を尋ね、呼吸を整えていく。

そうして急ぎ足で準備を終えたのち、桔梗をまんなかに据えて五人で仏壇の前へ並び、ぶっつけ本番で解呪の儀式を執り行った。

祝詞が終わってまもなく、深町が「大丈夫でしょう」と宣言し、竹と注連縄の撤去にかかり始めたので、彼の指示に従い、みんなで四方を固める結界を片づけた。

結界が取り払われた仏壇群の周囲に五人で立ち、各々、防衛機能が働きそうな所作を一通りおこなってみたが、いずれも反応はなかった。

かつてはひとりで挑んであやうく殺されかけたというのに、忌々《いまいま》しいポンプの沈黙は、地鎮祭よりもはるかに短く、たやすい要領で達成することができた。

続いて西側に作られた二基目、県道沿いの雑木林の中に設置されたポンプ。

そして北側に作られた三基目、旧椚木家の裏手に広がる森の中に設置されたポンプも、まったく同じ手順で停止させることができた。

初めて見る南側と西側のポンプの位置を探りだすのも容易だった。

どちらも秘匿されている樹々の中から、例の白煙のようなものが流れ出ていたからだ。一本線になってたゆたう白煙をたどっていけば、難なく目標を発見することができた。

信じ難いほど円滑かつ完璧《かんぺき》な成果に、私を含む全員が驚いた。

午前十時頃から作業を始め、最後のポンプを停止したのは、午後の四時を少し回った頃だった。ぎりぎりながら、まだ陽のあるうちに片づけられたことに安堵《あんど》する。

これでカカ様の封を解いても、ポンプから余計なものが注ぎこまれることはないはず。桔梗の言葉を信じ、いよいよかつての高鳥家、今や得体の知れない〝蛇の巣〟と化した十朱佐知子の家へ向かう。

ところが車を走らせ始めてまもなく、後部座席に座る小夜歌がふいに言いだした。

「そろそろお腹減りません？　腹が減っては戦はできないって言うじゃないですか」

言われてみれば、午前中からほぼぶっ通しで作業を続け、昼食を摂《と》るのを忘れていた。美琴と深町に尋ねると、ふたりとも「そうしましょうか」と返事が返ってくる。

前方を走る桔梗の車に合図を送り、二台で路肩に車を停め、桔梗にも確認したところ、こちらも「分かりました、付き合います」とのことだった。今度は私の車を先頭にして、適当な店を探しながら走りだす。

だが運悪く、道行く先に飲食店らしきものは、なかなか見つけることができなかった。旧椚木家が建つ町まで戻れば、先月、美琴と小夜歌と一緒に入った定食屋はあるのだが、今から戻ったのでは、少し時間を使い過ぎる。仕方なく、そのまま佐知子の家の方面へ車を走らせるなか、国道沿いに唯一見つかった牛丼屋へ入ることにする。

なんの偶然だろうか。あるいはこれも何かの因縁なのか。

それは十一年前の深夜、華原《かはら》さんと最後の食事を共にした、あの牛丼屋だった。

店のテーブル席につき、注文が運ばれてきたあとに、私はその話をし始めていた。

ふたりで牛丼を食べ終え、店から車をだしたあと、私は華原さんの指示にしたがって、人気も車通りもすっかり絶えた地元の河川に架かる小さな橋へと向かった。

到着すると華原さんは欄干のまんなか辺りまで進み、手にしたゴミ袋を逆さまにして橋の上から中身を投棄した。

かつて、千草が〝母様〟と呼んで魅入られ、真也が〝至純の光〟と称して狙い続けたそれは、何かの動物の骨にしか見えなかった。数時間前、華原さんの手で粉々に砕かれ、灰色がかった小石のようになってしまった無数の骨のかけらは、橋の上から暗い川面《かわも》へ向かってばしゃばしゃと水音を響かせながら、ひとつ残らず没していった。

それはその昔、椚木の家の先々代が真冬のある日、猟銃で仕留めた山神なのだという。

先々代の当主は、絶命した山神の首を切り落とし、椚木の家の家宝とした。

山神の首は、見る者によって姿形を自在に変えるのだと、生前の千草は語っていた。

それも、見る者が欲しているものや、美しいと思うものに姿形を変えるのだという。

千草には、抜けるように白い肌と緑色の鮮やかな瞳《ひとみ》を持つ、美しい女性の生首に見え、真也には、燦然《さんぜん》と光り輝く宝石のようなものに見えていたらしい。

私もほんのつかのまだが、千草が自宅の台所の床下に隠していたそれを目撃している。

私の目には、加奈江の生首に見えた。

当時はそれに慄《おのの》き、震えあがるばかりだったが、今となってはそうはならない。

私は心のどこかで無意識に、加奈江の再来を常に求めていたのだろうと思うから。

当時、この現世で化け物と化した加奈江の襲来に怯《おび》え続けていた一方で、中学時代の夢の中で戯れた、明るく聡明《そうめい》な加奈江の再来を欲していたのだろうと思う。

粉々に砕けた骨のかけらを全て川面へ落としきると、華原さんはため息をつきながら、「これで終わった。さっさと帰るぞ」と言った。

だがこの時終わったのは、椚木の家の災禍だけではなかったのである。

翌日、華原さんの内縁の妻から連絡をもらい、彼の訃報《ふほう》を知らされた。

その日の明け方、布団の中で眠るように亡くなってしまったのだという。

私は今でも華原さんが亡くなった原因を、彼が山神の首を滅したからだと思っている。

本来ならば、私が滅する役目をするかもしれなかったあの首を、代わりに華原さんが滅してくれたから私は助かり、彼はその身代わりとなって逝ってしまったのだ。

それを手掛けてしまえば、どんな結果となってしまうのか。それを全て承知のうえで、華原さんは私から役目を奪い、望んで犠牲になったのである。

今でも後悔し続けているし、自分の不徳と不甲斐《ふがい》なさを許すことができないでいる。

そんな災禍を意図せず免れてしまった自分が、まさかその十一年後にやはり意図せず、再び神殺しを手掛けることになっている。

仕方なく入った牛丼屋が、かつてと同じ店だという事実も含め、やはりこれは何かの因縁なのではないかと、私は思わずにいられなかった。

「なんだか、思っていたよりも長い話になってしまいましたね。そんなわけでこの店は、私にとってちょっとばかり、曰《いわ》くのある店なんです。これからみんなで神殺しの準備を始めようっていうのに、縁起でもない話なんですけどね」

冗談めかして言ってみても、まるで冗談にならない話だった。気分のおもむくままについつい口にしてしまったことを後悔する。

「縁起なんて、解釈次第でどうとでも受け取れる」

そこへ深町が、ぼそりとつぶやくように言った。

「私はむしろ、縁起がいいと思う。偉大なる先達が、最後に立ち寄って食事を楽しんだ店なんでしょう、この店は？　だったら、これから大難に挑む我々を導いてくれたんだ。『腹いっぱい喰《く》って、大いに力をつけておけ』と。そう思おうじゃありませんか」

言い終えるや深町はにやりと笑い、残った牛丼を豪快に掻《か》きこみ始めた。

続いて美琴が声をあげた。

「わたしも同感です。縁起でもないなんて言ったら、怒られますよ？　そもそもわたし、今回の件で死ぬ気なんて全然ありませんから。わたしだけじゃないです。他のみんなも誰ひとりとして欠けることなく、完璧な形で仕事を終わらせるつもりです」

そこへ小夜歌が言葉を継ぐ。

「あたしははっきり言って、ミコッちゃんやみなさんと違って、大した才能はないけど、それでも自分ができることは全力でやりきって、みんなで生き延びる気満々ですよ」

小夜歌の言葉に、桔梗も微笑しながら口を開いた。

「気持ちで負けないことです。これからわたしたちが挑むのは、紛《まが》い物とはいえ神です。縁起も運気も超越するぐらい強い気でいないと、勝ち目はないと思います。でも大丈夫、今朝からのみなさんとの仕事で確信が持てました。わたしたちは絶対に負けない」

そう言うと、桔梗も残った牛丼を平らげ始めた。

それから再び美琴が言った。

「じゃあ、みんなできちんと誓いをたてませんか？　誰も欠けることなく、怪我もせず、ひとつの災いも受けず、完全無欠で勝利する。どうでしょう？　少し欲張りかな」

「いいじゃん、それ。こういうのはたっぷり欲張ったほうがいいと思う。ミコッちゃん、あたしは最高の誓いだと思うよ。乗った」

笑みを浮かべて小夜歌が右手の親指を突きだすと、美琴も少し戸惑いながら、右手の親指を突き立て、小夜歌の親指に重ね合わせた。

「私も乗ります。ここまできて、半端な結果にしたくありませんから」

深町も美琴と小夜歌の親指に、さらに親指を重ねる。

「乗らない理由がない。すごくいい誓いだと思います。みんなでがんばりましょう」

桔梗もうなずきながら、親指を合わせた。

ならば私も、誓わなければならない。それも本気で、絶対に違《たが》えないほど強く。

重なり合った四人の親指に、私も右手の親指をぎゅっと押しつける。

さらに私は心の中でもうひとつ、密《ひそ》かに大きな誓いを立てていた。

華原さん。死人に甘えるわけにはいかないので、力を貸してくださいとは言いません。代わりに最後まで、黙って見ていてください。

胸がすかっとするような完全勝利を、かならずご覧にいれてみせますから。

それが手向けであり、贖罪《しょくざい》だ。

完遂すれば、私はようやく償うことができる。そんな気もした。

この日ばかりは、人前では気が進まないなどと躊躇《ちゅうちょ》しているわけにはいかなかった。

またぞろ美琴に片づけてもらおうと思い、手付かずで残しておいた丼《どんぶり》を持ちあげると、私も黙々と牛丼を平らげにかかった。

蛇の巣、あるいは鬼神の辺獄【二〇一六年十二月十日　午後五時】

午後の五時過ぎ、住宅街に到着した。

日はすでに暮れ落ち、辺りは濃い闇に包みこまれている。ほとんど真っ暗である。

周囲が異様に暗いのは、道路沿いに立ち並ぶ民家の大半の明かりが消えているからだ。

その原因が全て、カカ様の障りによるものかと思うと、みるみる背筋がうそ寒くなった。

佐知子の家の横手にある、簡易式のガレージに車を二台並べて停める。

あれから牛丼屋で打ち合わせをおこなった結果、事が全て終わるまで、小夜歌だけは私の車で待機してもらうことになった。

彼女を戦力外と見做《みな》したからではない。私たちが家の中へ入り、カカ様の封じられた箱を回収する過程で万が一、何か不測の事態が生じた場合の保険である。

私たちが家の中に踏みこんで三十分経っても戻らない場合、まずは小夜歌が私たちの電話をコールすることにしていた。誰も電話に出る者がいなかったら、その時は警察にガス漏れ事故でも起きた可能性があると称して、通報してもらうことにしていた。

物々しい話だが、蛇は箱に封じられながらも視えざる邪気は発していると聞いている。家の中で何が起きても対応できるよう、万全の策を講じておく必要があった。

「じゃあ行ってきますね、小夜歌さん。サポート、よろしくお願いします」
車から降り立った美琴が、後部座席に座る小夜歌の手を握りしめながら言った。
「サポートなんかいらないように帰ってきて。信じて待ってるからね、ミコッちゃん」
小夜歌の言葉に美琴がうなずいたのを合図に、四人で玄関前まで向かった。
先頭に立った桔梗が、佐知子から預かった鍵《かぎ》を使って玄関戸を開ける。
電気はかなり以前に止めていると聞かされていたので、懐中電灯を二本持参してきた。
私と深町で一本ずつ持ち、開け放たれた扉の先を照らしつける。
玄関口からまっすぐ延びる廊下と、二階へ続く階段、廊下の両壁に並ぶドアと襖《ふすま》。
廊下の壁際には、ぱんぱんに膨らんだゴミ袋が並んでいる。床には埃《ほこり》が降り積もって、
懐中電灯の明かりに仄白《ほのじろ》い光を帯びて浮かび立つ。
廊下の両壁には、玄関戸や外部の窓から確認できた結界用の御札と同じ拵《こしら》えのものが、
規則正しく何枚も、おびただしく貼りつけられている。
その光景は、あまりにも異様なものへと変わり果てていたが、私の記憶は覚えていた。
やはりこれは紛れもなく十一年前、私が千草に呼ばれて入ったあの家だった。
隣に立つ深町の顔を見る。
驚愕《きょうがく》と悲嘆と憤怒《ふんぬ》の入り混じったような、それはひどく崩れた顔をしていた。
無理もなかろう。いかに忌まわしい過去があるとはいえ、こんなにもおぞましい姿に
変じてしまった生家を目の当たりにして、平常心でいられるわけがないのだ。

「こんな有り様ですから、十朱さんからは、土足のままあがっていいと言われています。箱があるのは、廊下のいちばん奥の和室。ただ、この間も少し話しましたけど、この家、箱の中から感じる気配以外にも、何かがいるような気配を幽《かす》かにですが、感じるんです。それが何かは分かりませんけど、とにかく用心だけはしておいてください」

桔梗に言われるまま、土足で中へとあがる。懐中電灯の明かりを頼りに廊下を進んで、左手のいちばん奥にある座敷の襖を開ける。

私は初めて入る部屋だった。佐知子の話に出てきたとおり、部屋は八畳。襖から見て左手に、隣の部屋に通じる襖があり、右手には五段式の大きな祭壇が置かれている。

祭壇に掛けられた布の中央には、最上段からいちばん下の段まで、どす黒く変色した血の跡がまっすぐな線を描いて残っていた。

今際《いまわ》の際に、弓子が吐いた血の跡である。

そして祭壇の最上段、空になったふたつの榊立《さかきたて》に挟まれたまんなかに、それはあった。縦幅四十センチほどの長方形に作られた平たい木箱。カカ様が封じられた箱である。

懐中電灯を照らしつけたまま、祭壇の前まで歩み寄る。

木箱の表面には縦幅二十センチほどの御札がびっしりと、幾重にも分厚い層を作って貼り尽くされている。まるでミイラのごとき様相だった。

傍らに立つ桔梗に「いいですか？」と尋ね、彼女の了承を確認すると、息を呑《の》みつつ箱へとゆっくり手を伸ばす。

両手で触れた箱の感触は、家内の冷気と若干の湿り気を帯びてひんやりと冷たかった。油粘土のような感触である。両手で側面を抱え、そっと箱を持ちあげる。そのまま数歩、後退してみたが、今のところは体調にも気持ちにも、特に変わった兆候は見られない。

ところが、試しに箱を畳の上に叩《たた》き落としてみようと、両腕に力をこめた瞬間だった。みるみるうちに気持ちが萎《しお》れ、動悸《どうき》が異様に速まり始めた。

どんなに気を張ろうとしても駄目だった。振りあげようとした腕は石のように固まり、梃子《てこ》でも動いてくれず、気持ちも減退していくばかりだった。

確かに話には聞いていたが、心の片隅では「まさか」という気持ちもあったのである。だが実際に身をもってそれを体感すると、嫌でも信じざるを得なかった。

間違いない。この箱の中にいるものは、生きている。たとえ封じられているとはいえ、破壊されることを断固として拒否する強い意志を発しているのだ。

「やっぱり駄目だ。試してみます？」と、深町にも箱を持たせてみたが、彼もつかのま箱を両手に抱えてその場に固まるばかりだった。

美琴も深町から箱を受け取り、両目を閉じて静かに息を整え始めた。だが、まもなく気息が荒くなり始め、顔じゅうに苦悶《くもん》の皺《しわ》が深々と刻まれた。

「本当ですね。壁に思いっきり投げつけようと思ったんですけど、できませんでした。それからやっぱり、箱の中に封印されたままだと、こっちの身体には移せないみたい」

唇をわななかせながら美琴が言って、私に箱を差し戻した。

やはりこの場で決行は不可能か。あまり長居をしている余裕もない。時間を考えれば、おそらくもう少しで謙二と美月が、我が家の最寄り駅に到着する頃である。

当初の予定通り、事を進めていくしかないだろうと判じ、どうにか気を取り直す。

片手に箱を抱えて襖のほうへ向き直ると、いつのまにか廊下へ続く襖が閉まっていた。開けっ放しのまま中へ入ったはずなのに、襖はなぜかぴたりと閉めきられている。

一瞬、この場にいる誰かが閉めたのかと思ったのだが、誰もそんな覚えはないという。私を含め、襖が閉まる音すら誰も聞いていなかった。

不穏な予感を覚え始めたところへ、家の空気に肌身が凍りつくような異変を感じた。

家のどこかに、我々以外の何者かがいる気配を感じる。

それもひとりではなく、複数。さらには生身の人ではなく、この世ならざる者の気配。

意識を集中していくと、気配は一階ではなく、二階のほうから漂ってくるようだった。他の一同も異変に気づいたらしく、暗闇の中で息を潜めて棒立ちになっている。

その場を微動だにせず、無言のまま様子をうかがっていると、やがて気配は二階から一階へ移り、やがて廊下をゆっくりと伝って、襖のすぐ向こうで静止した。

その場に立ち尽くし、どうしたものかと懊悩《おうのう》するなか、先に動いたのは桔梗だった。

桔梗は忍び足で畳の上を進み、祭壇の真向かいに面したもう一方の襖を静かに開けた。

襖の向こうは、フローリングの部屋だった。床の上には膨れあがったゴミ袋がいくつか無造作に転がり、丸めた紙屑《かみくず》や破れた雑誌の切れ端などが、方々に荒れ散らかっている。

開けた襖から見て真向かいの壁にはドアがあった。間取りを頭の中で俯瞰《ふかん》してみると、私たちが今いる和室から隣室を渡り、さらにそのドアの向こう側にある部屋を抜けた先には、玄関口があるはずだった。

ふたつの部屋を突っ切っていけば、廊下に通じる目の前の襖を開けずとも、玄関口へ戻ることができる。私が察すると、桔梗もこちらを見ながらうなずいた。

美琴と深町も察してくれたようで無言のままにうなずくと、隣室へ続く襖へ向かって静かに歩を進め始めた。だがその時だった。

和室と廊下を隔てる襖が「ぱん！」と乾いた音を立てて開け放たれた。

はっとなって視線を向けた戸口の先には、幼い千草の面を被《かぶ》った女が三人、ずらりと横一列に並んで突っ立っていた。姿形はこれまで私たちが目撃してきた、真也が造ったタルパとほとんど同じだったが、服の色だけは違っていた。

三人の女たちは、暗闇の中でも目に染みて痛いほど、真っ赤に染まったスウェットを上下に着こんでいる。服の色といい数といい、これまで見てきた女とは、別種の者だと瞬時に察する。

続いて美琴が女たちへ向かって足を踏みだそうとしたが、すかさず肩を摑《つか》んで止めた。美琴がこいつらを処理できることは承知している。だが今、この場でハートアタックを実行させるわけにはいかなかった。数が多過ぎるし、この後に大きな役目が控えている。それだけは何があっても、絶対に回避しなければならない。

「逃げて！」

桔梗の叫び声を合図にすかさず全員で駆けだし、隣の部屋へ飛びこんだ。

それに呼応するかのように、背後から和室の畳を踏み鳴らす激しい足音が轟《とどろ》き始める。

フローリングの床を突っ切り、向かい側のドアを開けて次の部屋へ飛びこむ。

こちらは床にカーペットが敷かれた部屋で、壁際には洋服ダンスやカラーボックスがずらりと並んでいる。部屋に入って左前方の壁際には、もうひとつのドアが見えた。

あれを開ければ、すぐ目の前に玄関口があるはずである。

背後に轟く足音に慄《おのの》きながらも部屋の中を猛然と突っ切り、勢い任せにドアを開けて部屋の外へ飛びだす。だが、ドアを抜けてすぐ右手にあるはずの三和土《たたき》に向かって足を踏みだしたとたん、額に強い衝撃が走った。

痛みにうめきながら眼前に視線を向けると、目の前には三和土ではなく、ガラス戸の閉まった食器棚が屹立《きつりつ》していた。

わけが分からず、戸惑いながら周囲を見回してみれば、ドアから抜けだしてきた先は、玄関前の廊下ではなく、台所だった。

嘘だろうと思い、慌てて背後を振り返ってみる。うしろで開け放たれた戸口の先には、洋服ダンスとカラーボックスが並ぶ、カーペット張りの部屋が見える。

ありえないことだった。

この家の台所は、南面している玄関口から見て北東側に位置しているはずである。

玄関口の正面に奥へとまっすぐ延びる廊下があって、廊下のすぐ右手の壁に居間へと通じるドアがある。その傍らには二階へ通じる階段があり、その階段の裏側に台所への出入口があるのだ。だから、カーペットの部屋から廊下を経由せずに台所へ入ることは、絶対に不可能である。

　しかも玄関側の廊下に設けられた台所の戸は、磨《す》りガラスが嵌《は》められた引き戸だった。なおのこと、ドアを開けて台所へ達することなどできるわけがない。

だが、背後の戸口を見やれば、目の前には磨りガラスの嵌められたガラス戸があった。何が起きたのか理解できず、代わりに心臓の鼓動が急激な勢いで速まりだす。

　一方、足音も止まることなく、こちらへ向かって近づいてくる。

このままでは追いつかれる。一瞬であっても、立ち止まっている場合ではなかった。

磨りガラスの戸口から入ると、台所には他にふたつの戸口があった。

右側の奥に見える磨りガラスの引き戸は、居間へと通じるものである。

反対側の左手に見える戸口は家の奥、トイレや風呂場《ふろば》が並ぶ廊下に出るものだった。

考えるまでもなく、距離を考えれば居間を経由して玄関口へ出るほうが早い。

すかさず居間へと通じる引き戸に手を掛ける。

ところが、戸は向こう側で何かがつっかえているかのように、がたがたと乾いた音を鳴らすばかりで開いてくれなかった。

仕方なく踵《きびす》を返して、家の奥へと通じる戸口から廊下へ飛びだす。

懐中電灯を照らしつけた廊下の正面には、先ほどカカ様を回収した和室の襖《ふすま》が見えた。気味の悪いことに先刻、開け放たれたはずの襖は、再びぴたりと閉めきられていた。

家の廊下はL字型に作られている。このまままっすぐ進んで突き当りを左に曲がれば、角の向こうに玄関口が見えるはずである。他に家から出られるルートはない。

迷うことなく奥の廊下を走り抜け、角を曲がって家の正面に延びる廊下へ躍り出る。暗闇の中、玄関口がかすかに見える前方では、今しがた、カーペット張りの部屋から飛びだしてきた女たちがいて、こちらに向かって一斉に走ってくるところだった。

背後で桔梗の悲鳴が短くあがる。続いて深町が和室の襖を開け、「早く！」と叫んだ。深町に先導される形で和室の中へ駆けこんでいく。

どうすればいい？　美琴に任せられないなら、私が代わりに相手をするべきだろうか。なりから察して、あれらもおそらく真也が造ったタルパだろうと思う。桔梗が長い間、この家で感じ続けてきた得体の知れない気配の正体も、あれらで間違いなかろう。

今まで静かに息を潜めていたが、箱を奪われたことで動きだしたのか。あるいは、箱を奪われると自動的に動きだすよう、仕込まれていたのか。理由は判然としなかったが、そんなことはどうでもいい。今第一に考えるべきなのは、この窮地をどうやって切り抜けるかということだった。

長年、暴走した加奈江相手に立ち回ってきたとはいえ、私はタルパの専門家ではない。悪霊や生霊とも勝手が違うタルパを三体も相手に、どこまでやれるか自信はなかった。

それに今、このタイミングで魔祓《まばら》いをおこなってもいいものなのか。

己の体調を冷静に鑑《かんが》みるに、全身全霊で魔祓いや憑《つ》き物落としを行使できそうなのは、やはりあと一、二回が限度だと思う。それ以上は身体がどうなるか分からない。

この後に控えている神殺しの儀でこそ、使うべきなのではないかという逡巡《しゅんじゅん》もあった。

幸いにも昼間、ポンプを停止する際に唱えた祝詞《のりと》では、身体に異変は生じなかった。

だが、あれは五人で役割を分散させたため、負担が軽減されたからだと思う。

ならば、やはり逃げずに迎え撃つべきか。この場にいる四人で再び役割を分担すれば、私の負担も美琴の負担も、多少は軽減されるような気もした。

和室から隣の部屋へ抜けながら、そんなことを考え始めた時だった。

突然、視界が真っ暗になった。私と深町が持っていた懐中電灯が消えたのである。

それもなぜか、二本同時に。

今まで必死に堪《こら》えていたが、さすがに限界を迎え、口から勝手に悲鳴があがる。

どす黒く染まったフローリングの部屋をもつれる足でどうにか進み、手探りで隣室へ通じるドアまでたどり着く。続いて、記憶を頼りにカーペット張りの部屋も慌ただしく突き進み、玄関口へ通じるドアを見つけるなり、全速力でくぐり抜ける。

薄々厭《いや》な予感はしていたが、やはりドアを抜けた先は玄関口ではなく、台所だった。

幽《かす》かにではあるが、闇に目が慣れ始めてきた。ねっとりとした濃い闇の中に食器棚やガスコンロ、シンクの上に設置された給湯器の輪郭が見てとれる。

絶望している暇はなかった。背後からは女たちのけたたましい足音が迫ってきている。
再び奥の戸口を抜けて廊下へ飛びだす。
L字型に折れた角を曲がって、今度こそ玄関口まで一気に駆け抜けようと考えていた。
だが、角を曲がりきった正面には、真っ暗闇の中に毒々しいまでにくっきりと浮き立つ
真っ赤な人形のシルエットが三つ並び、こちらに向かって駆けてくるところだった。
「くそ！」と毒づきながら、和室の襖を開け放つ。襖もやはり、また閉まっていた。
和室を抜けて、フローリングの部屋を突っ切り、カーペット張りの部屋へと飛びこむ。
血眼になって暗闇へ視線を凝らし、かすかに見える部屋の内部の輪郭を確かめながら、
もつれる足で部屋の向こう側に開かれたドアへと向かって、猛然と突き進む。
すでに開け放たれているドアを抜け、向こう側へ飛びだしてまもなく、濁った視界に
前方の輪郭が浮かびあがってきた。とたんにのどから「ぐっ」と濁った音が絞り出る。
やはり台所だった。これで三度目である。頭がおかしくなりそうだった。
「嘘でしょ……本当にもう、なんなんですか、これッ！」
傍らで桔梗が金切り声を張りあげた。
蒼然《そうぜん》となりながらその場に立ち尽くし、狼狽《ろうばい》するさなか、数メートルほど背後からは、
けたたましい足音が近づいてくる。
「来ますよ。どうするんです？」
傍らで深町が囁《ささや》く。声音は平静を装っていたが、唇は震えていた。

どうすることもできず、台所から廊下へ抜ける戸口に向かって走りだす。

暗闇に呑《の》みこまれた狭い廊下を死に物狂いで駆けるなか、背後からは女たちの足音が稲妻のような響きを轟かせ、近づいてくる。その距離は確実に迫りつつあった。

おまけにこちらの息も切れ始めている。今さら四人で示し合わせて魔祓いを仕掛ける余裕もない。家から出られず、打つ手もなければ、いよいよもって追いつかれるだろう。

どれだけ距離を縮められたのか。すでに姿が見えるまでに接近されているのだろうか。状況を確認するため振り返ると、美琴の姿が消えていた。

たちまち胃の腑《ふ》に冷たい風が逆巻き、背筋に悪寒が生じる。

どこに行った？　どこに消えた？　美琴は無事でいるのだろうか？

走りながら「小橋は？」と叫ぶと、寸秒間を置き、深町と桔梗から「いません！」と、悲鳴のような答えが返ってきた。

L字廊下の角を曲がった前方からは、またぞろ赤いシルエットが一直線に駆けてくる。しつこいまでに閉め直されている目の前の襖を引き開け、和室の中へ飛びこみながら、どうしたものかと必死になって頭を巡らせる。

和室から隣のフローリングの部屋を突っ切るさなか、ひとつの妙案が閃《ひらめ》いた。

窓だ。その手があった。どうして今まで気づかなかったのだろう。

どす黒く染まったフローリングの部屋をもつれる足でどうにか進み、手探りで隣室へ通じるドアまでたどり着く。

ドアを抜けた先のカーペット張りの隣室には、玄関側と家の西側に面した窓があった。何も家から脱出するのに玄関口にこだわる必要はない。どれだけ走り回っても玄関口へ到達できないのなら、窓から外へ出ればいいのだ。

カーペット張りの部屋の中へ飛びこむなり、玄関側の窓まで突き進み、閉めきられたカーテンを勢い任せに開け放つ。すかさず手探りで窓の取っ手に手を掛けてみたものの、すぐに鍵《かぎ》が掛けられていることに気がつき、急いで鍵を開けにかかる。

ところが、窓のサッシについているクレセント錠は錆《さ》びついているのか、力をこめて引きあげようとしてもびくともしなかった。

「何やってんですか！　来ますよ、来ます！」

うしろから深町に腕を摑《つか》まれたが、それでも諦《あきら》めきれず、どうにか開けようと試みる。

だが、我を忘れて鍵に集中していたのが仇《あだ》となり、背後の警戒が疎《おろそ》かになっていた。

ふと気づくと、足音はあっというまにフローリングの部屋を突っ切り、私たちがいるこの部屋の中から聞こえていた。

はっとなって振り返れば、幼い千草の面を被《かぶ》った女が三人、こちらへ向かって一斉に突っこんでくるところだった。

桔梗が悲鳴をあげるのとほぼ同時に、私と深町もつられるように叫び声をあげた。

私たちと女たちとの距離は、すでに一メートルもなかった。今さら三人で体勢を整え、迎え撃つなど、どうがんばっても不可能だった。

とはいえ、身体のほうは勝手に動いた。生存本能なのか、恐怖が一瞬で怒りに反転し、たとえ刺し違えてでもこいつらを潰《つぶ》してやろうと思ったのである。

こちらへ一直線に駆けてくる女たちに向かって足を踏みだし、魔祓いの印を切ろうと、右腕を振りあげた時だった。

女たちの首が一斉に吹っ飛び、暗闇の宙に音もなく舞った。

続いて、首をなくした真っ赤な身体が、鈍い音をたてながら次々とうつ伏せに倒れる。

何が起きたのか分からぬまま、目の前の床に倒れた首のない女たちに視線を落とすと、みるみるうちに姿が消えて、辺りがしんと静まり返った。

太くて長い息をたっぷり吐きだし、走り疲れてすっかり乱れた気息をどうにか整える。

「そうだ。小橋は？」

「分かりません。気づいたらもう、一緒についてきていませんでした」

震える声で桔梗が答え、深町も悲愴《ひそう》な面持ちで頭《かぶり》を振った。

視線を玄関口へ通じるドアのほうへ向ける。開け放たれたドアの向こうには、暗闇に霞《かす》んでわずかではあったが、廊下の床板と、向かい側にある居間へのドアが見える。

ドアを抜けて部屋を出ると、今度は台所に迷いこむことなく、右手に玄関口が見える家の正面側に続く廊下に出た。

眼前の玄関戸を開ければ、すぐに外へ出られる。箱も無事に小脇へ抱えたままである。

だが、美琴の行方が分からないことには、このまま家を出るわけにはいかなかった。

そこへ傍らでぱちりと音がしたかと思うと、目の前の壁に、仄白《ほのじろ》い灯火が円を描いて浮かびあがった。深町が懐中電灯をつけたのである。

私も片手に握ったままの懐中電灯にスイッチを入れると、難なく光が灯《とも》った。

そこへ二階のほうから、ふいに足音が聞こえてきた。

階段に向かって懐中電灯を照らしつけると、上からおりてきたのは美琴だった。

「よかった。無事だったか……。今まで上で何をやってたんだ？」

「これを探してました」

階段をおりてきながら、美琴が両手に握りしめていた物をこちらに見せる。

それは全長二十センチほどの背丈をした、首のない人形だった。数は全部で三体ある。

「ちなみに首は、もぎ取りました」

そう言って上着のポケットに片手を突っこみ、中から出てきた物をこちらに見せた。

美琴の手のひらには、髪の長い人形の首が三つ載っていた。顔には白黒で印刷された幼い頃の千草の顔写真が貼られている。

「みんなで一緒に逃げてる時。二周目だったかな？　うしろから追ってくる気配の他に、二階のほうからも、また妙な気配を感じ始めたんです」

そこでぴんと来た美琴は、二階へあがろうと考えたのだが、間取りが歪《ゆが》んでしまった異様な状況下で、二階へ上る階段に到達できるルートは、L字型に折れ曲がった廊下の先しかない。ところが廊下を曲がると、玄関口のほうから女たちが迫ってくる。

そこで美琴は、二度目に和室へ飛びこんだ際に私たちのうしろを追わず、祭壇の陰に身を潜めて、目の前を女たちが駆け抜けていくのを待った。

一か八かの賭《か》けだったものの、女たちは美琴の存在に気づかず、隣室へ消えていった。様子を見ながら廊下へ引き返し、急いで二階へ駆け上ったのだという。

二階はふた部屋あって、階段から見て手前の部屋が、佐知子が寝室に使っていた部屋、そして奥側が、真也が私室のように使用していた部屋である。美琴は真也が使っていた部屋のほうに入った。

「今に至るまでわたしたちの前に一度も現れなかった赤い服のタルパが、この家の中で急に現れたということは、タルパも箱と一緒にこの家の中にずっと閉じこめられていて、外に出られない状態だったからじゃないかと思ったんです」

うなずきながら、美琴が言った。

「佐知子さんからは、真也さんが人形をベースに造ったタルパだって聞いていましたし、灰色のタルパ以外にも何体か、試作品があったとも言っていましたよね？」

美琴の言葉に今度は私がうなずく。

「人形がベースということは、同時に人形が本体でもあるんです。本体を潰しちゃえば、稼働中のタルパのほうも停止すると思って、人形を探そうと思ったんです」

実際、美琴の予想は大当たりだった。とはいえ、目当ての人形たちを探しだすのには、それなりに難儀をさせられたらしい。

真っ暗闇の中、ほとんど手探りで机の抽斗《ひきだし》や物入の中を残さず引っ掻《か》き回してみたが、人形は一向に見つかる気配はない。

そうこうするうちに、やがて自分がかなり焦っていることに気づく。よろしくないと思い直して気息を整え、意識を静かに張りつめていくと、まもなく先ほど階下で感じた妙な気配を再び捉《とら》えることができた。

「人形は、天袋の奥のほうに箱詰めになって隠されてました。暗闇の中、椅子を使ってなんとか箱を床におろし、中に入っていた人形の首を片っ端からもいでいったんです」

人形は十体以上もあったのだという。いずれも同じ拵《こしら》えで、着せ替え人形をベースに多様な色のスウェットを上下に着せ、顔には幼い千草の写真が貼りつけられていた。

「実際に稼働したのは、赤い服の三体だけでしたから、他はみんな失敗作だったのかも。失敗作だから恥ずかしくて隠していたのか、もしくは、そのうち調整し直そうと思って保管していたのか。理由は分かりませんけど、とにかく無事でよかったです」

言い終えると美琴は、ふわりと笑みを浮かべてみせた。

仮に真也が人形たちを失敗作か、再調整が必要な不良品だと思っていたのだとしても、実際にそのうちの三体は、立派に機能したのである。恐ろしいものだと思った。

「こっちこそ助かった。なんとか箱も回収できたし、これでやっと本題に入れるな」

深町と桔梗も美琴にひとしきり礼を述べたのを見計らい、踵《きびす》を返して玄関戸を開ける。

外へ出ると、門柱の前に人影がひとつ、こちらを向いて突っ立っているのが見えた。

誰かと思い、視線を凝らしたとたんにぎょっとなる。

イザナミちゃんだった。

周囲の闇よりもさらにどす黒く染まった長い髪と、ワンピースの裾《すそ》を凍《い》てつく夜風に音もなくはためかせながら、ぞっとするような笑みを浮かべてこちらを見つめている。

そこへ背後に立っていた深町が、懐中電灯の光をイザナミちゃんに向けて翳《かざ》した。

すると、光の当たった顔の輪郭がぶわりと大きく歪んで、別人のものへと切り替わる。

それは小夜歌の顔だった。

真っ青な顔色をした小夜歌が、今にも泣きだしそうな表情で私たちを見つめていた。

「ごめん……なんかさっきから、すごい具合が悪い。どうしちゃったんだろう……」

小さな声を震わせ、しきりに首を振りながら小夜歌が言った。

小夜歌の身に何が起きているのかは、すぐに分かった。

憑依《ひょうい》されたのである。

目的はおそらく、生身の小夜歌の身体を使って、私たちが回収した箱を奪い取ること。

陽呼と留那呼が造った化け物は、虎視眈々《こしたんたん》とこの瞬間を狙っていたというわけだ。

皮肉にも小夜歌を車にひとりで残したことが、裏目に出てしまった。

だが、後悔するよりも先に、この状況をなんとかしなければならない。

ただちに実行することができて、なおかつ一瞬で小夜歌を無事に救《たす》けだせる手立ては、ひとつしか思い浮かばなかった。迷う間もなく、腹を括《くく》って声をあげる。

「小橋！　こっちにあいつを移せるか！」

前へ向かって歩きだしながら叫ぶなり、美琴が私の脇をすり抜け、小夜歌に向かって一直線に駆け寄っていく。とたんに小夜歌のほうも泣きだしそうな表情を浮かべたまま、ずかずかとした足取りでこちらへ歩み寄ってくる。

互いに真正面から接近し合う私と小夜歌の距離が、残り一メートルほどまで近づいてきたところへ、美琴が小夜歌の背後に回りこんだ。

続いて小夜歌の片腕をぐっと摑《つか》むと、背中を平手で思いっきり叩《たた》いた。

次の瞬間、小夜歌の上半身の前半分から押しだされるようにして、満面に驚きの色を浮かべたイザナミちゃんがこちらに向かって突っこんできた。

顔と身体が眼前まで接近し、そのまま吸いこまれるようにこちらの身体へ入ってくる。たちまち造影剤を注入された時のような、かっとした不快な熱さが全身を駆け巡り始め、みるみる具合が悪くなってくる。ふらつきながらも目の前に視線を向けると、小夜歌も左右に身体をふらつかせていたが、すぐに美琴が肩を貸して、どうにか転倒を免れた。

これで救出完了。予定は少々狂ってしまったが、美琴の身体に負担をかけることなく、この化け物を処理できるのは幸いだった。

あとはこっちの気力次第と気を張り始めるさなかにも、身体はたちまち重くなり始め、意識も淀《よど》んで濁り始めてきた。

潰し合う【二〇一六年十二月十日　午後六時】

イザナミちゃんが身体に入って一分も経たぬうちに、その場に立っていられなくなる。堪《たま》らずどっと膝《ひざ》を突き、地面にひれ伏すような姿勢になった。

深町と桔梗がすぐに傍らにしゃがみこんで、「大丈夫ですか？」と声をかけてきたが、嘘でも「大丈夫」と返せる余裕はなかった。代わりに、まだまともに話ができるうちに今後の流れで必要なことを申し伝える。

まず第一に、私はこれからほとんど自力で、身体の中に閉じこめたイザナミちゃんを滅しなくてはならないこと。

第二に、そろそろ謙二と美月が最寄り駅に到着する時間のはずだが、迎えにいく際はできれば私も一緒で、車の運転は美琴以外の誰かがおこなうということ。

そして最後に、私と運転手が謙二と美月を迎えにいっている間、他の面子《メンツ》は我が家の仕事場へ先に箱を持っていって待機し、心の準備を済ませておいてもらうこと。

その際における段取りまで説明し終えたところで、いよいよ意識が危うくなってきた。深町と桔梗に肩を担いでもらい、仕方なく家の中に戻る。美琴と小夜歌もあとに続いた。奥の和室まで引きずっていってもらい、畳の上に横たわって身を丸める。

最後にこれをやったのは、というか初めてこれをやったのは、今年の春のことである。依頼主のほうの小橋美琴にとり憑《つ》いた悪霊を滅する際、彼女の身体からこちらの身体へとり憑かせ、身体の中で無理やり潰《つぶ》したのである。

想像を絶するほど、ひどい苦痛だった。できれば二度と味わいたくはなかったのだが、これが最善の策だと確信したのだし、もはや後戻りもできなかった。

あの時は夜の十時過ぎから始めて、事を終えるまで明け方近くまでかかってしまった。だが、今夜はそんなに長々と時間をかけるわけにはいかない。

先刻、玄関を出る前に確認した時は、六時を少し回る頃だった。できれば一時間以内、遅くとも二時間以内には片づけてしまいたい。それ以上時間がかかると、今夜のうちに〝もうひとつの仕上げ〟と、神殺しの儀をおこなえなくなってしまう恐れがある。

「外側からも、絶えず魔祓《まばら》いをおこない続けます。他にも何か助けがいることがあれば、遠慮しないで言ってください。がんばって」

傍らに膝を突いた美琴に言われたが、もはや返事をすることすらできなかった。

かすかに開けることができた片目で首を回しながら周囲を見ると、美琴と並んで深町、反対側に桔梗と小夜歌が並んで座っていた。

これだけの頭数がいて、外部から一斉に魔祓いをしてくれれば、あるいは予定よりも早めにこの化け物を潰せるかもしれない。どうなるかは未知数ながら、心強くはあった。

一縷《いちる》の望みに希望を託しながら目蓋《まぶた》を閉じる。

遮断した視界の先は黒一色の暗黒ではなく、代わりにイザナミちゃんの青白い面貌《めんぼう》が目と鼻のすぐ先にでかでかと映しだされる、異様な光景になっていた。

先刻、小夜歌の身体から弾《はじ》きだされた時は、度肝を抜かれたような顔をしていたのに、再びぞっとするような笑みを浮かべて、私の顔を覗《のぞ》きこんでいる。

黒い長袖《ながそで》に覆われた両腕は、腰に向かってぐるりと回され、ちょうど寝そべりながら抱きつかれているような体勢になっている。

くたばれ、と思いながら頭の中で魔祓いの呪文《じゅもん》を唱え始める。

とたんにイザナミちゃんの形相が苦悶《くもん》の色に染まり始め、捲《まく》りあげた唇から白い歯が剝《む》きだしになる。

造り神なんだかタルパなんだか知らないが、普段使いの魔祓いが有効だということを確信し、わずかながらも安堵《あんど》する。せいぜい苦しみながら消えていけよと毒づきながら、さらに呪文の勢いを増していく。

だが、向こうは私の身体に憑依している身である。こんなことをされて為すがままにされているわけがなかった。

イザナミちゃんが苦悶の形相に憤怒《ふんぬ》の色をありありと滲《にじ》ませ、かっと大口を広げると、背骨にじわじわと違和感が生じ始め、たちまちそれは激痛に変わった。

まるで背骨の節々にノコギリの歯を当てられ、ぞりぞりと一斉に引かれているような感触だった。今まで一度も感じたことのない凄《すさ》まじい痛みに絶叫する。

イザナミちゃんの顔から苦悶の色が消え、憤怒の色に、嘲《あざけ》るような色を帯びた笑みが上乗せされるように浮かびあがる。けれどもそれが、私に正気を取り戻させた。

人もどきの出来損ないが、調子に乗ってふざけやがって。

こちらもありったけの嫌ったらしい笑みを浮かべて、イザナミちゃんを挑発してやる。

続けて魔祓いの呪文を再開し、痛みを吹き飛ばすような勢いで強く、苛烈《かれつ》に詠唱する。

たちまち、出来損ないの人もどきに再び苦悶の色が浮かび始めた。

もっと苦しめと思いながら、さらに呪文の勢いを増していく。

一方、背骨に生じる痛みも激しさを増し、首の裏側でめりめりと厭《いや》な音が響き始める。

一瞬でも気を抜けばそのまま意識を失い、お陀仏《だぶつ》だろうと思う。

しかし、そんな終わりを受け入れる気はさらさらなかった。

痛みが激しくなればなるほど、こちらも朦朧《もうろう》とした意識の中で、魔祓いをがならせた。

そのうえ、詠唱しながら嫌味もたっぷりまぶしてやった。

(イザナミちゃんか。だせえ名前だな？　愛想のひとつも振り撒《ま》けねえような仏頂面が、可愛らしく「ちゃん付け」かよ。笑わしてくれる。創造主の婆《ばば》姉妹は真正のアホだな)

イザナミちゃんの形相がさらに険しく強張《こわば》って、背骨の痛みが加速度的に増してゆく。

だが、だからどうしたと思う。痛みに喘《あえ》ぎながらもしつこく続けてやった。

(俺のことを覚えているか？　お前が生まれたての頃に会っている。首から下は骸骨《がいこつ》で、すっぽんぽんより露《あらわ》な姿を見てやった。色気も糞《くそ》もねえ、貧相な身体だったけどな)

そう。私は以前にもこの化け物の顔を見たことがある。

今から七年前、二〇〇九年の九月のことである。出張相談の依頼を受けて訪ねた家で、私は家のいちばん奥にある部屋で、この化け物と出くわしている。部屋は八畳敷きの和室だった。天井にはなぜか丸型の蛍光灯が五つもぶらさがって、部屋は異様な明るさに包まれていた。入口のドアがある壁面を除いた、部屋の三方の壁際には、得体の知れない御札がびっしりと貼られた祭壇が三つ祀《まつ》られていた。

依頼主は当時、五十代後半頃とおぼしき姉妹で、名を清江《きよえ》と純子《じゅんこ》といった。なんのために私を呼んだのかと言えば、祭壇を拝んでほしいのだという。どういった名目で拝めばいいのかと尋ねても、ふたりはただ、「拝んでください」と言うばかりで、道理がまったく見えてこなかった。姉妹は見た目も言動も尋常ではない様子だったので、私は何も拝まず帰ろうとした。だが、そこへふたりが「近所の店で美味《おい》しいあんパンを買ってくるから、待っていて！」などと言い始め、突然家を出ていってしまった。

家にひとりきりにされてまもなく、ふと気がつくと部屋のまんなかにはいつのまにか、巨大な布団が敷かれていて、髪の長い女が仰向けになって眠っていた。

私が見つめていると、女はふいに目を開けて、布団の中から起きだした。布団を捲《めく》って立ちあがった女の首から下は肉も臓物もなく、真っ赤な鮮血に染まったがらんどうの骸骨だった。

女の姿を見た瞬間、私はすかさず踵《きびす》を返し、家から一目散に逃げだした。

（あの時、お前を潰しておけばよかったと後悔してるよ。お前が余計な力をつける前に、身体じゅうの骨を粉々に砕いて、婆の家の便所にでも叩《たた》き落としてくればよかったぜ）

ぞりぞりと背骨を鋸引《のこぎりび》きされるような鋭い痛みに混じって、今度は無数の拳《こぶし》で背骨を上から下へめきめきと、一斉に圧迫されるような痛みを感じた。

怒ってる、怒ってる。いいぞ、もっと怒れ。化けの皮を剝《は》いでやる。

背骨に生じる痛みがすでに許容範囲を上回っているのだろう。断続的に意識が飛んで、視界一面がのっぺりとした白一色の無に染めあげられた。だが、そのたびに気を張って意識を取り戻し、魔祓いの呪文を唱えながら罵詈雑言《ばりぞうごん》を繰り返していく。

そうしてどれだけ時間が経った頃だろう。

こちらの意識もどんどん掠《かす》れて、自分が何をしているのかも分からなくなり始めた頃、イザナミちゃんの顔に変化が起きた。

背骨を嬲《なぶ》られる痛みはなおも苛烈に続いていたが、私はその変化を見逃さなかった。

イザナミちゃんの両目から、老いた女の顔がふたつ、蝸牛《かたつむり》の目のように生えてきた。

やっぱりお前らだったか、清江に純子。七年前より、顔はますます老けこんでいたが、マダム陽呼とマダム留那呼の正体はこいつらだったというわけだ。

七年前、陽呼と留那呼は、自宅の奥の一室で、密《ひそ》かに造り神を製造していたのである。

「出張相談をお願いします」などと偽って私を家へ招き入れたのは、イザナミちゃんに私の気力というか、生気のようなものを吸わせるためだった。

実際、這《ほ》う這うの体で姉妹の家から逃げだしたあと、私は四日ほど高熱に浮かされて寝こむ羽目になってしまった。おそらくはああやって、本職の人間や霊感の強い人間を家に招き寄せては、製造中のイザナミちゃんに生気を吸いあげさせていたのだろう。そうして完成したのが、今目の前にいる化け物であり、その両目から顔を突きだしてにやついているのが、類稀《たぐいまれ》なる才能を無駄なことにしか使えなかった創造主である。

当時から常軌を逸した姉妹とは思っていたが、まさか七年かけて、ここまで大それた騒ぎを起こす存在になろうとは思いもしなかった。

仙台駅の構内でイザナミちゃんの姿を目撃した翌日、私は車で姉妹の家の様子を見に出かけていったのだが、家はすでになくなり、更地に化していた。

どこに行って何をしているものかと思っていれば、佐知子の家で史上最悪の造り神を造りあげ、挙げ句はその造り神の祟《たた》りで命を落としてしまったらしい。

だが、先代桔梗が言っていたとおり、こうした手合いは、死んでからこそが本領発揮、なまじ、呪術《じゅじゅつ》の心得と異様な力を持っていた分、常人がこの世に迷い現れるそれよりも、はるかに質《たち》の悪い状態で舞い戻ってくるものである。

眼前に映るイザナミちゃんの顔を見る限り、陽呼と留那呼は死後、イザナミちゃんの身体にとり憑いて、再び活動できるようになる機をうかがっていたのだろう。

いつから活動を再開できるようになったのかは知らないが、陽呼と留那呼のふたりはイザナミちゃんをロボット代わりに操縦し、私たちから箱を奪いにきたというわけだ。

考えただけでおぞましく、おまけに頭も痛くなってくる。

もう一回、余計に死ねと思いながら、最後の力を振り絞るようにして魔祓《まばら》いの呪文を何度も何度もしつこく唱え続ける。

イザナミちゃんの両目から突き出た陽呼と留那呼も満面に下卑た笑みを浮かべながら、こちらに対抗するかのように、得体の知れない呪文を唱え始めた。

それが始まったとたん、背骨の痛みに加え、今度は両耳の鼓膜を針で貫かれるような激痛が生じたが、構わず死に物狂いで応戦を続けた。

そうしてどれほど時間が経った頃だろう。

朦朧とした意識の中で呪文を唱え続けるさなか、淀《よど》んだ視界に映るイザナミちゃんの口が突然、叫ぶような形であんぐりと開いた。続いて、両目から飛びだしていた陽呼と留那呼の顔が水風船のように勢いよく弾け、とたんに視界が真っ暗になる。

再び目を開けると、目の前に美琴の顔があった。

周りには桔梗と深町、小夜歌の顔もずらりと並んで私を見おろしていた。

「ああ、よかった。気がついた……。大丈夫ですか？」

「大丈夫なように見えるか？　それより今、何時だ？」

尋ねると、「九時過ぎです」と美琴が答えた。三時間も時間を無駄にしたのかと思い、太い息が漏れる。上体を起きあがらせようとすると、背骨を万力で挟み潰《つぶ》されるような激痛が走った。深町に肩を貸してもらい、ようやくの思いで立ちあがる。

「あたしのせいでごめんなさい。本当にごめん、ごめんなさい！」

小夜歌が泣きながら、もう一方の肩に腕をかけてきた。

「別に気にしてません。それよりも運転手、小夜歌さんにお願いしてもいいですか？」

即座に小夜歌が「喜んで！」と答えたので、運転を任せることにする。

先刻伝えた予定通り、他の面子《メンツ》は箱を持って我が家へ向かってもらい、私と小夜歌は謙二と美月を迎えに急いで駅へと向かった。

駅の近くにあるファミレスへ到着すると、ふたりは店の駐車場に出ていて、私たちの到着を待っていた。小夜歌と一緒に車から降り、遅くなってしまったことを謝罪する。

「時間は全然平気でしたけど、何かあったんですか？　ひどい顔色じゃないですか」

謙二に問われるも、「大丈夫ですよ」とだけ答え、詳細は伏せることにした。

とはいえ立っているのもやっとである。背骨の痛みは、なおもじわじわと続いていた。この後にふたつも大きな仕事が待っているのかと思うと、目眩《めまい》を覚え始めてくる。

ふらつく足取りで助手席へ戻り、謙二と美月が後部座席に乗りこんだのを確認すると、再び大急ぎで今度は自宅へ向かった。

嘘つき千草【二〇一六年十二月十日　午後九時】

三十分ほどで自宅へ帰ると、桔梗の車以外にもう一台、見慣れない車が停まっていた。

私たちの到着に気づいて、玄関から仕事用の巫女《みこ》装束に着替えた桔梗が出てくる。

真弓は朝から家にいなかった。だいぶごねられたが、安全な場所へ避難させていた。

車の件を尋ねると、桔梗たちの到着前から佐知子が来ていて、待っていたのだという。

「どういうことなんです？」

「やっぱり何もかも自分に責任があることだから、立ち会いたいって言っているんです。勝手に家にあげてしまって、まずかったですか？」

「いや、それは大丈夫。それよりも、同席させる以上は〝合図〟の件を説明しないと」

「もうしました。ずいぶん驚いてはいましたけど、彼女も承諾済みです」

また少し予定が変わってしまったが、桔梗の答えを聞いて、仕方ないかと割りきる。

あとはとにかく、うまくいくことを祈るのみである。

車から降りてきた小夜歌、謙二、美月の三人を家にあげ、仕事部屋へ向かう。

廊下の奥に面した仕事場では、純白の千早と緋袴《ひばかま》に着替えた美琴と、藍色《あいいろ》の着流しに羽織り姿の深町、そして暗い顔を俯《うつむ》かせた佐知子が、私たちの到着を待っていた。

「突然押しかけてしまって申しわけありません。でもわたし、やっぱり自分も最後まで一緒に立ち会って、見届けなくちゃと思って……」

　私の顔を見るなり、佐知子は声を詰まらせながら深々と頭をさげた。

「ありがとうございます。そう思っていただけるのでしたら、我々も本望ですよ」

「頭をあげてください」と促し、それから謙二たちを仕事場に通して座らせる。

「さてと。美月ちゃんには、私と小夜歌さんを除いた、他のメンバーを紹介していくね。まずはこの人が、拝み屋の浮舟桔梗さん。今夜、私たちの仕事を手伝ってくれます」

　私の紹介に、桔梗が謙二と美月に会釈する。

「で、あちらは美月ちゃんが待望の深町伊鶴さん。ずいぶん長く待たせてしまったけど、ようやく準備が整った。お母さんの件、今夜で解決してもらうから、安心していてね」

　私の紹介に、深町が美月へ向かって慇懃《いんぎん》に頭をさげる。

「なんだか、すごい人数になってしまってごめんね。本当だったら深町さんひとりでも大丈夫なんだろうけど、万全を期すためにこうなったんだ。びっくりしちゃった？」

　笑いかけながら、美月に尋ねる。美月は少し緊張した様子で私の顔を見つめていたが、まもなく微笑を浮かべると、「いえ、平気です。ありがとうございます」と答えた。

「うん、よかった。そして最後に紹介するのは、あっちに座ってるお姉さんなんだけど、もしかしたら紹介しなくたって分かるかな？　どうだろう？」

　手のひらで美琴のほうを指し示し、美月の顔を覗《のぞ》きこみながら尋ねる。

優しく微笑む美琴の顔に視線を止めるなり、美月はたちまち呆然《ぼうぜん》とした表情になった。

それから小さく首を傾げ、「え?」と声を漏らした。

そこへ美琴が口を開き、ゆったりとした声音で美月に語りかける。

「いいんだよ。今、自分が感じていることが正解だと思う。素直な気持ちで呼んでみて。わたしは一体、誰でしょう?」

美琴の言葉を受け止めるなり、美月の目から涙がこぼれ、ゆるゆると頬を伝い始めた。

そして、ぽつりとつぶやいた。

「……お母さん?」

「うん、そう。あなたのお母さん。正確には今、わたしの身体の中にお母さんが入って、わたしの意識と混じり合ってる状態。ちょっとややこしい感じだから、こうして実際に会うまで少し不安はあったんだけど、でもよく分かってくれたね。ありがとう」

美琴の言葉に、美月の目からぶわりと涙が溢《あふ》れ、やがて嗚咽《おえつ》もあがり始めた。

そこへ謙二が「あ」と声をあげて、「だからか」とつぶやいた。

「小橋さんと初めて会った時、なんだか前にも、どこかでお会いしたことがあるような不思議な感じがしたんですよ。やっぱりあれは、私の思い違いなんかじゃなかったって……そういうことですよね?」

「あの時ははぐらかしてしまって、申しわけありませんでした。ちょっと事情があって、伏せておかなくちゃならなかったもので」

続いて小夜歌が、笑みを浮かべながら話し始めた。

「やっぱりな。あたしは途中からなんとなく気づいてた。ミコッちゃんのちょっとした仕草とか笑い方とかさ、時々、千草とまるっきり同じな時があったもん」

「ずっと隠していてごめんなさい。でも、事情は分かってもらえてますよね？」

美琴の質問に、小夜歌は「うん、大丈夫」と答えた。

「ということで、ずいぶんと久しぶりに美月ちゃんと千草さんは、思いがけない再会を果たすことになったわけだけど、ここでひとつ、矛盾が生じてしまうんです」

天井を見あげながら、わざと勿体《もったい》ぶった調子で言ってやった。

「小橋の身体に千草さんが降りてきたのは確か、十一月の初めぐらいのこと。それ以来、千草さんはずっと、小橋の中に入りっぱなしになっている。そうだよな？」

「ええ、誓って間違いありません」

私の問いに、美琴が即座に答えた。

「一方、美月ちゃんの身体に千草さんが降りてきたのは、小橋のほうよりも一ヶ月早い、十月の上旬ぐらいだったはず。それ以来、こっちもこっちで今日この日、今この瞬間に至るまで、千草さんは美月ちゃんの中に入りっぱなしになっている。これはなんだろう。高鳥千草っていう故人が、ふたりもいるってことなのかな？」

さらに勿体ぶった調子で首を傾げ、美月の顔をまじまじと覗きこむ。

私の言葉に美月は色を失い、驚きと混乱に目を丸くしながら沈黙している。

「いるわけないよな？　分骨しようが、位牌《いはい》を何個も作ろうが、亡くなった人間の魂が分裂するなんてことはありえない。プラナリアじゃあるまいし。ということはそうです。どちらかの千草が、偽物だってことになる」

言い切るなり、すっくと立ちあがって美月を上から鋭い視線で見おろす。

「お前、誰？」

私の問いに、美月は沈黙したまま目を伏せる。

「いや、今のは形式的な質問だ。本当はもう知っているし、答えたくないなら別にいい。しかしあれだな？　お前の腐った性根は、あれからずーっと変わんなかったってわけだ。変わったのは、女装癖に目覚めたぐらいか？　このみっともねえ、お漏らし小僧が」

私が薄笑いを浮かべながら語りかけるのと同時に、美琴が懐から例の人形を取りだし、うつむく美月に向かって微笑みながら、ぶちりと首を引っこ抜いた。

とたんに美月がぱっと顔をあげた。

「耳塞《ふさ》げ」

私の合図に、美月を除くその場にいた全員が両手で耳を塞ぐ。

「ッッああああああああああああああああああああああああああああああああああ！」

これだ。十一年ぶりに聞くが、心底うんざりする。

芹沢真也の十八番《おはこ》である。己の霊力を絶叫にこめて放つという大層質《たち》の悪いこの技で、十一年前に千草は殺されてしまったのだ。私もかなりの痛手を負わされた。

脳天をぐらぐらと揺さぶるような甲高い大絶叫が、狭い部屋じゅうに高々と木霊する。耳を塞いでいても気分が悪くなってくる。おまけに未《いま》だ痛みの治まらない背骨にも響き、膝《ひざ》が折れそうなほど悶絶《もんぜつ》させられた。

声は十秒ほど長々と続いたあとに、ようやく止まった。

同時に美月ががくりと項垂《うなだ》れ、畳の上にどっと倒れこむ。

「美月！」

謙二が真っ青になって叫び、同時に美琴が、美月の傍らへ駆け寄って腰をおろした。

それから美琴は、美月の頭をそっと起こして膝枕《ひざまくら》をした。優しげな手つきで頰を撫《な》で、髪の毛を撫でつけながら、「がんばったね。大丈夫。大丈夫だからね」と語りかけた。

その様子を私たちが静観していると、やがていくらの間も置かず、美月が目を開いた。

「怖かった……。もうあいつ、わたしの身体にいないんですか？」

「うん、いないよ。安心して。戻ってきたって、わたしたちがやっつけるから大丈夫」

怯《おび》える美月に微笑みかけると美琴は顔をあげ、「抜けました」と言った。

「できればこの場で仕留めたかったけど、まあいいや。またすぐ戻ってくるだろう」

こちらに箱がある限り、あいつは絶対に戻ってくる。その時にかならず仕留めてやる。

これもプランBの中に織りこみ済みだった。

「郷内さんと深町さんって、いつ頃から気づいていたんです？」

横たわる美月の傍らから、謙二が尋ねてきた。

美月の中に入っているのが千草ではないと気がついたのは、私も深町も美月と初めて接触を持った時だった。私は単に長年の勘から、深町は自身と清美さんに生じた頭痛と胸の苦しさから、美月の中に入っているものが「普通のもの」ではないと判断した。

ただし、この時点では、どこの誰が美月の中に入っているのかまでは分からなかった。はっきり裏が取れたのは、佐知子の話の中に真也の名前が出た瞬間である。

だが、佐知子の口から名前が出ただけでは、美月の中にいる者の正体とは直結しない。他にも事前にいくつか裏付けになるものを知っていたので、正体が分かったのである。

裏付けのひとつ目は、椚木の一族における若い世代の連続不審死だった。

二〇一四年八月に椚木早紀江《さきえ》が死亡して以降、二〇一五年三月に皆川美緒が亡くなり、続いて同年の九月に黒岩春菜、そして今年の六月に椚木園子《そのこ》が亡くなっている。

だが、早紀江が亡くなる八ヶ月前にも、椚木の一族では若い世代の人物がもうひとり、亡くなっている。それが芹沢真也である。

二〇一三年の十二月、目覚めたカカ様の祟《たた》りで真也は乱心し、車ごと川に飛びこんで死んだのだが、死後も箱を求める執念は変わらず、八ヶ月かけてこの世に戻ってきた。

ところが、箱を手にするためには生身の身体が必要となる。

そこでこの外道は自分と血縁が近く、比較的身体に入りこみやすそうな椚木の一族の若い世代を狙って、身体にとり憑《つ》き始めたのである。

初めは早紀江にとり憑いたものの、そこで多分、ふたつほど問題が生じた。

ひとつは、生身の人間に長い期間とり憑くと、対象の身が持たずに死んでしまうこと。

そしてもうひとつは、生身の身体を使って佐知子の家に行ったとしても、家は結界札で満遍なく覆われているため、悪霊と化した真也は入ることができないということ。

そこで諦《あきら》めればいいものを、真也はさらなる行動に出た。

大量に結界札が貼られた家をものともしない、椚木の人間を探し始めたのである。

地図の上で、初めに亡くなった早紀江の家から、次の犠牲者の家を線で結んでいくと、真也の残した足跡がそっくりそのまま現れる。

早紀江、美緒、春菜、園子の家の順番に、結んだ線は北から南へ下っていくのである。

園子の家からさらに少し南にあるのが、美月が今現在暮らしている仙台市内の叔母の家。

そしてそこからさらにもう少し南に位置しているのが、深町の住むマンションである。

真也の最終的な目標は、美月を使って深町を騙《だま》し、佐知子の家の結界を解除させるか、あるいは深町に直接とり憑いて、自分で佐知子の家の結界を解き放つ。

おそらくこれが狙いだったのだろうと思う。

本職ゆえ、常人よりもはるかに勘の鋭い深町が、美月にとり憑いた真也に接近されて体調に異変を来たすのは当たり前だったし、同じく椚木の血を引く本物の清美姉さんも、美月に接近されれば不穏な気配を察して、容態に異変を来したのだと思う。

ただ、これだけでは単に状況から推察した、私の憶説に過ぎないものになってしまう。

それを補強するのが、ふたつ目の裏付けだった。

十一月十三日に黒岩家を訪ね、春菜の供養をさせてもらった際、私は春菜に向かって「よければ話を聞かせてもらえないか？」と心の中で尋ねた。

私には死者との交信を得意とする霊媒の素養はほとんどないため、返事をもらうのが精一杯だったが、それでも了解の返事はもらうことができた。

その後、美琴に電話で了解の返事を伝え、美琴に春菜と交信してもらったのである。その結果、美琴も詳細までは訊《き》きだせなかったものの、春菜は何者かにとり憑かれて体調に異変を来たし、無念の思いで亡くなっていることが分かった。

これで深町の許《もと》へ向かって南下していく、連続不審死の一本線が単なる偶然ではなく、明確な意図を帯びた一本線であることが分かった。あとは線を引いて南下している者が誰なのか分かれば、美月にとり憑いている者が誰なのか分かるというしだいである。

美月にとり憑いているのが千草ではないと分かった時点で、無理やり憑き物落としを決行することもできなくはなかった。

しかし、美月の件と並行して、私たちの周りには、千草の面を被《かぶ》った女が出没したり、イザナミちゃんが現れたりもしていた。美月にとり憑いているものの背後にあるものや、今回の件の全容が分からないことには、迂闊《うかつ》に手をだす気になれなかったのである。

結果として、それは正解だったと思う。相手が誰なのかも分からず、憑き物落としを決行していれば、真也の大絶叫をもろに浴びて、私も深町もお陀仏《だぶつ》だったことだろう。

急がば回れとは、まさにこのことである。

謙二へひとしきり説明が終わったところで、今度は美琴が声をあげた。

「そうだ。郷内さん、実は割と前から気づいていたんじゃないですか？　わたしの中に千草さんが降りてきていること。ついでというわけじゃないんですけど、もしよければ、いつ頃気づいていたのか、教えてもらえません？」

「見くびってもらっちゃ困るね。最初に仙台で合流した、まさにあの日からだよ」

笑いながら答え、どうやって見破ったのか、美月の件と合わせて詳細を説明していく。

ふたりが何かにとり憑かれていると、はっきり判別できたのは食事である。

美琴も美月も、異様なまでの食欲だった。

カラオケボックスで、大きなパフェをふたつもぺろりと平らげた美月と、ふたり分のハンバーグセットを完食した美琴の姿を見て、すぐに「なるほどな」と思ったのである。

過去にいくつも前例がある。何かに憑依《ひょうい》されている人間というのは食欲が増進されて、やたらと量を食べるようになる。それはおそらく、とり憑かれていることで消耗される体力を身体が勝手に求めるのと、もうひとつは憑依した者が求める分もひとつの身体で食べるからなのだろうと思う。

ちなみに過去に確認された同じ例を振り返ってみると、この場合、どれだけ食べても当事者が太ることは決してなかった。小夜歌の話では、自宅に泊まりに来ていた美琴は、毎回ドカ食いだったそうだが、見る限りではこのひと月で体形が変わった様子はないし、食欲だけは旺盛《おうせい》だったという美月のほうは、日に日に痩《や》せ衰えていっていた。

美琴に何かがとり憑いていて、それが千草だろうと確認するのは簡単だった。

「高鳥さん、覚えてますか？　世間は狭いな、椚木くん」

謙二に言うと、すぐに「我々には狭すぎるんでしょうよ！　ですか？」と返ってきた。

『インディ・ジョーンズ　最後の聖戦』で交わされる、短いながらも印象深いセリフで、なおかつ謙二と千草が再会した際に交わされた、思い出深いやりとりでもある。

十一月に小夜歌の仕事場を辞した帰り道、美琴に何気ないそぶりで振ってみたところ、美琴は即座に「わたしたちには狭すぎるんでしょうね」と答えた。

一方、美月に振ってもきょとんとした顔をしただけで、千草だったら返ってくるべきセリフが出てくることはなかった。これも真贋《しんがん》の判別に有効だったのである。

「だから初日に分かってしまった。小橋も自分の口で『黙っていることならある』って言っていたから、それで裏付けも取れてしまったし、割とバレバレだったんだよ」

私の言葉に「なるほど」と言って、美琴はうなずいた。

十一月六日の深夜、美琴の枕元に突然現れた千草は、美琴にひとしきり伝言を伝えたその後、美琴に美月の救出を依頼した。

美琴が合意すると同時に、千草は美琴の身体に入りこみ、互いに意識の混じり合った状態で私の前へと現れ、以来ずっと行動を共にしてきた。

要するに私は、美琴と一緒に美月救出の手がかりを追い求めながら、千草とも一緒に美月を救《たす》けるために動き続けてきたのである。

千草がまったく面識のない美琴の許に現れたのは、椚木の一族に残された因縁の力か、それとも先代桔梗が祈り続けた縁結びによるものか。

私としては、先代桔梗の導きだったと思いたい。縁が美琴と千草を結び合わせたのだ。

美琴の前に千草が現れた時、千草は「息も絶え絶え」といった様子だったのだという。理由はあとから分かった。原因はやはり真也である。

幼い頃の顔写真を勝手に使われ、薄気味の悪いタルパを大量生産されたことによって、成仏していたはずの千草の魂は穢《けが》され、すっかり弱りきってしまったのだろう。

それでも美琴の許を訪ねることができたのは、おそらく小夜歌のおかげだろうと思う。その三日前の昼、小夜歌の依頼で私が千草へ供養の経を手向けたことで、少しなりとも気力を取り戻せたのかもしれない。

これまでに起きたことを思い返して考えれば考えるほど、つくづく多くの縁によって今回の件は互いに結び合わされ、大きな太い線となったのだと改めて感じさせられた。

そしてそれは、もうすぐ終わりを迎えようとしている。

残る仕事はあとふたつ。

神殺しの儀と、芹沢真也の殲滅《せんめつ》である。

神殺しの儀【二〇一六年十二月十日　午後十一時】

いろいろ話しこんでいるうちに、気づけばそろそろ十一時を回る時間になっていた。終電はとっくに出てしまったので、車で来た桔梗と佐知子以外は、帰る足がない。神殺しの儀に参加する面子《メンツ》はともかく、謙二と美月には悪いことをしたなと思う。これから私たちは、我が家の門口の前に延びる坂道を上って、お不動さんへ向かう。箱の封を解く前に、深町が周囲に結界を築く手はずになっていたが、それでも場所はどこでもいいというわけにはいかないだろう。

周りに人家や道路、人が来る気配もなく、なおかつ夜間に大声で呪文《じゅもん》を唱え続けても迷惑にならない場所といったら、お不動さんしか思い浮かばなかった。

お堂の周りは鬱蒼《うっそう》とした森に囲まれているし、近くに人家のたぐいや人の気配もない。加えて他力本願というわけではないのだが、紛《まが》い物の神を滅する儀式を本物の仏の前でおこなうことは、心強くも感じられた。

相談し合った結果、反対する者もおらず、最後の舞台をお不動さんに決めたのである。

謙二と美月は我が家に待機してもらうこととし、万が一、何かあった時のことを考え、深町に頼んで家の周りに結界を張ってもらった。

私が家内の四方に貼った御札は、美月にとり憑《つ》いた真也に警戒されることを危惧《きぐ》して、桔梗たちに撤去してもらっていたので助かった。

深町が結界を張り終え、出発を前に最後の打ち合わせを始めてまもなくのことだった。外から坂道を上ってくる車のエンジン音が近づいてきて、我が家の敷地へ入ってきた。

「誰でしょう？　他にも誰か来る予定があるんですか？」

美琴の問いに「さあね」と答えながら席を立ち、廊下を渡って玄関口へと向かったが、エンジン音から察してそれが誰なのか、私はすでに分かっていた。

「おい！」という言葉に応じて玄関戸を開けると、目の前には神主の支度に身を包んだ水谷《みずたに》さんが、厳《いか》めしい顔をして立っていた。

両手には、蟇目《ひきめ》の法に用いる巨大な弓を二本携えている。

「すみませんね。つくづく手のかかる弟子で」

「誰がお前のためになんぞ来るもんか。お前の女房に泣き付かれたから来てやったんだ。このたわけものの馬鹿弟子が」

一昨日《おととい》の夜、久しぶりに水谷さんの仕事場を訪ね、事のあらましを伝えていた。別に水谷さんに神殺しの儀の手助けを頼みにいったわけではない。当日、真弓の身に危険が及ばないようにするため、一晩匿ってほしいと頼みにいったのである。

真弓は今朝、水谷さんの家に連れていった。今も水谷さんの家にいるはずである。

無言で深々と頭をさげ、それから仕事場に水谷さんを通し、その場の一同に紹介する。

齢《よわい》七十を越える我が師匠の登場に、仕事場に集まった一同は驚いたが、神殺しの儀に協力してもらえることを知ると、口々に感謝の言葉を述べた。

先日、桔梗の仕事場で組んだ段取りを、あれからさらに練り直していた。

打ち合わせと並行して水谷さんに伝えると、「分かった」と短く答えた。

内心、渋い顔をされて反対されるだろうと思っていたので、予想外の返答だった。

「大筋は分かった。俺はお前さんたちの補助を務める。思うとおりに進めていけばいい。だが、万が一、不測の事態が起こっても尻拭《しりぬぐ》いはできんからな。俺は保険にはなれない。保険とするには歳を取り過ぎている。それだけはよく肝に銘じておけ」

水谷さんの言葉に、私を含む実行メンバーの全員がうなずく。

「とにかく恐れないこった。それにどれだけ冷静でいられるかだ。心掛ければ勝てるし、忘れれば負けて死ぬ。これも肝によく銘じておくこった」

水谷さんの忠告を最後に、私たちは謙二と美月を仕事場に残して家を出た。

懐中電灯を携えた私と深町と桔梗の三人が先頭に立ち、家の門口から山へと向かって延びる暗い坂道を上っていく。門口から少し上った先の道端に立つ外灯を歩き過ぎれば、あとはお不動さんがある森の中まで、辺りは漆黒の闇である。

ひどく寒い晩だった。山から吹きおろしてくる凍《い》て風が、骨身に沁《し》みて身がわななく。仕事用の黒い着物の上に外套《がいとう》を羽織っただけという薄着のせいも確かにある。

だが、身体は寒さに震えているだけではないようだった。

やがて懐中電灯が照らす暗闇の先に、さらに濃い暗黒を孕《はら》んだ森の入口が見えてくる。寒風に煽《あお》られ、ざわざわと騒ぐ樹々の音を聞きながら、細い砂利道を進んでいく。

しばらく進んでいくと視界が開け、お不動さんの古びた小さなお堂が見えてきた。

境内の敷地は十平米ほど。お堂の前に手水鉢《ちょうずばち》と、向かい側に小さな池があるぐらいで、他は何もない。あとは砂利の敷かれた平らな地面があるだけである。

お堂の前にみんなで並んで向かい、手を合わせる。

境内をこんなことに使ってしまう非礼を謝罪し、さらなる勝手を重々承知しながらも、できれば力を貸していただきたいと祈った。

お参りが済むとお堂の前の地面に箱を置き、急いで準備に取り掛かった。

深町は、敷地の周囲に青竹を支柱にした注連縄《しめなわ》を張り巡らせ、ポンプの封印に使った結界と同じものを展開していった。

結界は、封を解いた蛇を外部へ逃がさないようにするためと、蛇の力を弱める破邪の役割を兼用している。結界の内側に発生する破邪の力が、蛇に対してどれほどの効果があるのかは分からない。深町曰《いわ》く、「おそらく効いても気休め程度」とのことだったが、ないよりははるかにマシである。

結界が完成すると、今度は全員で箱の前に向かって座し、魂鎮めの祝詞《のりと》をあげた。

これは造り神としてのカカ様を鎮めるためのものではなく、カカ様のベースとなったシロちゃんの魂を鎮めるためのものである。

魂鎮めは先代桔梗も何度かおこなったらしいが、箱からはなんの反応も感じることはなかったという。その一方で、陽呼は「神さまはまだ生きている、眠っているだけ」と言っていたようだが、果たしてそれはどうなのだろう。

目覚めの儀式とやらは失敗に終わったようだし、魂鎮めの祈りにも反応がないのでは、シロちゃんの御霊《みたま》はもうすでに、遺骸《いがい》の中に宿っていないのではないかと思う。

仮にそうだとするなら、震災の日に箱の中から佐知子を睨《にら》みつけ、遺骸の入った箱を何度処分しようとしてもさせなかったのは、シロちゃんではない。

在りし日の弓子が〝カカ様〟と名づけて崇《あが》め祀《まつ》り、シロちゃんの遺骸を元に創造した造り神だったということになる。

陽呼の「まだ生きている。眠っているだけ」が指していたのは、シロちゃんではなく、カカ様のほうだったのではないか。だから目覚めの儀式でシロちゃんの名をあげようと、遺骸はなんの反応も示さなかったのである。

シロちゃんの御霊が抜けた空っぽの遺骸に弓子の造り神が宿り、さらにその造り神へ上塗りする形で陽呼たちの悪意と欲望が宿って完成したのが、箱の中に封じられている前代未聞の忌まわしき化け物なのだ。

こうした推察が成り立ったからこそ、美琴はカカ様の骨組みをタルパと同じと定義し、私も危険な賭《か》けとは承知しながらも、美琴の決断に同意したのである。

思いを巡らすうちに祝詞が終わった。だがやはり、箱から感じるものは何もなかった。

「どうです？　何か感じるものはありましたか？」

桔梗の問いに視線を前方に戻し、「いいえ。残念ながら」と答える。

祝詞をあげた他の面子も、箱の内から放たれ続ける禍々《まがまが》しい気配以外に感じるものは何もなかったという。

隣で箱をじっと見つめる美琴に声をかける。

「覚悟は？」

「とっくに」

箱を見つめたまま、美琴が答えた。

では始めるか。胸がすかっとするような完全勝利を目標にして。

それぞれが持ち場について臨戦態勢に入る。

美琴は箱の真ん前に座して、持参したバッグから直径十五センチほどの円筒形をした真っ白い石を取りだした。石の両端は丸みを帯びて、カプセルのような形になっている。件《くだん》のハートアタックに用いる石なのだという。

続いて、美琴の斜めうしろから左側に小夜歌と佐知子、右側に私が座る。さらに私は、水谷さんから借り受けた弓を手元へ置いた。

深町は私たちからさらに背後、敷地の中央付近に腰をおろし、その傍らに水谷さんが弓を携え、遠くの闇を見ながら屹立《きつりつ》した。そして桔梗は、美琴の真正面に座った。

「開けますよ。いいですね？」

無言でうなずくと、桔梗が箱の表に幾重にも貼られた御札を手際よく剝《は》がしていった。箱の表面が露《あらわ》になる。粘ついた湿り気を帯びた、まるで汚泥のような質感だった。

慎重な手つきで桔梗が蓋《ふた》を開ける。身を乗りだして中を覗《のぞ》きこんでみると、佐知子の話に出てきたとおりのおぞましい物体が、中からこちらを見つめていた。

真っ白な顔をした髪の長い女の頭が額に突き刺され、細長い背中にも背びれのごとく女の首を並べ生やした、蛇の木乃伊《ミイラ》。見ているだけで吐き気がしてくる。

一方、首が刺された蛇の身体は、ゴムホースと同じぐらいの太さ。くるりと丸まった身の長さはおそらく五、六十センチほど。並んだ首と首の隙間から覗いて見える体表は、がちがちに固まって黒ずんでいるが、太さも長さも普通の蛇のそれにしか見えない。

かつて生きていた頃は、ずんぐりとした体形と、白くてふさふさした和毛《にこげ》に覆われた、まるで猫のように愛くるしい存在だったと、佐知子は語っていた。

だが、本当にこの干乾《ひから》びた黒い蛇は、そんな浮世離れした生き物だったのかと思う。

私はこの蛇の正体を、椚木の家で祀られていたものと同じではないかと考えていた。見る者によって姿形を自在に変える、常世《とこよ》の存在である。

あるいは当時、精神的に極限状態まで追いつめられていたであろう、佐知子と弓子の心が無意識に作りあげた、奇跡と安らぎの象徴。造り神の前身ともいうべき存在である。

だが、その正体がなんであろうと、佐知子と弓子が体験した記憶自体は本物だろうし、ふたりが味わってきたこの世の地獄も、紛《まご》うことなき事実である。

十朱弓子、高鳥千草、深町里美。

三人の〝壊れた母様〟の運命を蝕《むしば》んでいった悲劇が、まるで蛇のごとく絡まり合って始まったこの凄まじく大きな災禍も、今夜でようやく終止符を打つことができる。

誰も欠けることなく、怪我もせず、ひとつの災いも受けず、完全無欠で勝利する。

それが私たちの誓いだった。だから絶対に負けることはできない。

思っていたところへ周囲の空気が、ぶわりと歪《ゆが》んだ。続いて背筋に激しい悪寒を覚え、たちまちひどい寒気に襲われる。

続いて、目の前で竜巻が発生したかのような凄《すさ》まじい強風を、肌身に感じた気がした。

風は激しくうねりながら、箱から頭上へ向かって駆け上るように突き抜けてゆく。

「待って。待ってください……嘘でしょう？　まさかこんな、こんなのって……」

お不動さんの頭上にぽっかり開いた夜空を見あげながら、がちがちと歯の根を震わせ、美琴が言った。こちらを向いた顔は真っ青で、目には薄っすらと涙が滲《にじ》み始めている。

美琴が何を言わんとしているのか、すぐに分かった。私も同じものを感じていたから。

だが、同調するわけにはいかなかった。

「落ち着け、小橋。大丈夫だから落ち着け。万が一の時には俺がやるし、みんなもいる。頼むから、お願いだから取り乱すな」

「でも……でもこんなに大きいなんて思ってませんでした。聞いてた話と全然違います。だってこれじゃあ、まるで山よりも――」

「黙れ！　それ以上、くっちゃべるな！」

美琴の言葉を遮るように、背後に立っていた水谷さんが怒声を発した。

「でかいと思えば思うほど、手がつけられない相手になっていく。言葉にしてしまえばなおさらそうなる。迂闊《うかつ》な言葉がこの場にいる全員に伝わって、一斉に怯《おび》え始めてみろ。こっちに勝機は一切なくなる。心してかかれ！」

水谷さんの言葉に美琴ははっとなり、短く「はい！」と返して居住まいを正す。

「大丈夫。全力で支援しますから」

桔梗も美琴に向かって声をかける。だがその声は震えていた。

横目で小夜歌の様子をうかがうと、今にも倒れそうなほど真っ青な顔をしている。ふたりの慄《おのの》き具合はおそらく、私自身も大差ないだろうと思う。私だって怯えていた。

「始めます！」

桔梗の号令を合図に、私と小夜歌、桔梗の三人で魔《ま》祓《ばら》いの呪文《じゅもん》を唱え始める。

余計なことは考えまい。何も考えまいと努めながら唱える呪文に集中しようとしても、頭の中に生々しい映像が勝手に浮かびあがって、意識の一面を覆い尽くす。

頭上の空には美琴の言ったとおり、山より巨大な蛇が身をくねらせながら泳いでいる。長い胴体を陰気な紫色に染めた蛇の頭は、髪の長い女の顔で、両目は閉じられている。顔は背中にも縦一列にびっしりと背びれのごとく生え並んでいて、いずれの顔も両目が閉じられ、死人のように蒼《あお》ざめた顔を沈黙させている。

絵が頭の中へ勝手に浮かんでくるだけで、それが実際に肉眼で視えるわけではない。だが、頭の中にはっきりとした実像と存在感を帯びて見えてくるのは確かだった。

こんなものなど実在しない。頭の中に浮かんでくるのは、人の道を踏み外した連中が生みだした妄想の産物に過ぎない。だから何も恐れることはない。

必死に自分を納得させようと努め、身体の芯《しん》から湧きあがってくる恐怖を鎮め始める。

そこへ背後で「びん！」と鋭い音が木霊した。水谷さんが蟇目《ひきめ》の法を使ったのだ。

だが、頭の中に立ち上ってくる巨大な蛇のイメージは、少しも薄らぐことがなかった。考えまい、恐れまいと努めても、額の内側辺りに蠢《うごめ》く蛇の絵が勝手に再生されていく。

蛇は上空の闇空に、８の字を描くような形で舞っている。魔祓いの呪文を唱えながらその動きを感じていると、ふいに蛇の頭が高度をさげ、こちらへ向かっておりてきた。

はっとなって上を見あげた時には、二メートルほど上空に巨大な女の顔が迫っていた。女の目蓋《まぶた》が開く。濁った結膜のまんなかに真っ赤な瞳《ひとみ》が覗く、異様な目をしていた。目と目が合ったとたん、巨大な氷柱《つらら》に脳天から身体を一気に刺し貫かれたかのような凄まじい冷気が、全身を駆け巡る。

蛇はそのまま天に向かって首を捻《ね》じ曲げ、再び上昇を始めていった。だがそのさなか、背中に生えた無数の女の首が次々と眼前を掠《かす》め、閉じられていた目蓋を開いていく。

開いた女の目に見つめられるたび、身体の中に渦巻く冷気が加速度的に増していった。激しい震えに身ががたつき、呪文を唱える声すらまともにだせなくなってくる。

鼓動の勢いも太鼓のように激しく跳ねあがり、全身を駆け巡る異様な寒気と相俟《あいま》って、普通に座っていることすらできなくなってきた。蛇の尻尾《しっぽ》が頭上の闇を切り裂くように掠め去り、夜空へ向かって上昇するのを確認すると、堪らず両手がどっと地面についた。前傾姿勢で呪文を唱え続ける。

なんなんだ。佐知子の家は桔梗の結界札で封じられ、ポンプから注ぎこまれる霊気は、ずっと遮断されていたはずなのに。箱の中に閉じこめられている間、蛇が自分の意思でここまで力をつけて、大きくなったということか。

いや、余計な解釈を求めるな。理屈を求めて納得したりすれば、蛇は私の意識の中でますます恐ろしく、邪悪なものへと肥大していく。大したことなどないと思え。

いつのまにか呪文を唱える小夜歌の声が消えていた。見ると、両手で頭を抱えながら前のめりにうずくまり、がたがた肩を震わせている。小夜歌の向こうに見える佐知子も両手で耳を押さえながら、歯の根をがちがち鳴らしていた。

桔梗も顔色を真っ青にしていたが、唇をわななかせながらも、呪文は唱え続けていた。続いて、美琴の背中へ視線を向ける。頭上を振り仰ぎながら両手を左右に大きく広げ、手拍《てばた》きの構えをとっていたが、両手はがたつき、身体は石のように固まっている。

そこへ背後で再び「びん！」と鋭い音が木霊した。

呪文を唱えながら振り返ると、水谷さんが森の彼方《かなた》の暗闇に向かって弓を構えていた。上空ではなく、前方に見える森に向かって構えている。

たちまち気配を感じてぞっとなる。結界が張られた向こう側から、潮が騒《ざわ》めくような たくさんの気配を感じた。無論、この世に生きる者たちが発するものではない。

カカ様を〝神〟と認識した悪霊たちが、森から這《は》いだし、山からおりてきたのだろう。邪悪な蛇の眷属《けんぞく》になるため、こちらへ向かって進んできているのだ。

深町は水谷さんの傍らに瞑目《めいもく》しながら座して、結界の補強と維持を担当している。

だが、その顔は紙のように白くなり、今にも瞑目したまま昏倒《こんとう》しそうな雰囲気である。

水谷さんが森に向かって立て続けに三度、弦を引き絞った直後だった。

頭上からまたしても、蛇がおりてくる気配を感じた。

見まい見まいと努めても無駄だった。頭の中に湧いてくる映像は遮断されることなく、意識の上へ否応《いやおう》なしに展開されていく。

必死の抵抗も虚《むな》しく、まもなく間近に蛇の顔が迫ってきた。閉じ結ばれていた両目が開くと、寒気が一層激しさを増し、高圧電流を流しこまれたかのように総身ががたつく。

再び上昇していく顔のうしろに並ぶ無数の首たちも次々と眼前で目を開き、そのたびに寒気と震えが耐え難いほど増していった。

寒さと恐怖に耐えきれず、呪文を唱える声が途切れ始めてきた、その時だった。

ぱん！　と乾いた音が、森閑とした闇の中に炸裂《さくれつ》した。

とたんに上空を飛び回る蛇の気配が消え、頭の中で渦巻いていた映像も消え失《う》せる。

前方では、美琴が胸の前に両手をぺたりと張り合わせ、大きく肩を震わせていた。

捕えた。あとは美琴がハートアタックを決めれば、蛇は完全に消える。思った刹那《せつな》。

美琴が突然、弓なりに仰《の》け反り、金切り声を張りあげた。

そのまま地面へ仰向けに倒れこむと、美琴は腹を反り返らせながら悲鳴をあげ続けた。

「ミコッちゃん!」

小夜歌ががばりと上体を起こし、美琴の身体へ縋《すが》りつく。だが、美琴は手足を激しくばたつかせ、小夜歌の制止を振りほどこうともがき始めた。一拍置いて佐知子も美琴の傍らに駆け寄って身体を押さえつけたが、美琴は悲鳴をあげて暴れ続けた。

「小橋さん! 大丈夫だから! わたしたちも外から魔祓いをかけて弱らせるッ!」

美琴の耳に顔を寄せ、桔梗が鋭い声で叫ぶ。

私も美琴の傍らへ向かい、魔祓いの呪文を再開しようと口を開く。

そこへ背後から「おい!」と水谷さんの叫ぶ声が聞こえた。振り返ると、水谷さんが私を見つめながら無言でうなずいた。すぐさま事態を呑《の》みこみ、狼狽《ろうばい》する。

結界の外から感じる気配が、一段と増していた。気配は先刻よりも段違いで多くなり、濃くなり、そして何より、近くなってきている。

「すみません。小橋を頼みます」

桔梗に断ると、傍らに置いていた弓を引っ摑《つか》んで立ちあがり、水谷さんの許《もと》へ向かう。

「数が多過ぎる。手伝え」

水谷さんに言われるより先に、歩きながら森の奥へと向かって弦を引いていた。

「時間次第だが、場合によっては持たないかもしれない。その時は私も迎え撃ちます」

胸元で両手に印を結んだ深町が、私を見あげながらつぶやいた。

背後では美琴の悲鳴と、桔梗たちが唱える魔祓いの呪文が絶え間なく聞こえてくる。

果たしてこれも結界の効能か。注連縄《しめなわ》の向こうに見える樹々の間や草むらの陰などに凄《すさ》まじい気配を漂わせる者たちの姿はひとつも視えなかった。だが、姿は視えなくても気配だけでどこに何がいるのかは、大体知ることができた。

敷地の中心に座する深町を挟んで水谷さんと背中合わせに立ち、森の中へと向かって、視えざる矢を次々と射ちこんでいく。

そうして一心不乱に弓の弦を引き始め、五分ほどが過ぎた頃だった。背後で聞こえる美琴の悲鳴とは別の、身の毛もよだつような甲高い声が遠くから聞こえてきた。

声は敷地の脇に延びる、山へと続く細い坂道のはるか向こうから聞こえてくる。

声は少しずつ、だが確実に大きくなり始めた。真っ暗闇の坂道を一直線に駆けながら、こちらへ向かって近づいてきているのが分かる。

それはつい先ほど、仕事場で聞いた声とまったく同じ声だった。

真也が戻ってきたのである。

結界は外部からの侵入者は防ぐのだろうが、現にこの距離からでも聞こえてくるのだ。おそらく声の被害までは防いでくれまい。現に声を聞いていると具合が悪くなってくる。美琴もあんな状態に陥っているし、これ以上接近されれば総崩れにもなりかねない。

注連縄の向こうに見える坂道ではなく、頭上に向かって弓を構えて弦を引いた。

そのまま弓を放りだし、注連縄をくぐり抜けて声に向かって坂道を上っていく。

背後で「ちょっと！ どこに行くんですか！ やめてください！」と深町が吼《ほ》えたが、構わずそのまま進んでいく。注連縄の外側へ出ると、周囲で色濃く気配を漂わせていた連中の姿を至るところに認めることができたが、それにも構わず坂道を上っていく。

やがて坂の上の彼方から、真っ黒い人影が駆けおりてくるのが視えた。

「あああああああああああああぁぁぁぁぁ……」

黒い人影は開いた両手をまっすぐ突きだし、絶叫を張りあげながら坂道をおりてくる。

私も両手で耳を塞《ふさ》ぎながら、影に向かってずかずかとした足取りで突き進んでいく。

「あああああああああああああああぁぁぁぁぁぁぁぁ……」

やがて互いの距離が狭まり、影の仔細《しさい》がはっきりしてくる。だが、こちらへ向かってやってくるそれは、どれだけ目を凝らそうと黒一色の人影に過ぎなかった。

外道の成れの果てか。とうとう落ちるところまで落ちてしまったな。実にお前らしい。

「ああああああああああああああぁぁぁぁぁぁぁぁ……」

佐知子の弱みに付けこんでたぶらかし、母親の名を使って美月を騙《だま》したな。腐れ外道。

「あああああああああああああああぁぁぁぁぁぁぁぁぁぁぁ……」

何人殺した？ ガキの我が儘《まま》みたいな目的のために、今まで一体、何人殺してきた？

高鳥千草、椚木早紀江、皆川美緒、黒岩春菜、椚木園子。みんなの仇《かたき》をとってやる。

「あああああああああああああああああぁぁぁぁぁぁぁぁぁぁ！」

影が一メートルほど前方まで近づいた時、真っ黒い顔の中に白い目と口だけが見えた。

その顔は、はっきりと嗤《わら》っているのが見て取れた。

でも個人的には。


「あ」


加奈江の仇だ。ざまあみろ。

ずどん！と轟音《ごうおん》が弾《はじ》けるとともに、人影が頭から地面へ圧《お》し潰《つぶ》されるように倒れた。

うつ伏せに倒れた影は、たちまち夜の闇に溶けるようにして跡形もなく消えていった。

先刻、結界から出る前に頭上へ向かって放った視えざる矢を、脳天に降らせてやった。

視えざる矢を当てるのに技術など必要ない。想像し、信じる力が矢を当てさせるのだ。

信じる力さえあれば、矢はどんな軌跡でも描き、どんな距離にいる敵にでも当たる。

本当はもっと痛めつけてやりたかったが、今はそんなことをしている余裕はなかった。

美琴の容態が心配だった。一刻も早く戻らなければならない。

周囲に渦巻く異形どもの気配は一層濃くなってきていたが、それがどうしたと思った。

指一本でも触れてきたら一瞬で消し去ってやると思いながら坂道を駆け戻っていくと、こちらに向かって近づいてくるものは、どれひとつとしていなかった。

お堂の前では、未《いま》だに美琴の悲鳴が木霊し続けていた。大急ぎで注連縄をくぐり抜け、仰向けになって身を捩《よじ》る美琴の許へ駆け寄っていく。

「駄目です。魔祓《まばら》いをかけ続けても効き目がないし、身体から追いだすこともできない。なんとかここから逃げだして、救急車を呼んだほうがいいと思います」

目に涙を浮かべ始めて話す桔梗の言葉を遮るようにして、美琴に向かって語りかける。

「聞こえているか、相棒？　そいつは弱い。すごく弱い。どうして弱いのかって言うと、心の弱い人間が造ったものだからだ。お前が負けるような相手じゃない」

涙で顔じゅうをぐしゃぐしゃにしながら泣き叫ぶ美琴の手を握り、静かに声をかける。

「小橋美琴のほうが強い。そんな出来損ないの化け物なんかと比べ物にならないくらい、お前のほうが強い。身体にえらい負担がかかるのを承知で、千草をずっと降ろしたまま、苦しい顔ひとつしないで、今日までひとりでがんばり続けてきた。そうだよな？」

問いかけると、美琴は眉間《みけん》に深々と皺《しわ》を刻みつけながら「ぐうぅん」と唸《うな》った。

「千草！　ミコッちゃんを救《たす》けなさいよ！　今まで散々世話になってきたんでしょ！」

小夜歌の叫びに美琴は両目を薄っすらと開き、小夜歌の顔をじっと見つめた。

「霊能師として最後にいい仕事をする。誰も欠けることなく、完全無欠で勝利するって誓ったよな？　俺も誓った、みんなも誓った。だから絶対、違《たが》えられない」

びくびくと激しく波打っていた美琴の身体の動きが、少しずつ和らいでいく。

「結婚して、台湾で暮らすんだろう？　大好きになった人のお嫁さんになるんだよな？　だったらこんなところでもたついてる場合じゃないだろう？」

その瞬間、美琴の目から涙がどっと溢《あふ》れ、私の手をぎゅっと強く握り返した。

「起こしてください」

掠《かす》れた声で美琴が言った。小夜歌とふたりで背中に手をかけ、上体を起こさせる。

美琴は苦悶《くもん》の声をあげながらも、どうにかお堂を正面にして座り直した。

目の前に置かれた石を持ち、両手で石を包みこむようにして握り締める。

「これでおしまい。無に帰します」

両目を静かに閉じ、深呼吸を数回したあと、美琴は石を握り締めた両手を頭の上まで振りあげ、自分の胸に向かって思いっきり振りおろした。

どん！　と鈍い音が響くと美琴の上体がくの字に折れて、がくりと首が下を向いた。

はっとなりながらも息を潜めてその様子を見守っていると、まもなく深々と項垂《うなだ》れた顔から細いため息が糸のように長く漏れ、続いて短いため息が「ほっ」とこぼれた。

「もう大丈夫。ありがとうございました……」

こちらへ振り向き、美琴が微笑む。そこへ身体がぐらりと傾き、再び倒れそうになる。

すかさず小夜歌が美琴を抱きとめ、「おつかれさま」と美琴の顔に頰をすり寄せた。

「気配、消えていきますね」

ぽつりとつぶやいた桔梗の言葉に周囲へ意識を巡らせると、結界の周りに感じていた無数の気配が、まるで時計の針を戻されたかのように遠のいていくのが感じられた。

「終わった。あとは最後の仕上げだけだな」

誰にともなく発した私の言葉に、その場にいた全員の口から安堵《あんど》の息がこぼれ漏れた。

それからお堂の前に全員で並び、お不動さんに感謝の念をこめて長々と手を合わせた。

ふらつく美琴に私と小夜歌が肩を貸し、ゆっくりとした足取りで自宅へ戻る。

帰宅後、庭の地面に箱を置き、その上に焚《た》き木を小さく組んで、灯油をかけ回した。

「十朱さん。これだけはあなたにしかできない仕事だと思います。お願いします」

佐知子に向かってマッチを差しだすと、佐知子は涙を流しながら受け取った。

「ごめんねシロちゃん、もっと早くこうしてあげればよかったね。本当にごめん……」

咽《むせ》び泣きながら佐知子が火のついたマッチを焚き木の上に放る。橙色《だいだいいろ》の炎が勢いよく燃え盛り、いくらのまもなく焚き木の下に埋もれた箱は、黒い墨へと変わっていった。

玄関口では謙二と美月が並んで立って、遠巻きにその様子をうかがっていた。

「寒い。中に入って温まりましょう」

火の勢いが衰えていくのを見計らい、一同を促して家の中へ入る。

仕事場に戻ってまもなく、最前から私が水谷さんにお願いしようと思っていたことを、ふと気がつけば水谷さんが勝手に始めてくれていた。

車から持ってきた鞄《かばん》から、水谷さんは小さな塔婆をだして座卓の上へとずらりと並べ、私たちにぶっきらぼうな調子で漢字を尋ねながら、表に次々と名前を書いていく。

高鳥千草、十朱弓子、二代目浮舟桔梗、椚木早紀江、皆川美緒、黒岩春菜、椚木園子、そして深町里美、深町清美——。

塔婆に名前を書き終えると、水谷さんは私の祭壇にそれらを横一列にして並べあげた。

「供養で今夜の一切を締め括《くく》る。この上ない幕引きだと思います。私も一緒に拝みます。母と姉の名までお書きいただいたこと、深謝いたします」

水谷さんのそばで様子を見ていた深町が、感嘆の息を漏らしながら声をあげた。

「あ、その前にちょっとだけ待ってもらっていいですか？」

同じく、部屋の隅で小夜歌に膝枕《ひざまくら》をされながら横になっていた美琴が手をあげた。

「わたしも一緒に拝ませていただきたいんですけど、その前にちょっとだけ」

「ね？」と言いながら、美琴は謙二と並んで座る美月に向かって微笑みかけた。

「美月、おいで」

美琴がぎこちなく上体を起こして両手を差し伸べると、今まで離れた位置から美琴の様子を黙って見ていた美月が涙で顔を歪《ゆが》め、嗚咽《おえつ》をあげながら美琴の胸に抱きついた。

「勉強、すごいがんばってるね。頭がいいのはあたしじゃなくて、お父さん譲りかな？これからもがんばって、なりたい自分になるんだよ？お祖母《ばあ》ちゃんによろしくね」

言いながら美月を強く抱きしめる美琴の口調と声は、在りし日の千草そのものだった。

「謙二」

美月を抱きしめながら、千草が言った。

「死んじゃったけど、こうやってまた会えてる。世間って、案外狭いもんでしょう？」

「だったら俺たちには狭すぎるんだろうな、千草」

涙に震える声で返した謙二の言葉に、千草は「うん、まあね」とうなずいた。

「今度のこと、ありがとう。よかったらこれからも美月のこと、お願いしてもいい？」

「そのつもりだよ。この間もふたりで話してた」

謙二の答えに千草は「よかった、ありがとう」と微笑むと、今度は小夜歌の顔を見た。

「ふん。ミコッちゃんをさんざん苦しめやがって、この図々《ずうずう》しい疫病神が」

「そう言わないでよ。悪いとは思ってる。でもお互い合意済みだったし、それは許して。おかげでこうやってあんたともまた話せてる。いろいろありがとうね」

「バカか。今度こそしっかり成仏して、二度とこんな形で戻ってくんな」

必死になって歯を食いしばらせながらも大粒の涙をこぼし、小夜歌が千草に毒づいた。

それから千草は私のほうを見た。

「俺はいい。ずっと一緒に動いてきた。強いて言うなら、俺のほうこそありがとう」

「何それ。全然意味が分かんない。だったらあたしにも言わせてよ。本当にありがとう。美月、ちゃんと救《たす》けてくれた」

「うん」と言ってうなずくと、千草はふわりと笑んで、それからゆっくりと首をおろし、それきり言葉を返してくることはなかった。

「ありがとうございます。じゃあ、始めましょうか？」

再び顔をあげた美琴の言葉に祭壇の前へ集まり、並んで座る。水谷さんの誦《しょう》し始めた経に声を合わせ、故人へ向かって供養の念を手向けた。

供養が終わると、午前三時を回る頃だった。

始発が出るのはまだ二時間ほど先だったので、それまでみんなでいろんな話をした。車で我が家を訪れた桔梗と佐知子、水谷さんも話に付き合ってくれた。

朝から夜中まで、あまりにも多くの難事をこなした長い一日だったが、どうにか無事にやりきったことを祝いながら、私たちは安んじた心地で夜を明かすことができた。

片割れを追って【二〇一七年一月二十六日】

高鳥謙二の依頼から始まった一連の災禍が完全に潰《つい》えた、その翌年。

新たな年を迎え、心身ともに落ち着きを取り戻し始めた頃に、私は三陸《さんりく》海岸の沖合に浮かぶ小さな島を訪れていた。

島には椚木昭代の実家であり、海上霞《うなかみかすみ》さんの実家でもある、立花《たちばな》の家がある。

二〇一〇年の四月初め、私は霞さんから出張相談の依頼を引き受け、三陸海岸沿いに居を構える彼女の嫁ぎ先、海上家へ向かった。

海上家には古くから、嫁いだ花嫁がかならず死ぬという祟《たた》りがあった。

くわしい時代は不明ながら、少なくとも十五代以上前、数百年も昔の話だそうである。

当時の海上家の当主が三陸海岸に浮かぶ小さな島にて、結婚したばかりの花嫁を見初め、半ばさらうようにして連れ帰り、海上家の嫁とした。

愛《いと》しい夫と無理やり引き離された花嫁は悲嘆と絶望にくれ、やがて心を病んでしまう。まもなく花嫁は海に身を投げ、行方知れずとなってしまった。

それ以降、海上家に嫁いだ花嫁はひとりの例外もなく、嫁いで数年以内に死ぬという祟りが生じるようになってしまったのだという。

花嫁の祟りを鎮め、新たに嫁いできた花嫁の生命を守るためにと、海上家では仏間の奥にある秘密の小部屋に、古い時代に亡くなった花嫁の木乃伊《ミイラ》を祀《まつ》っていた。

白い綿帽子に純白の白無垢を召された木乃伊は、海上家の男たちに尊く祀りあげられ、新たに嫁いできた花嫁たちは、自分が死ぬその日まで、花嫁の木乃伊を拝ませられる。

だが、そんなことを強いたところで歴代の花嫁たちはことごとく亡くなっていったし、依頼主である霞さんもまた、例外ではなかった。

依頼を引き受けた私は、凄《すさ》まじい恐怖に苛《さいな》まれながらも、できうる限りのことはした。

海上家の了解をもらい、花嫁の木乃伊は荼毘《だび》に付した。祟りの原因を花嫁の木乃伊に求めた私は、木乃伊を手厚く弔い、焼き尽くしてしまえば、祟りは消えると信じていた。

しかし結局、私は霞さんの生命を救けてあげることはできなかった。

彼女を救けてあげられなかったことを、今でもずっと悔やみ続けている。

昨年、神殺しの儀を終えたその翌日、昭代に事態の収束を報告しながら、亡くなった霞さんのその後と、海上家の現在の状況について尋ねてみた。

私が知りうる限りでは、霞さんは二〇一一年の三月十一日、東日本大震災で発生した津波に巻きこまれ、亡くなったことになっている。

ただそれは当時、異様な精神状態に陥っていた霞さんの夫、海上雅文《まさふみ》が突然よこした電話によってもたらされた情報であり、真偽のほどは定かでなかった。

その後、雅文とは一切連絡が取れなくなってしまった。

雅文以外に海上家で存命している人間もいなかったため、私は六年近くも、霞さんの本当の安否と、海上家のその後について何も知ることができなかったのである。

昭代の話によれば、やはり霞さんは亡くなっていた。震災から数日後、瓦礫《がれき》と化した海上家の敷地から遺体が見つかったのだという。本音を言えば、遺体が発見された時のくわしい状態について知りたいことがあったのだが、さすがにそれは訊《き》けなかった。

一方、雅文のほうは震災発生からまもなく、自殺していたことが分かった。

こちらもくわしい状況までは分からなかったが、墓守が消えてしまった海上家の墓は現在、海上家の親族によって守られているのだという。

ここまでの話は昭代から教えてもらったのだが、昭代の知らないことでもう一点だけ、どうしても自分の目で確かめておきたいことがあった。

千草と霞さんが幼少時代、お化けを見に入ったという、海辺の小さな洞窟《どうくつ》である。

私の見立てでは、洞窟の御宮に祀られている花嫁こそがその昔、海上家にさらわれてのちに行方知れずとなった、あの花嫁なのだ。

内陸の海辺から身を投げた花嫁の亡骸《なきがら》は、荒波に揉《も》まれながらも、自分の故郷であり、愛しい夫が待つこの島まで戻ってきた。亡骸が流れ着いたのが、岸壁の下に口を広げる件《くだん》の洞窟で、御宮は花嫁の無念を弔うために祀られたものなのである。

二〇〇四年の八月、霞さんが洞窟の花嫁に祟られていることを知ってしまった千草は、許しを請うため、ひとりで洞窟へ向かった。

心からの謝罪を続けた結果、花嫁は千草の幸せを代償に、霞さんを許すと約束をした。謙二の口からはそのように聞かされている。

だが、それなのにどうして、霞さんはまるで因縁の糸に手繰り寄せられたかのように、千草の謝罪から六年近い月日の末に海上家へ嫁ぎ、命を落としてしまったのか。

もしかしたら、千草の贖罪《しょくざい》などなんの意味もなく、花嫁はその後も霞さんを祟り続け、やがて海上家へと因果の糸をつなぎ、彼女を死に至らしめたのではないか。

仮にそうだとしたら、今度こそ完全に滅してやらなければならない。

大体、私自身も海上家の災禍に関わって以降、件の花嫁には何度も襲撃を受けている。あれがまだ、災いとしてこの世に存在していることは疑いようのないことでもあった。

ところが結果は、私の予想と危惧《きぐ》にまったく相反するものだった。

島へと着いて昭代に教えてもらった道順を頼りに、件の洞窟は見つけることができた。中へ入ると、千草と霞さんの話どおり、奥の暗闇に古びた御宮を見つけることもできた。

だが、御宮を前にどれだけ神経を集中させようと、視覚はおろか、五感のいずれにも感じるものは少しもなかった。

花嫁は消えた。今もあれが確かに存在しているのなら、根城を前に神経を集中すれば、どんなにかすかにでも感じるものはあるはずなのに、感じるものは何もなかった。

一体どこへ消えてしまったのか。あるいは存在自体が自然と消滅してしまったのか。

考えても答えは何も思い浮かばず、私は茫然《ぼうぜん》とした心境で薄暗い洞窟をあとにした。

それから【二〇一七年】

それから大きく時が過ぎていった。

三月と四月に謙二から電話で連絡があった。それぞれ、美月の中学卒業と高校入学を知らせる連絡だった。

「元気にしていますか？」と尋ねると、「おかげで元気にしています」とのことだった。美月はあの後、特に変わった様子は見られず、交流も定期的に続いているという。

深町と小夜歌からも一回ずつ連絡があった。こちらも特に変わりなし。何分、どちらも特異な生業《なりわい》ゆえ、毎日が平穏無事であるかどうかは分からなかったが、それでも特に大きな愚痴を聞かされるようなこともなかった。

桔梗からも連絡が来た。今後も当面は、佐知子と一緒に暮らすことにしたのだという。年明けから佐知子は、本業の会社勤めをしながら、桔梗の助手も務めるようになった。陽呼たちとともに、これまで自分自身がしてきた所業に対する償いのため、しばらくは桔梗の助手として悩みを抱えて訪ねる人たちの一助になりたいのだという。

以前と比べ、佐知子は明るく活発な姿勢になり、仕事の覚えも早くて助かっていると、桔梗は声を弾ませ話してくれた。

多少問題があったのは、水谷さんと美琴だった。

水谷さんは神殺しの件から一週間ほど経った頃に体調を崩し、少しの間入院した。

幸い、生命に関わるようなものではなく、まもなく退院できたものの、とうに七十を過ぎた身である。老練の拝み屋と言えば聞こえはいいが、老骨に鞭《むち》を打つようなことに巻きこんでしまったことを改めて猛省させられることになった。

美琴のほうは、胸骨にひびが入って、しばらく病院通いをしていたことを聞かされた。ハートアタックをおこなってから、実は相当ひどい痛みがあったらしいのだが、誰にも心配されたくないと思い、痛みを隠しながら東京へ帰ったらしい。

結婚に影響が出なかったのかと尋ねると、「そちらは特に問題なし」とのことだった。予定通り四月に台湾へ渡り、台湾人の男性とようやく待ち焦がれていた結婚を果たした。

一方、私自身は昨年から書き進めていた原稿を春先に仕上げ、一冊の本をだしていた。

タイトルは『拝み屋怪談　来たるべき災禍』。

中学時代における加奈江との馴《な》れ初めから、件のポンプによって加奈江を失うまでを詳細に書き綴《つづ》った。私と加奈江の始まりから終わりまでの物語である。

正直なところ、書いていて楽しかったのは、十四歳の初夏に夢の中で加奈江と出逢《であ》い、趣味の熱帯魚飼育を通じて無邪気に遊んでいた頃のくだりまでである。

加奈江が暴走を来たしてからおよそ二十年にもわたる長いくだりや、自分の不始末で加奈江にとどめを刺してしまった顚末《てんまつ》などは、ただ書いていて苦しいだけだった。

当時からそれなりの月日が過ぎ去り、気持ちの整理はついていたと思っていたのだが、いざ記憶を振り返りながら書き始めてみると、何もかもがまるで昨日の出来事のように思い返され、同じ思いを二度繰り返しているような気分に陥った。

何度か書くのをやめようと思ったこともある。だが、それでもどうにか書き続けた。加奈江を失うに至った自分自身の弱さと至らなさにもう一度、真摯《しんし》に向き合うことで己を見つめ直し、気持ちにきちんと区切りをつけたかったのである。

主題は怪異にまつわる話とはいえ、書きあがったのはあまりにも私的な内容だったし、夢と現《うつつ》を行ったり来たりする、摑《つか》みどころのない物語でもあった。

だから、読者の評判は率直に言って、賛否両論といったところだった。

ただ、本を読んでくれた人の中には、加奈江を見舞った無残な悲運に同情してくれる人たちもいて、メールや手紙でたくさんの感想もいただいた。

「加奈江さんがまた生まれ変わって、帰って来てくれる日をお祈りしています」というメッセージがその大半を占め、心からありがたいことだと私は思った。

かつて加奈江は、目映《まばゆ》く煌《きら》めく空の下、私たちが夢の中で過ごした海辺の街に架かる小さな橋の上で、海へと続く川の流れを眺めながら、こんなことを言っていた。

「わたしは海になりたいの」と。

水はすごい。山から染みだした小さな水の一滴一滴が、川という名の流れに変わって陸を下り、やがて海という名の大きな存在へと生まれ変わる。

「わたしもそんなふうになりたい」と、加奈江は遠くに見える海を見ながら言っていた。加奈江は成長したかったのだと思う。あるいは生まれ変わりたかったのだろうと思う。だからペンネームも、コーネリア・クーンツなどという風変わりな名前にしたのだろう。加奈江を失う少し前、私は加奈江と和解を果たした時に、こんなことを提案していた。喜怒哀楽と艱難辛苦《かんなんしんく》、全てが巡り巡るからこそ、人は初めて生きる幸せを実感できる。つらいことも、苦しいことも、悲しいことも、逃げずにたくさんのことを経験しながら、なりたい自分になってほしい。

加奈江がこれから何をどうしていきたいのか。それが決まって努力の末に結実したら、いつかかならずまた会おう。今度はもっと、みんなに愛される形で。

私ももっと生きることをがんばるから、加奈江も一生懸命がんばってほしい。

そんな提案をしたやりとりが、結局、加奈江との最後の交流になってしまった。

無事に原稿を書きあげると、私は自分の言葉を改めて思いだし、それは自分自身への約束でもあると思い直した。加奈江のためにも今後は過去を引きずらず、前だけ向いてまっすぐ生きていこうと心に誓った。

それが加奈江に対する、この上ない手向けにもなるはずである。

新たな気分で日々を送り始めると、心は以前よりも安らいで軽くなり、おかげで私は二〇一七年という一年を真弓とふたりで楽しく、心穏やかに過ごすことができた。

公私共々、大きな災禍に見舞われることもなく、仕事も前より順調になってきた。

背中の痛みは神殺しの儀をおこなったあとも断続的に続いていたが、仕事で魔祓《まばら》いや憑《つ》き物落としをおこなう機会も少なくなった。時として、それらが必要とされる案件も重いものではなかったため、騙《だま》し騙しながらもどうにか仕事を続けることができた。

一方、件《くだん》の鋭くなっていた勘のほうは、神殺しの儀を無事終えたのを境にするように少しずつ鈍り始め、春が終わる頃には、以前とすっかり同じ状態に戻っていた。

別に惜しいとは思わなかった。むしろほっとした面のほうが大きかった。

あれは美月を真也の悪霊から救《たす》けだし、カカ様の始末をつけるため、限定的に生じた力だったのだと思う。大きな災禍が潰《つい》えたあと、身に余るような力に未練などなかった。余計な力を持っていれば、いずれまた、別の大きな災禍に引き寄せられてしまいそうな、そんな予感も覚えていた。だからそれは、幸いなことだったのだと思う。

代わりに私は平穏無事な暮らしを手に入れ、満足していた。

地味で冴えない暮らしながらも、真弓と笑い合いながら過ごせる毎日が心地よかった。目に映るもの、感じるものの全てが以前よりもすこぶる鮮やかで、尊いものに感じられ、何をしていても楽しいと思えることが多かった。

こんな日々がずっと続いてほしいと私は思った。

こんな日々がこれから先もずっと続いていくものだと、私は信じて疑わなかった。

だが、そんな幸せな暮らしはある日突然、終わりを告げた。

壊れゆくもの【二〇一八年一月〜二月】

さらに新たな年が明けた一月二十八日、真弓が病に倒れた。

病名は伏せるが、彼女が患ったのは完治が困難とされる、とても重い病気だった。

真弓が倒れたその日から、私はほとんど毎日つきっきりで、彼女の看病を続けた。

私の実家の家族も応援してくれたが、その間の大半も私は真弓のそばを離れなかった。

朦朧《もうろう》とした意識が続く真弓に来る日も来る日も声をかけ続けた。だが、彼女の口からまともな言葉が返ってくれることもなければ、笑みが返ってくることさえもなかった
悲運はさらに続き、私たちの人生を蹂躙《じゅうりん》した。

真弓が病に倒れて約半月後の二月十四日、おそらく看病疲れも祟《たた》ったのかもしれない。今度は私が激しい背中の痛みに倒れ、病院に担ぎこまれることになった。

精密検査の結果、膵臓《すいぞう》癌だと診断された。

背中に痛みが生じた際、過去には何度か検査を受けたことはあったのだが、どれだけ検査を受けても原因不明と診断されていた。だからこの二年余り、痛みが生じようとも病院に行くことは一度もなかった。

だが結局、それが仇《あだ》となってしまったのだ。

以前までは魔祓《まばら》いや憑《つ》き物落としをおこなったあとにだけ、背中に痛みが生じていた。

これは紛うことなき事実である。

だが、鋭くなっていた勘が鈍り始めた去年の春頃からは、何もせずとも勝手に痛みが始まることも一度と言わずあったのだ。長い間、痛みの原因を魔祓いと憑き物落としの行使に求めていたため、悪い意味で私は悠長に構え、楽観的に受け止めてさえいた。

痛みの原因を病気に求めようとせず、妄信的に己の生業《なりわい》に起因するものと思いこんで堪え続けた結果、気づけば手遅れになっていた。我が事ながら、実に愚かな話である。

膵臓にできた腫瘍《しゅよう》はかなり大きいらしく、完治の見込みは薄いだろうとのことだった。余命宣告こそされなかったが、医者の様子から、先は長くないだろうとすぐに分かった。

私の癌が発覚してまもなく、真弓は実家の両親に引き取られていった。

こちらの容態が落ち着くまで一時的に預かるということだったが、その後は真弓との面会が謝絶され、まったく連絡のとれない状況にされていった。

身内のプライバシーに関する大変繊細で、なおかつ込み入った話になってしまうため、こちらもくわしい事情は伏せるが、私と真弓は互いの合意を含め、今後の生活に関する意思の確認すらもされることがないまま、完全に引き離されてしまうことになった。

病名が発覚してからも痛みは断続的に繰り返し、意識が遠のくほどの激痛に苛《さいな》まれた。淀《よど》んだ霧のような意識のなか、何を考えようとしても思考はばらけてうまくまとまらず、ただ真弓に会いたいという気持ちだけが、澱のように積もっていくばかりだった。

今後の治療に関しては、膵臓の専門医がいる別の病院で進められていくことになった。膵臓の状態をさらにくわしく調べるため、一週間ほど入院したうえで改めて精密検査がおこなわれることも決まった。

身体にかなり負担のかかる検査らしく、今の体力では厳しいとのことで、検査入院は四月の上旬に決まった。

とはいえ難治性の癌を患い、それもかなり進行していると診断された身である。私としては、検査などどうでもよいという気持ちが強く、むしろ入院に要する費用の金策に追われる仕事が増えてしまったことに苛立《いらだ》ちを感じるほうが強かった。

どうせ死ぬ。もうすぐ死ぬ。絶対死ぬ。

結果が分かっているというのに、どうして検査などする必要があるのかと思った。代わりにどうしてこんなことになってしまったのだろうと、何度も考えた。

真弓、あんなに幸せそうだったのに。

ふたりで平穏無事な日々を過ごし、これから先の明るい話を、笑いながらたくさん話し合っていたというのに。

考えても考えても、原因らしい答えは何ひとつ出てくることはなかった。

ただ目の前に開かれた現実に心の芯《しん》まで打ちのめされ、背中を蝕《むしば》む激痛に喘《あえ》ぎながら、私はひとりきりの生活を続けていくしかなかった。

また会う日まで【二〇一八年三月五日】

それからひと月ほど経った、春先の昼下がり。

私は新宿駅の近くにある喫茶店で、美琴と久しぶりに顔を合わせていた。

十日前に美琴から「夫とふたりで日本へ行くので、よろしければ会いませんか?」とメールで連絡が入った。

いつまた発作が起こるか分からない身の上なので、確実な約束はできなかったものの、それでも予定を合わせて会うことにした。運よく当日は、どうにか外を歩けるぐらいの体調だったので安堵《あんど》する。

駅前の待ち合わせ場所へ向かうと、すでに到着していた美琴がひとりで立っていた。

三年前の夏、美琴と初めて話した喫茶店に入り、互いの近況報告という流れになった。

美琴は嫁ぎ先の台湾で幸せに暮らしているのだという。

その言葉に偽りはないようだった。美琴の顔は、溌剌《はつらつ》とした光を湛えて輝いていた。

それになんだか以前と比べ、少し雰囲気が変わったようにも感じられる。

一体、何がどう変わったのだろうと思い始めてまもなく、それが雰囲気なのではなく、気配が変わっているのだということに気がつく。

否。厳密には気配が多いのだ。目の前に座る美琴の他に、別の誰かの気配を感じる。

「ん。ひょっとして、気づいちゃいました？」

多分、私の怪訝《けげん》な顔を察してしまったのだろう。しまったというような微笑を浮かべ、美琴が言った。

続いて人差し指を唇の前にそっと突き立て、「驚かないでくださいね」と言いながら、羽織っていたジャケットの片側を静かに捲《めく》って開いて見せた。

するとまもなくジャケットの裏側から、黒い髪の毛を頭の両脇でお団子状に結わえた幼い女の子がぴょこりと顔を覗《のぞ》かせ、私に向かって微笑んだ。

無論、生身の女の子ではない。だが、この娘《こ》が誰なのかはすぐに分かってしまった。

「もしかして、麗麗か？」

驚きながら尋ねると、美琴も微笑みながらうなずいた。

「初めまして、麗麗」

「こんにちは、心瞳《しんどう》」

私の挨拶《あいさつ》に麗麗は、ぺこりと丁寧に頭をさげてくれた。

挨拶が済むと美琴はジャケットを元に戻し、再びこちらに向き直った。

「驚いた……。でもよかったな。本当によかった」

「がんばったご褒美かな？　台湾に渡ってすぐ、ひょっこり戻ってきてくれたんです」

美琴は嬉《うれ》しそうな顔でそう言ったが、それは与えられた褒美などではないと思った。

二年前のあの時、実質的にはたったひとりで、逃げずに最後までカカ様と戦い抜いたその強い心が、奇跡を起こしたのだろうと思う。

このひと月余り、心が千々に搔《か》き乱れてどうしようもない気分に陥っていたところへ、久々に知った朗報だった。まるで我が身に起きたことのように心が浮き立つ。

だが、そんな吉報を聞かされたあとで私自身はどうしたものかと、ためらいを覚えた。真弓の病気に私の病気。わずかな間に畳みかけられたこの悲惨な現状を話すべきか否か。逡巡《しゅんじゅん》しながら、何度も何度も言葉がのどから出ようとしては引っこんでしまう。

そこへ美琴が「顔色、よくないですよ。何か隠していませんか？」と尋ねてきた。

やはり同業同士だ。嘘や隠し事は通用しないというわけか。仕方なく、ありのままに全てを美琴に打ち明けることにした。

「そうだったんですか。ごめんなさい。そんな大変な時に東京まで来てもらって……」

私の話を聞いた美琴も顔色を蒼《あお》ざめさせ、伏し目がちにつぶやいた。

「何か、心当たりになるようなことはないんですか？」

「真弓のほうは分からないけど、俺のほうは不摂生と呑《の》み過ぎかな？　ここしばらくはだいぶ控えるようになっていたが、二年ぐらい前まではずいぶん呑んでたし、自業自得。そういうふうに割り切るしかないと思う」

「いや、そうじゃなくて」と美琴が返しかけたが、手のひらを向けて言葉を制した。

美琴が何を言おうとしているのかは分かっていたものの、乗る気にはなれなかった。

美琴は、私たちが立て続けに病に倒れた原因を件《くだん》の神殺しか、視えざる祟《たた》りや呪いに求めようとしているのだ。しかし、自分の身に降りかかる災難を全て、そうしたものに求めていてはキリがないし、第一本当にそんな心当たりもなかった。

私の気持ちを察した美琴は、それから話題を少し変えて、「じゃあ、ふたりのために病気祓《ばら》いの祈願はさせてください」と言ってくれた。

「引退したんじゃなかったのか？」などと、少し皮肉は交えたものの、それに関しては私も素直に礼を述べ、美琴の好意に甘えさせてもらうことにした。

「日本へは時々帰ってきますから、今度も絶対、会えるようにしていてください」

喫茶店を出た別れしな、美琴の言葉が胸に深く突き刺さって、言葉が詰まった。

つい最近までは当たり前にくるものだと思っていた「明日《あした》」や「来月」や「来年」が、今の自分にはひどく現実味の薄いものに感じられ、胸苦しい気持ちにもなった。

「うん。なるべくそうする。元気でな」

それだけ応《こた》えるのがようやくで、私は笑顔で手を振る美琴の顔すらまともに見られず、半ば逃げるような足取りで雑踏の中へと紛れていった。

終焉《しゅうえん》の青【二〇一八年四月二日】

それからさらに数週間後。

検査入院を翌週に控えた夜のことだった。

その日も夕方頃から痛みが始まり、夕飯を食べる気力も湧かず、早々と布団へ入った。

だが、痛みは少しも和らぐ気配がなく、時が経つにつれて強さを増していった。

そうして、やがて時刻が十時を回る頃。痛みはとうとう耐え難いほどの激しさとなり、ほとんど身動きすらとれなくなってしまう。

幸いなことに、どうにかぎりぎりのところで痛みに耐えることはできた。布団の中で身体をきつく丸め、「きっと大丈夫」と、何度も自分に言い聞かせながら耐え続けた。

だがその一方で、あまりの痛みに心はしだいに打ちのめされてゆき、はたと気づけばこれまでにないほどおびただしく、頭の中で弱音を吐きだし始める自分がいた。

七年ほど前、原因不明の発熱で数ヶ月にもわたって生死の境をさまよったことがある。あの時の苦しさも、今の痛みに負けじとひどいものだった。

しかし、あの時はいつも真弓がそばにいてくれて、必死で私の看病を続けてくれた。

二年前の春先もそうだ。

相談客の小橋美琴にとり憑《つ》いた悪霊を我が身へと移し、痛みと苦しさに悶《もだ》えながらも、どうにか無事に終えることができたのは、同じ家の中のすぐそばに、真弓がいるという安心感があったからこそだと思う。

だが今は、その真弓がいない。

我ながら大層情けないことだが、心細くて堪《たま》らなかった。怖くて不安で堪らなかった。自分にとって彼女の存在がどれほど大きなものだったのか、ほとほと思い知らされる。

真弓に会いたかった。せめて声だけでも聞きたいと希《こいねが》う。

だがおそらく、そんなことはもう決して叶《かな》うことはないということも、分かっていた。

だから気力はさらに減退し、心は一層激しく乱れた。

全身を駆け巡る痛みと、己が置かれた状況に絶望し、うめき声はやがて悲鳴に変わり、悲鳴はやがて嗚咽《おえつ》へと変わっていく。

こんな境遇になってまで、果たして生きる意味などあるのだろうか。

というより、どうせ遠からぬ先に死ぬのだろうし。

ならば今、こうして踏ん張りながら、生きることに執着する意味などあるのだろうか。こんな痛みに耐えることと自体、もはやなんの意味もないことなのではないだろうか。

しだいに頭の片隅でそんなことすら、考え始めるようになる。

しかし、その一方で頭の別の片隅では、まだ生きていたいという願いも確かにあった。こんなところで、こんな形で終わりたくない。もっと先の未来まで私は生き続けたい。

諦《あきら》めと平行して、そんなことも脳裏に何度も浮かびあがっては回り続けた。

おそらくは生きることを諦めることよりも、まだ生きていたいと願う気持ちのほうが、わずかに強かったのだと思う。気がつくと私は、布団から起きだし、立ちあがっていた。

玄関を抜けだし、車庫に向かって歩きだす。

ふらつく身体でどうにか車に乗りこむと、門口の前を横切って延びる真っ暗な坂道を、痛みに懊悩《おうのう》しながらゆっくりと上っていく。

目指す先は、お不動さんだった。

到着するとエンジンをかけっぱなしにしたまま車を降り、古びたお堂の前へと向かう。暗闇の中へ踏みだした足は痛みのせいでおぼつかなく、何度も転びそうになった。

よたつく足にも難儀させられたが、こんなに暗かったかと思い、周囲に視線を巡らす。

敷地の中で暗闇を照らしているのは、私が乗ってきた車のヘッドライトだけだった。

おかしいと思い、頭上を見あげてみたが、外灯が見当たらない。

そこで私はようやく思いだす。

元々、お不動さんに外灯など、存在しないのだ。

二年前のあの日、私たちは懐中電灯を数本携えてお堂へ参じている。

だが、懐中電灯の脆弱《ぜいじゃく》な明かりだけでは、あれだけ詳細に互いの顔の表情や動きなど、逐一把握できるはずがない。互いの様子どころか、お堂の周囲に蔓延《はびこ》る森の樹々の葉がざわめく様や、樹々の間にちらつく森の奥の仔細《しさい》まで、見えていたような気がする。

なんのことはない。畏《おそ》れ多くも、私たち自身がまったく気づかなかっただけなのだ。

お不動さんはしっかりと、私たちに力を貸してくださっていたのである。

夜陰に染まったお堂の前に立つと、静かに瞑目《めいもく》して手を合わせる。そうして私は多分、この人生において、いちばん大事で大きな願いをお不動さんに向かって祈り伝えた。

どうか、私と真弓の今後にとって、最良の道をお示しください。

それは心の芯《しん》から直感的に生じた願いだった。

安易にふたりの病気が治りますようにだとか、またふたりで平穏無事に暮らすことができますようにだとか、そんな願いは望んでいなかった。

もはやそんな願いなどでは、どうすることもできない状況に陥っているということに気づいていたからである。

だから運を委《ゆだ》ねようと思った。人知を超えた、お不動さんという尊い存在に。

それがたとえ、どんな形であったとしてもいい。道であったとしてもいい。

ふたりにとって今後、最良であるとお不動さんが判断してくださる道筋が欲しかった。

その答えに私は身を委ね、これから先を生きていこうと考えた。

これが今の私自身にできる、精一杯の前向きさだった。

願いを終えて一礼し、再び車に乗りこみ、暗い坂道を下って自宅へ戻る。

淡い希望を抱きながら布団の中で海老のように身を丸め、痛みを堪《こら》え続けているうち、やがて私はようやく深い眠りに落ちることができた。

閉じられた意識の中で、夢を見た。

冷たい水の上に身を仰向けに浮かべながら、頭上に延びるガラス張りの細長い内壁を見あげる光景。

ずいぶんしばらくぶりに見る夢だったけれど、すぐにそれがなんの夢なのか分かった。

例の塔を上って落ちる夢である。最後に見たのはいつだっただろう。

思い惑ううちに、視線は上から最下層の岸へ移り、身体が岸へと向かって泳いでゆく。

泳ぎ着いて岸の上へと這《は》いあがり、それから寒さに凍《い》てついた身をがたつかせながらも、今度は塔の最上部に向かって延びる螺《ら》旋《せん》階段に視線が移る。

そして上り始める。古びて錆《さ》びつき、手《て》摺《す》りさえなく、今にも崩れ落ちそうな階段を、ふらつく足取りで一歩一歩慎重に、上っていく。

上りながら、ああ、やはり同じ夢だと改めて思った。

そして、思うと同時に私は気がつく。

私は今、夢を夢と認識しながら、夢を見ている状態にある。

ならば、明晰夢《めいせきむ》の状態にあるということだった。

ためしに視点を動かしてみると、周りの光景を自由に見渡すことができた。

塔の内部を覆う、無数の曇った長方形のガラス。その一部は枠から抜け落ちていたり、半分割れたり、ひびが入ったりしているものもある。

窓の向こうからは、明け方とも黄昏《たそがれ》とも判じかねる、茜色《あかねいろ》の弱い光が射しこんでくる。一体いつなのだろうと気になり、階段を上る歩調に合わせ、すぐ近くに見え始めてきた割れたガラスの向こうに視線を向ける。

窓の向こうには、茜色に滲《にじ》んだ小さな街並みが広がっていた。街のさらに向こうには、同じく茜色に染まった海が、穏やかな波を静かに音もなく揺らめかせている。

それは遠くから見る光景だったが、見覚えのある街並みであり、光景でもあった。だが、いくら明晰夢の状態にあるとはいえ、意識も思考も、覚醒《かくせい》時のそれと比べればはるかに濁っているし、鉛のように重たくなってもいる。

この街は、どの街だろう？

鈍った頭で思いだそうとしても、答えは深い水底で重しにつながれているかのように、意識の水瀬へ浮かんでくることはなかった。

街の光景に心を奪われ、思いを巡らせているうちに、気がつけば階段の半分近くまで上っていた。鈍った頭で思い返してみると、こちらはすぐに記憶が脳裏へ浮かんできた。最初にこの夢を見始めた時は確か、こんなにも高くまで階段を上ってくることはできず、上り始めてまもなくだったり、三分の一ほどまで達したところで真っ逆さまに落下して、真下に広がる水の中に沈んでいったはずである。

それが何度も夢を見続けるたび、少しずつ記録を更新し、気づけば塔の中間辺りまで上れるようになっていた。だから厳密には、これらは同じ夢ではないのである。

繰り返していたのは夢そのものではなく、塔を上るという行為のほうだった。

私は同じ夢を繰り返し見ていたのではなく、同じ夢の続きを繰り返し見続けていた。

どうして今まで気づかなかったのだろう。

本当に、自分に関する勘だけはつくづく鈍いものだと、夢の中でさえも思う。

思ううちにも両脚はさらに階段を上り進み、すでに全体の半分以上を上りきっていた。

頭上に見える塔の最上部が、これまで以上にはっきりと見える。塔の内周を回って巡る階段も、そろそろ終わりが近づき始めている。当然ながら、階段の先に見える扉も近い。

鋼鉄製の黒ずんだ色をした、重々しい扉。

扉を開けた先には、どんな光景が広がっているのだろう。

そんなことを思い始めた時、ふいに視界がぐらついた。

危ないと思うより先に足元がふらつき、片足が踏面を踏み損なって宙を蹴《け》る。

たちまち身体が斜めにバランスを崩し、宙へと向かって投げだされた。

とっさに「落ちるな！」と思って、その場に意識を踏みとどまらせる。

明晰夢の力である。すんでのところで落下を免れ、私の身体は階段の上にとどまった。

だが、今しがた私が落ちるはずだった階段の縁を見おろしたとたん、目の前に見える光景にぎょっとなって、頭がたちまち混乱を来たし始めた。

視界の足元では、階段の縁に両手の指をがしりと引っかけてぶらさがり、私と同じく落下を免れた、もうひとりの人物の姿があった。

女だった。

年の頃はおそらく、二十代の半ばくらい。わずかに灰色がかった、まっすぐな黒髪を背中のまんなか辺りまで生え伸ばした、肌の透き通るように色白い、若い女だった。

女は必至の形相で両腕に力をこめ、空中にぶらさがる身体を持ちあげ始めた。

すかさず女に向かって手を差し伸べる。だが、伸ばしたはずの手は視界の先に現れず、彼女の眼前にかすかな風を起こすことさえなかった。

そこで私は気がついてしまう。この夢の本当の主人公が誰であるのかを。

それは他ならぬ、今目の前にいる彼女である。

これまで主観的視点で夢を見続けてきたため、私は長らく、誤認していたのである。

私自身が最下層の水の中で目覚め、その都度、階段を上り続けていたのではない。

実際は、彼女が目覚めて階段を上り詰めていくその視点に、私が自分の視点を重ねてこの夢をずっと見続けていたのだ。

悟るまにも、女は力をこめた両腕の肘《ひじ》を少しずつ折り曲げ、身体を上へと持ちあげる。

「すぐに戻れる」と、心で何度強く念じても、彼女の身にはなんの変化も起きなかった。

それは夢のイニシアチブが私ではなく、彼女のほうにあるという確固たる証《あかし》だった。

彼女は誰の干渉も受けることなく、あくまでも自分自身の力でこの苦難を乗り越えて、塔の最上部まで上りきろうとしている。見ているだけで胸が張り裂けそうになるほどに張り詰めた、それでいてまっすぐな顔つきからも、その心情はひしひしと伝わってきた。

苦悶《くもん》の表情を浮かべる女の目は青かった。まるで南国の海原のように鮮やかな青さを湛《たた》えた、それは清くて澄んだ色の目をしていた。

服装は白いノースリーブのサマードレス。その胸元には水色のエンゼルフィッシュを模したリボンがあしらわれていた。互いに口先をくっつけ合ったエンゼルフィッシュが並んで向き合い、リボンの形になっている。

だがそれ以上に私の目を惹《ひ》いたのは、彼女の胸元に広がるたくさんの傷跡だった。鎖骨の下から乳房の少し上辺りまで見える、サマードレスの胸元には、鋭利な刃物で刺し貫かれたり、引き裂かれたりしたような傷跡が重なり、痛々しく残っていた。縫合痕《ほうごうこん》はひとつもなく、そのまま自然に塞《ふさ》がったのだろうと思う。生身の人であれば、決して生きてはいられないような、あまりにも惨《むご》たらしくて致命的な傷跡だった。

誰だろう、彼女は。私は彼女のことを知っている。

でも一体、誰なのだろう。

懸命に思いだそうと努めたが、意識は先ほどよりもさらに朦朧《もうろう》となって来始めていた。そろそろ夢から覚める予兆である。

そこへようやく女が復帰した。渾身《こんしん》の力をこめた両腕をバネにして一気に跳ねあがり、階段の上へと転がりながら身を戻す。

狭い踏面に足を乗せて再び立ちあがると、女は激しく肩を震わせながら荒い息を整え、つかのま何かを考えていたようだったが、まもなく階段を上り始めた。

その後ろ姿を私の視点が勝手に追ってゆく。

灰色がかった黒髪が揺れる腰のちょうど裏側にも、水色のリボンがあしらわれていた。サマードレスの裾丈《すそたけ》は、膝《ひざ》から少し下辺り。大して動きやすそうな服装ではない。

それもこんな、手摺りさえもない狭い階段を上るには、絶対に不向きな服装だと思う。だが、そんなことを思い始めるまにも、彼女が階段を上る足の速さは増していった。

まるで何かを得心したかのように、あるいは覚悟を決めたかのように、彼女はやがて疾風のごとく走りだした。

少しでもバランスを崩したら、眼下に広がる水中へと叩《たた》き落とされ、再びふりだしに戻されるだろうというのに。

冷たい水の中で意識を取り戻し、その水の凍えるような感覚に身を縮こまらせながら岸へと泳ぎ着き、長くて危うい道のりを一から上り直さなければならないというのに。

そんな代償すらも意に介さないそぶりで彼女は、一心不乱に階段を駆け始めた。

一体何が、彼女をこれほどまでに突き動かし始めたのか。初めは確か、おぼつかなく、ふらつく身体でたどたどしく階段を上り始めて、落ちていたはずなのに。

階段を駆け上る、女の顔を見る。

焦りを帯びた様相がありありと滲んではいたが、その目はあくまでもまっすぐで鋭い。何をそんなに焦り、急いでいるのか。それに君は、誰なのか。

思いを巡らせるなか、私の意識は泥のように濁って消えてしまった。

夢から覚めて目を開けると、痛みはそのまま残っていた。

痛みに誘発されて意識が明瞭《めいりょう》になり、明瞭になった意識が痛みを感知するにしたがい、口から勝手に苦悶の唸《うな》り声があがる。

夜はまだ明けていなかった。痛みに悶《もだ》え苦しみながら枕元の時計を見ると、午前二時。夜明けまでにはほど遠い、闇と静寂が支配する真っ只中《ただなか》を指していた。

痛みから逃れるためにもう一度、眠りに就きたいと思った。だが、背中に生じ続ける痛みは就寝前よりさらに激しさを増しているようで、とても眠ることなどできなかった。眠ることに意識を向けるよりも、痛みに堪えることのほうが精一杯である。

身体じゅうに脂汗をしとどに滴らせながら、尽き果てることのない痛みに耐え始める。これはもう眠るというより、失神するまで踏ん張り続けるしかないかもしれない。

そんなことを思いながら布団の中で激痛に悶え苦しんでいると、痛みに耐え抜く頭のどこかでふいに、妙な気配を感じ始めた。

気配は家の中ではなく、外から感じた。

それは思わず駆け寄って縋《すが》りつきたくなるような、ひどく愛《いと》しく堪《たま》らない気配だった。

初めは気のせいかと思ったが、激しい痛みにうめきながらも意識を集中させてみると、やはり気配を感じ取ることができた。

家の外、玄関を開けた先に誰かがいる。

確信を覚えると、もはや半死半生と化した身体を傀儡師《くぐつし》のような感覚で起きあがらせ、木偶《でく》人形のような足取りで寝室を抜けだし、玄関口へと向かった。

裸足《はだし》のまま三和土《たたき》へ降りて玄関戸の前へ立つと、戸の向こうにはやはり気配を感じる。それも私が今、いちばんに会いたいと思っている人の気配がありありと感じられた。

戸を開けると、月明かりに照らされた前庭に真弓が立って、微笑んでいた。

「大丈夫か？」と私が声をかけるより先に、真弓は微笑みながら「ただいま」と言った。

しばらくぶりに聞くその声に、涙が堰《せき》を切ったようにどっとこぼれ、頰を伝い始める。

一歩歩くだけでも身体じゅうに鋭い痛みが駆け巡ることも構わず、私は真弓に向かって持てる限りの力を使って駆け寄り、そのまま倒れこむようにして彼女を抱きしめた。

「おかえり、真弓。病気の具合はどうだ？　痛くはないか？　苦しくないか？」

背中と腹に走る激痛に顔を歪《ゆが》ませながらも、真弓に笑いかけながら私は尋ねる。

「さあね」と、真弓は答えた。

それは冷たく無機質で、まるで機械で作ったような声だった。

「え」と声をこぼして、抱きしめていた両腕を少しだけ離し、真弓の顔を覗《のぞ》き見る。

真弓の顔は白粉《おしろい》を塗られて真っ白になっていた。唇には真っ赤な紅が差されている。

よく見ると真弓は、白い綿帽子を被《かぶ》っていた。身には純白の花嫁衣裳《いしょう》を纏《まと》い、手には黄金色に輝く末広が握られている。

やられた。どうしてこんなことになってしまうのか——。

思うなり、真弓の顔が誰の顔でもない、ただの白粉を塗られた女の顔に変わった。

すかさず身体を引き離し、うしろに向かって後退する。

だが、正気に戻った心に全身を取り巻く痛みの激しさは、あまりに負担が大き過ぎた。玄関口まで戻ることができず、対象から一メートルほど戻るのがやっとだった。

目の前にいるのは、白無垢《しろむく》姿の花嫁だった。

記録に残る限りでも三百年近くも大昔から、海上家に嫁いだ花嫁たちをひとり残さずとり殺し、霞さんの生命も奪い去った、あの花嫁である。

今さらながらこの場に至って、この花嫁の形を模した異形の正体が分かってしまった。造り神だ。

それも大層質《たち》の悪い、カカ様よりもはるかに歪んだ欲望と情念を、長い年月をかけて注ぎこまれて造りあげられ、維持され続けてきた紛《まが》い物の悪神である。

千草が謙二と交わした契りを投げうってまで、あの洞窟《どうくつ》で許しを得たはずだったのに。それで本当は千草の願いどおり、霞さんの生命は救《たす》かるはずだったのに。

どうして霞さんは海上家に嫁いで、死ななければならなかったのか。

その理由を私は判じかね、答えをだせずじまいだった。

しかし、こうして数年ぶりにこいつの顔をまじまじと見て、今はっきりと答えが出た。

霞さんを殺したのは、あの洞窟の花嫁ではないからである。

こいつは悪い意味で「無垢」な存在なのだ。だからどんな顔にでもなることができる。

あるいは長い年月をかけ、あまりにも多くの顔を投影され過ぎ、ひとつに定まる顔を持てなくなってしまった存在。

海上家が自家の仏間の奥の小部屋に秘匿していた、木乃伊《ミイラ》に加工されたあの花嫁は、〝新たに嫁いできた花嫁〟を災いから退ける守り神として祀《まつ》られ、拝まれてきたのだと海上家の男たちは言っていた。

だがその証言の半分が真実で、残りの半分にこそ災いの元凶があったのだ。

嫁いできた花嫁を亡くしてしまった、海上家における歴代の花婿たちは、花嫁の死後、守り神たる花嫁の木乃伊を恨むでもなく、信仰心を投げ捨てて拝むのをやめるでもなく、代わりにあの花嫁の木乃伊へ、自身が亡くした花嫁の姿を投影しながら信仰を続けた。

本来ならば花嫁の死を悼み、その冥福《めいふく》を祈るのであれば、花嫁の木乃伊になどでなく、花嫁本人の位牌《いはい》が祀られている仏壇に向かい、心をこめて手を合わせればよかったのだ。

だがあの家は代々、そうした本来の故人に対する供養よりも、秘密の小部屋に鎮座する花嫁の木乃伊こそを信仰の拠《よ》り所として代を重ねてしまった。

だからこそ間違いが生じ、こんな化け物を生みだしてしまったのである。

本来であれば、亡き伴侶《はんりょ》に向かって届けられるはずだった哀惜と成仏を願う気持ちが、木乃伊の守り神に向かって注がれることによって、その想いの大半か、あるいは全てを木乃伊のほうに吸いあげられてしまった。

その守り神の中に潜んでいる存在こそが、花嫁をとり殺した正体なのだというのに。

眼前に立つ花嫁の正体は、海上家の歴代の花婿たちから、亡き花嫁たちへ向けるべき情念を歪んだ形で注がれることで不本意にも生まれ、維持されてきた造り神である。

三百年近い代を重ねてきた海上家が無意識のうちに育て続けてしまった、情念の権化。歴史から鑑《かんが》みても携わった人間の数を鑑みても、たとえ元が神を素体としていなくとも、その力は間違いなく、カカ様の比ではない。

本物の化け物とは、このような存在のことを指すのだと、震え慄《おのの》きながら思った。

八年前の今頃、とうの昔に木乃伊を焼却しているというのに、それでも斯様《かよう》に平然と目の前に現れ、威圧することができるのが、何よりそれを証明している。

人形をベースにしたタルパは、本体の人形を潰《つぶ》せば消えると美琴は言っていた。

だがこいつは、真也が造った不出来な木偶人形などとは、レベルも事情も違い過ぎる。

そんな不文律のようなものなど、造作もなく超越してしまえるほどの圧倒的な存在感と力をこいつは、私たちが生まれるはるか昔から持ち得てしまっている。

だから〝始まり〟すらも関係ないのだ。海上家の遠い祖先の家督に無理やりさらわれ、嫁にされてしまった娘の嘆きや魂の息災など、こいつにはなんの関係もない。

実際は千草が許しを乞《こ》い、祟《たた》りが解消されたはずの霞さんが亡くなったのは、洞窟に祀られている最初の花嫁が、千草の約束を反故《ほご》にしたからではない。

海上家の男たちが造りあげた花嫁のほうが、それを許さなかったからである。

だから霞さんは結局、海上雅文と縁を結ばされ、あの家の花嫁として逝ったのだ。

そんな理屈も道理も通じぬ化け物と、私はこうして相対している。満身創痍《まんしんそうい》の状態で。

これがお不動さんの下した、私の運命か――。

ならば潔く、受け入れるしかなかろう。

今度こそ完全に詰んだ。もはや私には、何も打つ手が残っていない。

がくりと項垂《うなだ》れ、運命を受け入れかけた、その時だった。

「どいて」

背後で女の声がした。

それは矢のように鋭い声だったが、琴の音のように透き通る、涼やかな声でもあった。

声を感じて振り返るまもなく、背中の右の辺りを多分、手のひらでどんと強く押され、身体が前のめりに倒れかかる。ふらつきながらも体勢を立て直して視線を前に向けると、前方に屹立《きつりつ》する花嫁に向かってずかずかと歩み寄っていく、白い人影が見えた。

ノースリーブのサマードレス姿に、艶《つや》やかな黒髪を背中のまんなか辺りまで伸ばした、若い女の華奢《きゃしゃ》な背中。腰のまんなかには、水色のリボンが揺れている。

間違いない。それは先刻まで夢の中で見ていた、あの若い女の後ろ姿だった。

だがそれ以上に私は、彼女の背中の面影に、奇妙な戸惑いと懐かしさの入り混じった見覚えがあった。声にも少し聞き覚えがある。

こんなことが本当に起こり得るのだろうかと思う。まさかそんな、有り得ない。

嘘だろうと思いながらも、意を決して女に向かって声をかける。

「加奈江か？」

するとは女はこちらを振り向き、口元だけでかすかに笑った。

月の光を帯びて冴《さ》え冴《ざ》えと輝く瞳《ひとみ》は、まるで南国の海原のように鮮やかな青さを湛《たた》え、私の顔を見つめていた。

そこへ前方に佇《たたず》んでいた花嫁が、こちらへ向かって音もなく突進してくるのが見えた。

すかさず加奈江が振り返り、私の前へと立ち塞《ふさ》がる。バツ印に交差させた細い両腕を胸の前に構え、裸足の両脚を開いて地面に強く踏んばった。

だが、前のめりになって突っこんできた白い綿帽子が激突した瞬間、加奈江の身体は吹っ飛び、宙に浮いた背中が私に向かって迫ってきた。

ぶつかると思い、とっさに両腕を伸ばして受け止めようとする。

しかし、加奈江の身体は私の両腕を突き抜け、そのまま白いサマードレスに包まれた背中が私の身体の中へと、まるで吸いこまれるようにめりこんできた。

加奈江の後ろ姿が私の身体に吞《の》みこまれて視界から消え去ると、続いて花嫁の顔面が視界一面を覆いつくした。こちらもやはり顔と顔が衝突せず、純白の白無垢に包まれた身体ごと、私の身体にめりこんできた。

何が起きているのか分からないまま、花嫁の身体が我が身へ完全に吞まれてまもなく、今度はブレーカーが落ちたかのように視界が真っ暗になり、続いて意識も途切れた。

再び意識を取り戻して目を開けると、アスファルトの上に仰向けになって倒れていた。

路面には大きな亀裂が何本も走り、崖《がけ》のような段差がいくつもできている。

視界が揺れていることに気づき、続いて身体も揺れていることに気がつく。

それから揺れているのが自分ではなく、地面のほうだということに気がついた。

大地の下から低い唸《うな》りが、周囲の方々からは鼓膜を震わす轟音《ごうおん》が聞こえてくる。

道路の両脇には、二、三階建ての小さな店がずらりと軒を連ねていた。

いずれも不穏な重低音を轟《とどろ》かせながらぐらぐらと揺れ動き、屋根や壁が崩れ落ちたり、建物自体が斜めに傾き始めたりしている。

見覚えのある街並みだった。中学時代、加奈江と夢の中で過ごした海辺の街である。

ならばここは夢の中か。先刻と同じく、また明晰夢《めいせきむ》を見ているのだと理解した。

起きあがろうとしてみたが、夢の中でも背中の痛みは凄《すさ》まじく、それに加えて地面の揺れが邪魔をして、身体が思うように動いてくれなかった。

どうしたものかと思い惑いながら視線をさらに巡らせ始めたところで、道の向こうに屹立しているものと視線が重なり、とたんに肌身がぞっと凍りつく。

ひび割れて滅茶苦茶《めちゃくちゃ》に隆起したアスファルトの上に花嫁が突っ立っていた。

白粉《おしろい》を塗られた誰とも知れない、誰のものでもない顔で、魔性の花嫁は私に向かって歯を剝《む》きだし、獣のような形相で嗤《わら》っていた。

くそ。結局、詰みか。夢の中にまで入りこんできやがった……。

「ねえ」

背後で聞こえた声に顔を向けると、花嫁が立つ反対側の路上に加奈江が立っていた。右手にはホルダーが艶やかな青色に染まった、大きなカッターナイフが握られている。

「こっち」

花嫁に笑いながらつぶやくなり、加奈江が花嫁めがけて一直線に駆けだした。

加奈江が間合いを詰めたのではなく、地面のほうが縮んだのではないかと思うくらい、その脚の運びは速かった。

四年前の真冬。顔色ひとつ変えず、少しも息を切らすことさえなく、凍《い》てつく関西の街中で私を半日以上も追い回した、あの驚くべき脚力を思いだす。

花嫁の眼前まで詰め寄るなり、加奈江はその顔面に向かってカッターを振りかざした。

じゃっ！　じゃっ！　と鋭い音が二度聞こえた次の瞬間、花嫁の顔が大きなバツ印を描いてばっくりと裂け、おびただしい鮮血が噴きだした。白粉で塗り固められた面貌がたちまち滑《ぬめ》り気を帯びた血の赤に染まり、凄まじい大絶叫が辺り一面に轟《とどろ》き渡る。

同じく四年前の真冬。深夜の高速バスでふいを突かれ、私の胸に深々と刺しこまれた恐ろしく大きなカッターナイフのことを思いだす。

やはり加奈江だ。

姿はすっかり大人に変わっていたが、彼女は桐島《きりしま》加奈江である。

多分、いや間違いない。加奈江はずっと、あの朽ちかけた塔を上り続けていたのだ。

ふらつく身体でバランスを崩し、あるいは踏面が崩れて真っ逆さまに落下しようとも、どれだけ落下を繰り返そうとも、加奈江は塔の下に広がる水の中で何度も息を吹き返し、あの長い階段を上り続けていた。そして、ようやく上り詰めたのだ。

これまで塔の夢を見たのは、何度だろう。

正確な数を把握するより先に、夢を見ていた時期を思いだして愕然《がくぜん》となる。

初めは謙二から電話をもらった日の朝。

次は美月、厳密には美月にとり憑《つ》いた真也と初めて対面した日の朝。

その次は深町の事務所を訪ねて、帰りに清美姉さんに絡まれた日の朝。

さらにその次は美琴と仙台駅で合流し、駅の構内でイザナミちゃんと遭遇した日の朝。

続くその次は、美琴と小夜歌の三人で椚木の屋敷を訪ね、ポンプを発見した日の朝。

そして最後は、みんなで神殺しの儀をおこなった日の朝。

いずれも私の身に危険が及ばんとするたび、加奈江は冷たい水の中で意識を取り戻し、塔の最上部を目指して上り、その都度、落ちるを繰り返していた。

おそらくは、私を救《たす》けるために。

イド・コーネリアか。

千草が私に向けた伝言は、あの時すでに始まっていたのである。

だが、どうしてこんなことが起きたのだろう？　加奈江はとっくに死んだはずなのに。

いや、単に死んだタルパが生き返るというだけなら、ありえない話ではなかった。

先日の麗麗の一件が、すでにそれを証明している。

美琴の話では、タルパはその気になれば、何度でも創りだすことができるのだという。ところがどうだろう。今、私の目の前に立っている、この加奈江は。

一から創り直された加奈江ではない。「あの日」からの続きの加奈江だ。

胸元におびただしく残る無残な刺し傷の痕《あと》が、それを如実に物語っている。

その全てが、私がつけてしまった傷だから。

だから今、私の目の前にいる加奈江は、かつての私の心の弱さが突発的に生みだしたタルパなのではない。ましてや私が自分の願望で創り直した加奈江でもない。

ならばどうしてこんなことが起こり得たのか。理由はすぐにふたつ、思い浮かんだ。

ひとつは、私が提案したことを加奈江は忠実に実行し、貫き通してきたからである。

喜怒哀楽と艱難辛苦《かんなんしんく》、全てが巡り巡るからこそ、人は初めて生きる幸せを実感できる。つらいことも、苦しいことも、悲しいことも、逃げずにたくさんのことを経験しながら、なりたい自分になってほしい――。

加奈江はそれを、険しい塔の階段を上り詰めるという形で実践し続けてきたのである。そのまっすぐで純真な思いが、彼女に奇跡を呼び起こした。

そんな加奈江が起こした奇跡をさらに強いものへとしてくれたのが、ふたつめの理由。この一年近く、加奈江に向かって注がれてきた、たくさんの人たちの祈りと願いである。加奈江を想う多くの人々の優しい気持ちが、不可能を可能にしてくれたのだと思う。

だから今、私の目の前にいる加奈江は、零《ゼロ》から創り直された存在なのではない。
創り神として蘇生《そせい》した、以前とは性質を異にする、新しい加奈江なのだと確信する。
いや、正確にはもはや彼女は、桐島加奈江という名ですらないのかもしれない。
今の加奈江の新しい名は、コーネリア・クーンツ。通称、ネル。
南国の海原のように輝く青い瞳が、全てを物語っている気がした。おそらくかつて、
加奈江自身が「なりたい」と焦がれていた名と姿を、彼女はついに勝ち取ったのだ。
加奈江、そしてネル。彼女のふたつの名前の由来もようやく分かった。
「叶《かな》え」に「寝る」だ。安直である。どうして今まで気づかなかったのだろう。
だが、どちらも素晴らしい響きを奏でる、素敵な名前だと思った。
人は空想という名の認知の中で、ありとあらゆるものを創りあげる。
想像力は時として、花嫁やカカ様のような怪物を造りあげてしまうこともあるけれど、
誰かのためを想って想像する力は、こんなにも尊い奇跡を形にすることだってできる。
夢なら本当にいい夢だ。悪夢も混じっているが、それでも心地よい夢だと思った。
ありがとう、加奈江。救《たす》けにきてくれたんだね。
今まで大変だっただろうに。自分のほうこそ、よほどつらくて大変だっただろうに。
それなのに、私のせいでこんなことをさせてしまっていることにひどく心が痛んだ。
でも今だけは頼む。加奈江、救けてくれ。
今は本当に、何も打つ手が残っていない。

加奈江は疾風のごとく素早い動きで、なおも花嫁の身体を滅茶苦茶に切りつけていた。カッターが振られるたび、白無垢のあちこちに真一文字の細長い切れ目が開かれていく。深々と切られた肉の裂け目からは、鮮血が飛沫となって四方八方に飛び散っている。

花嫁は抗《あらが》う術《すべ》すらなく、喉笛《のどぶえ》が千切れたかのような調子っぱずれで、金属性を帯びた鋭い悲鳴をあげながら、加奈江の斬撃を一振りも余すことなく食らい続けていた。

純白対潔白か。

勝てる。叶う。叶えられる。

新しく生まれ変わり、成長しきった今の加奈江なら負ける気がしない。

加奈江自身の純然たる想いと、数多《あまた》の人々の強い願いが創りあげた、この高潔の光は、まやかしの白無垢《しろむく》になど絶対に負けはしない。

周囲で続く得体の知れない揺れは、一段と激しさを増していった。

無数の亀裂《きれつ》が走る地面は、巨人の乱杭歯《らんぐいば》よろしく、縦に斜めに滅茶苦茶に隆起し始め、辺り一面に土埃《つちぼこり》が立ちこめ始める。眼前に並び立つ建物も、地面に呑《の》みこまれるようにひしゃげたり、ドミノのごとく互いにぶつかりながら倒壊していく。

加奈江と花嫁が立つ路面も斜めに大きく傾いた。壁のように屹立した路面に阻まれて、ふたりの姿が見えなくなる。だが、花嫁の悲鳴は絶えることなく聞こえてきた。

視界が濁ってきた。そろそろ意識が薄れ始める。あとは信じて待つしかない。

崩壊していく街の轟音と花嫁の悲鳴を聞きながら、私は意識を失った。

再び目覚めると、寝室に敷かれた布団の中で伸びていた。

背中の痛みはだいぶ和らいでいたが、じわじわと疼《うず》くような感覚はまだ残っていた。

寝返りを打ちながら上体を起こし、眠気と疲弊に浮腫《むく》んだ目をこする。

あくびをしながら視線を向けた布団の傍らには、白無垢姿の花嫁が突っ立っていた。

たちまち悲鳴があがり、捲《めく》れあがった布団を引きずりながら背後へ飛び退く。

一体何が起こった？　どうしてこいつが突っ立っている？

加奈江はどうなってしまったのだろう……。

思いながらも身構え、なんとか魔祓《まばら》いの呪文《じゅもん》を唱えるべく、荒れた呼吸を整えていく。

そこでふいに気がついてしまい、みるみる全身から血の気が引いていった。

よく見ると花嫁の顔は、青い目をした加奈江のものになっていた。

白粉に白く染まってこそいるが、間違いない。花嫁の顔は加奈江のそれにすり替わり、放心したかのような面持ちに虚《うつ》ろな目を覗《のぞ》かせて、こちらを静かに見つめている。

動く気配さえもなく、加奈江の顔をした花嫁は、私の前に人形のごとく屹立《きつりつ》していた。

その様子をまじまじと確認し始めてまもなく、花嫁と加奈江の身に何が起こったのか、卒倒しそうな思いとともに理解することができた。

融合したのである。清美姉さんと同じように。

理解と同時に、加奈江の身に何が起きたのかも容易に想像することができた。

どんな経過をたどった末にそうなったのか。詳細は不明ながらも、加奈江はおそらく花嫁を滅することができなかったのだ。だがその代わり、花嫁と融合を果たした。融合することで花嫁の動きを封じ、私を決して襲わせないようにするために。

「加奈江、聞こえるか？」

加奈江に向かって声をかけたが、何も反応は返ってこなかった。

無理やりにでも花嫁の身体から加奈江を引き離そうと思い、自分の身体に花嫁だけを憑依《ひょうい》させようと試みる。だがどうやっても無理だった。ならば花嫁と加奈江、どちらも憑依させようと試してみたが、こちらもやはり駄目だった。

花嫁が拒絶しているのか、それとも加奈江が拒絶しているのか。

あるいは、花嫁と加奈江が混じり合ったことで、そうした性質を帯びてしまったのか。

仕組みも原因も皆目分からず、がくりと肩を落としてため息をつく。

「加奈江を返せ、この化け物」

物言わず、木偶《でく》のように突っ立つ白無垢に向かって毒づくが、やはり反応は何もない。

「どうせ遅かれ早かれ、俺は死ぬ。こんなことまでしてくれなくてもよかったのに」

畳の上にへたりこみながら、堪《たま》らず涙をこぼしそうになった、その時だった。

頭の中に突如として「やめろ」という、警報のようなものを感じ取った。

泣きだしそうになるのを必死で堪《こら》え、再び加奈江の顔に視線を向ける。

やはりそうか。おそらく間違いなかろう。危うく同じ過ちを繰り返すところだった。

加奈江はなおも変わらず無表情のままだったが、青く煌《きら》めく瞳《ひとみ》を見つめ続けていると、ほんのわずかではあるが、焦りと不安を帯びた色を感じ取ることができた。

私と加奈江は、創造主とタルパ。同じ心を共有し合う、鏡のような関係である。

私が自暴自棄に陥ったり、気持ちを減退させたりすれば、加奈江の心にも影響が出る。

加奈江をかつて怪物に仕立て上げてしまったのは、私が加奈江を恐れたがゆえである。

私の感情如何《いかん》によって、加奈江もそれに合わせた影響を色濃く反映させるのだ。

生まれ変わった自分の身を犠牲にしてまで、加奈江は花嫁の動きを止めてくれている。

もしも私が弱音を吐いたりすれば、一気にそれが瓦解《がかい》してしまう恐れがある。

仮にそうなれば、私は加奈江の気持ちを裏切ることになってしまう。

おそらくは、涙を流すだけでさえも影響が出ると思う。生きることを諦《あきら》めたりすれば、加奈江はとたんに花嫁の制御ができなくなってしまうだろう。

生きろということか。少なくとも生きられる限りは。

「分かった、加奈江。どこまでやれるか分からないけど、なんとかがんばってみせる」

覚悟を決めて伝えると白無垢姿の加奈江は、私の前から掻《か》き消すように姿を消した。

その後も加奈江は、たびたび私の前に現れた。

白い綿帽子から覗く顔はやはり無表情で、何を語りかけても答えが返ってくることはなかったが、私に危害を加えてくることもなかった。

やがて日は過ぎ、検査入院の日がやってきた。

膵臓《すいぞう》の細胞を採取するため、胃の内壁から貫通させた長い針を膵臓に突き刺されたり、膵管《すいかん》の働き具合を確かめるため、カテーテルを挿入されたり、心身ともに堪《こた》える検査がほぼ連日にわたって続けられた。

入院から五日ほど経ったところで、主治医から一連の検査の結果説明を受けた。

検査の結果、膵臓癌ではなかったのだという。

グルーブ膵炎《すいえん》という名の病気で、膵頭部《すいとう》と十二指腸、その周囲の細胞壁などに腫瘍《しゅよう》と炎症を引き起こす特殊な膵炎なのだと聞かされた。

これはこれで有効な治療法の見つかっていない難病であり、膵臓にできている腫瘍が良性から悪性に転化した場合は、即座に膵臓癌へ切り替わる恐れも多分に含まれていた。

だが、少なくとも余命を宣告されることはなかった。

今後の経過を慎重に観察しながら、十分に警戒していく必要があるとは説明されたが、今のところ、生命の心配だけはないだろうとのことだった。

ポストリュード【二〇一八年四月二十四日】

入院からおよそ十日ほどで、ひとまず退院という運びとなった。

背中に生じる厄介な痛みは、まるで一旦《いったん》なりを潜めたように静まり返っていたものの、またいつ再発するか分かったものではない。

腫瘍ができている膵臓と十二指腸の一部は、未《いま》だに炎症を起こしたままだと医者から説明を受けていたし、依然として油断できない状況に変わりはなかった。大事をとってもう少し身体を労《いた》わろうと決め、退院後も仕事を休んで養生することにした。

独りきりになって久しい自宅の居間や寝室で、横になって過ごすことが大半だったが、身体の様子を見ながら買い物へ出かけるなどして、なるべく外の空気も吸うようにした。

養生のためとはいえ、家の中でじっとしていると、気持ちは沈んでいく傾向にあった。あの後も真弓とは、音信不通のままである。真弓が居間で座っていた場所を見るたびに、元気で笑っていた頃の彼女の笑顔や声が脳裏に浮かんで、堪らない気持ちになってくる。家に独りでいることに耐えられなくなった時も、逃げだすように外へ出ていた。

しかし、厳密に言えば、私は完全に独りになったわけではない。

純白の白無垢に身を包んだ加奈江は、あの後も変わらず私の前に現れていた。

四月三日の朝から今現在に至るまで、不穏なそぶりは何ひとつ見られない。

だが、それが永続的に継続するものなのか、いずれは崩壊する時期が来るものなのか、その行く末について確証となるものは何もなかった。

病気の問題と同じく、こちらも未だ決して、油断できない状況に変わりはない。

時折、なんの前触れもなく視界の端に現れる白無垢姿に、ぎょっとなって竦《すく》みあがり、その都度、速まる動悸《どうき》の激しさに心底うんざりさせられる。

その一方で綿帽子から覗く加奈江の顔を目にするたび、胸が張り裂けそうにもなった。花嫁が再び牙《きば》を剝《む》いて動きだすのではないかという危惧《きぐ》などより、私にとってはむしろ、加奈江をこんな姿にしてしまったことのほうが、つらく感じられて遣《や》りきれなかった。

白無垢姿の加奈江が私のそばに佇《たたず》むようになった他にも、大きな変化がひとつあった。加奈江が花嫁と融合したあの日以来、私は夢を一切、見られなくなってしまった。

おそらく加奈江がそうしたのだと思う。これから先ずっと、過酷な現実と向き合って生きていかなければならない私が、夢の中に救いを求めて逃げこんだりできないように、思い出の街ごと潰《つぶ》してしまったのだろう。

崩れゆく街の中、成長した加奈江と花嫁が対峙《たいじ》する光景。

あれが私の人生で、最後に見た夢になってしまった。

臍臓を悪くしたせいで酒も吞《の》めなくなってしまった。以前のように逃げ道や捌《は》け口を酒に求めることもできなくなり、私は嫌でも正気で現実と向き合わざるを得なかった。

退院から四日が経った、四月二十四日。

朝、目が覚めて廊下のカーテンを開けると、庭先では麗《うら》らかな晩春の陽光が煌めいて、窓ガラスの向こうからぬくぬくとした暖気が伝わってきた。

体調にも不穏な兆しは感じられないし、少し外へ出てみようと考える。

どこへ出かけようかとしばらく考えた末、車で向かった先は地元の大きな公園だった。

桜の季節になると真弓とふたりで花見を楽しんだ、大きな沼の周囲に桜並木の遊歩道が作られた、あの公園である。

駐車場へ車を停め、沼の向こう側に見える丘を目指し、遊歩道を独りで歩く。

折しも宮城の桜は、今がいちばんの見頃だった。

満開の花を咲かせた桜たちは、さわやかな春風に煽《あお》られ、静かに枝をうねらせている。

枝からこぼれ落ちた無数の花びらは、虚空の方々を薄桃色の雪のごとく舞っていた。

重い足取りで丘の上までたどり着き、視界一面に広がる沼と桜が織りなす風景を見る。

二年前の春、真弓は眼下に見える桜景色を眺めながら、子供が欲しいと言っていた。

だが多分、真弓はもう母親になることはできないだろう。

真弓が望んでいた「桜子《さくらこ》」が、この世に生まれてくることもないだろうと思う。

ふたりの病気を境に、たくさんのことが変わってしまったのだと、改めて痛感した。

ふたりで行くはずだった未来は、思い出の中だけに残る儚《はかな》い幻になってしまった。

本当に、どうしてこんなことになってしまったのだろう。

漠然と思ううちに気持ちはいつしか鉛のように重たくなり、気づけば沈み始めていた。よろしくないとは分かっていながらも、気持ちはどんどん沈んでいく。

そこへふいに歌声が聞こえてきた。

振り向くと、傍らに白無垢《しろむく》姿の加奈江が立っていた。

加奈江は、丘のはるか向こうにそびえる緑の山々を茫漠《ぼうばく》とした眼差《まなざ》しで見つめながら、綺麗《きれい》な歌を唄《うた》っていた。

歌詞は人の言葉ではなかった。だから何を唄っているのかは分からない。

だがその歌声はまるで、この世の大気に流れるあらゆる哀しみや切なさを吸いこんで音へと凝縮したかのような、あまりにも痛ましい響きを孕《はら》むものだった。

歌は果たして、私を泣かせて融合の束縛から逃れようとする花嫁の意思によるものか。それとも加奈江の今の気持ちを歌に乗せて表したものか。

どちらにしても、聴いているだけで涙がこぼれそうになってくる。

けれども泣くわけにはいかなかった。私はやはり、泣くわけにはいかない。

弱音を吐きだすことで終わってしまうものはあっても、始まるものは何もないから。

「帰ろう」

精一杯の笑顔を作って、加奈江に声をかける。

丘の斜面に敷かれた緩やかな坂道を下り始めた時、私はふいに思いだしてしまった。

そう言えば二年前の春、真弓がこの丘の上に佇む白無垢姿の花嫁を見たということを。
真弓はそれを「なんだかすごく優しい感じの花嫁さんだった」と言っていた。
なるほど。そういうことだったのかと思い至り、私は少し頰を緩める。
加奈江と花嫁の件は、水谷さんや美琴を始め、誰にも打ち明けていなかった。
どうして打ち明けなかったのだろう。その理由を今まで深く考えることはなかったが、
ここに至ってそれが必然だったのだと思いなす。
これは私が、ひとりで乗り越えるべき目標だからだ。
同時にそれは、私がこれから生きる目的にもなるものである。
身体の具合はどうあれ、拝み屋の看板は当面おろさない。今後も仕事を続けていけば、
きっとそのうち、有力な手掛かりが得られる日がくるはずである。
奇跡は起きる。信じ続けるまっすぐな思いと、実現させる努力を諦《あきら》めない限り。
たとえそれが、望まぬ形で結ばれるにしても。
人は運命を変えられる。自らの強い願いと信念で。
たとえそれが、ほんのわずかであったとしても。
加奈江はそれを証明してみせた。ならば私も証明してみせる。
加奈江。約束する。かならずお前を元に戻す。
真弓の病気もかならず治して迎えにいく。
自分の病気も絶対に治してみせる。

みんな元気になったら、三人で水族館でも見にいこう。
真弓が一生懸命作ってくれる、美味《おい》しいお弁当を持って。
きっと叶《かな》う。約束する。だからもう少しだけ、辛抱していてほしい。
振り返ると白無垢姿の加奈江は、水に溶ける絵の具のように消えていくところだった。
消えゆくその顔は、ほんの少しだけ微笑んでいるようにも感じられた。

了

本書は書き下ろしです。

拝《おが》み屋《や》怪談《かいだん》　壊《こわ》れた母様《かあさま》の家《いえ》〈陽《よう》〉
郷内心瞳《ごうないしんどう》

角川ホラー文庫　21733

令和元年7月25日　初版発行
令和7年3月25日　6版発行

発行者——山下直久
発　行——株式会社KADOKAWA
〒102-8177　東京都千代田区富士見2-13-3
電話 0570-002-301（ナビダイヤル）
印刷所——株式会社KADOKAWA
製本所——株式会社KADOKAWA
装幀者——田島照久

●お問い合わせ
https://www.kadokawa.co.jp/（「お問い合わせ」へお進みください）
※内容によっては、お答えできない場合があります。
※サポートは日本国内のみとさせていただきます。
※Japanese text only

ISBN978-4-04-108554-7　C0193